NANA

Tome 1

ÉMILE ZOLA

Nana

Tome 1

ÉMILE ZOLA
(1840-1902)

Émile-Édouard-Charles-Antoine Zola naît à Paris le 2 avril 1840. Son père, un ingénieur d'origine vénitienne, qui a épousé une Française, meurt alors qu'il a 7 ans, les laissant, sa mère et lui, dans une situation précaire. Boursier au lycée d'Aix-en-Provence, Émile a pour camarade de classe Paul Cézanne, le futur peintre. A 18 ans, il « monte » à Paris, avec sa mère, pour s'inscrire au lycée Saint-Louis.

Son échec au baccalauréat l'oblige à gagner sa vie. Pendant peu de temps, il est employé des douanes, mais ne supporte pas cet emploi. Pour se nourrir, il mange des moineaux. En 1862, il entre à la librairie Hachette, après avoir obtenu sa naturalisation. D'abord manutentionnaire, il gravit rapidement les échelons jusqu'à devenir chef de publicité. Il tente de se faire un nom en publiant des poèmes, dans des revues.

En 1866, il devient journaliste, ce qui lui permet d'enquêter au sein du Paris corrompu de la fin de l'Empire, et de se constituer cette documentation qui sera plus tard essentielle à son œuvre. Il publie, l'année suivante, son premier chef-d'œuvre : *Thérèse Raquin*, où il met en application les principes du naturalisme, mouvement littéraire dont il deviendra le chef de file.

Il se marie en 1870 (Cézanne est son témoin) juste avant que n'éclate la guerre franco-prussienne. Après l'écrasement de la Commune, il se consacre à sa fresque, les ROUGON-MACQUART, *histoire naturelle et sociale d'une famille sous le Second Empire*. Il en a

dressé l'arbre généalogique et met sur fiches tous les renseignements qu'il peut obtenir auprès de ceux qui ont bien connu les époques décrites. La série, qui comporte 20 romans et quelque 1 200 personnages, s'étend sur cinq générations. Zola y étudie « scientifiquement » une famille sur laquelle pèse une fatalité héréditaire (l'alcool et la folie) et les milieux sociaux dans lesquels évoluent ses membres, de la province à Paris, de la finance à la mine, du monde des artistes à celui des ouvriers.

Mallarmé, Maupassant s'enthousiasment pour son œuvre. *L'Assommoir* lui ayant apporté la prospérité, il achète, en 1877, une maison à Medan, au bord de la Seine. Il y accueillera ses amis de l'école naturaliste.

Le Docteur Pascal, dernier tome de sa fresque, paraît en 1893. Vingt ans ont été nécessaires à Zola pour bâtir son œuvre (*Nana* 1880, *Pot-Bouille* 1882, *Au Bonheur des Dames* 1883, *Germinal* 1885, *La Terre* 1887...). Sa candidature à l'Académie française a été repoussée. Certains de ses romans ont provoqué des scandales. Mais son talent est unanimement reconnu. Lorsqu'il voyage en Italie, il est reçu triomphalement par le roi et la population.

En 1898, cet homme de 57 ans, au faîte de la gloire, lance un brûlot : son *J'Accuse* sur l'affaire Dreyfus, publié par le journal *L'Aurore*. Il y dénonce les lacunes du procès où un officier juif est injustement accusé d'espionnage. La France s'enflamme et se divise. Zola, assigné en justice par l'état-major, est condamné à un an de prison. Il s'exile pour Londres. Mais grâce à son action, le 3 juin 1899, la Cour de Cassation renvoie Dreyfus devant le Conseil de guerre. Zola rentre le 5. Il rencontre Dreyfus, mais n'assistera pas à sa réintégration dans l'armée, quand il aura été innocenté, en 1904.

Car dans la nuit du 28 septembre 1902, Émile Zola est mort, asphyxié par les émanations de gaz carbonique de sa cheminée. Sa femme a pu, elle, être ranimée. Mort naturelle ou assassinat ? L'enquête conclut à un accident. Les autorités craignent une nouvelle affaire Zola. Son courage et ses engagements politiques lui ont valu des haines farouches. A ses obsèques, la

foule, immense, scande « Germinal, Germinal... ».
« Zola, le plus grand lyrique de tous les temps, fut un
moment de la conscience humaine », écrit Anatole
France. Ses cendres sont transférées au Panthéon en
juin 1908, près de celles de Victor Hugo.

I

A neuf heures, la salle du théâtre des Variétés était encore vide. Quelques personnes, au balcon et à l'orchestre, attendaient, perdues parmi les fauteuils de velours grenat, dans le petit jour du lustre à demi-feux. Une ombre noyait la grande tache rouge du rideau; et pas un bruit ne venait de la scène, la rampe éteinte, les pupitres des musiciens débandés. En haut seulement, à la troisième galerie, autour de la rotonde du plafond où des femmes et des enfants nus prenaient leur volée dans un ciel verdi par le gaz, des appels et des rires sortaient d'un brouhaha continu de voix, des têtes coiffées de bonnets et de casquettes s'étageaient sous les larges baies rondes, encadrées d'or. Par moments, une ouvreuse se montrait, affairée, des coupons à la main, poussant devant elle un monsieur et une dame qui s'asseyaient, l'homme en habit, la femme mince et cambrée, promenant un lent regard.

Deux jeunes gens parurent à l'orchestre. Ils se tinrent debout, regardant.

« Que te disais-je, Hector ? s'écria le plus âgé, un grand garçon à petites moustaches noires, nous venons trop tôt. Tu aurais bien pu me laisser achever mon cigare. »

Une ouvreuse passait.

« Oh ! monsieur Fauchery, dit-elle familièrement, ça ne commencera pas avant une demi-heure.

— Alors, pourquoi affichent-ils pour neuf heures ? murmura Hector, dont la longue figure maigre prit un

air vexé. Ce matin, Clarisse, qui est de la pièce, m'a encore juré qu'on commençait à huit heures précises. »

Un instant, ils se turent, levant la tête, fouillant l'ombre des loges. Mais le papier vert dont elles étaient tapissées, les assombrissait encore. En bas, sous la galerie, les baignoires s'enfonçaient dans une nuit complète. Aux loges de balcon, il n'y avait qu'une grosse dame, échouée sur le velours de la rampe. A droite et à gauche, entre de hautes colonnes, les avant-scènes restaient vides, drapées de lambrequins à longues franges. La salle blanche et or, relevée de vert tendre, s'effaçait, comme emplie d'une fine poussière par les flammes courtes du grand lustre de cristal.

« Est-ce que tu as eu ton avant-scène pour Lucy? demanda Hector.

— Oui, répondit l'autre, mais ça n'a pas été sans peine... Oh! il n'y a pas de danger que Lucy vienne trop tôt, elle! »

Il étouffa un léger bâillement, puis, après un silence :

« Tu as de la chance, toi qui n'as pas encore vu de première... La *Blonde Vénus* sera l'événement de l'année. On en parle depuis six mois. Ah! mon cher, une musique! un chien!... Bordenave, qui sait son affaire, a gardé ça pour l'Exposition. »

Hector écoutait religieusement. Il posa une question.

« Et Nana, l'étoile nouvelle, qui doit jouer Vénus, est-ce que tu la connais?

— Allons, bon! ça va recommencer! cria Fauchery en jetant les bras en l'air. Depuis ce matin, on m'assomme avec Nana. J'ai rencontré plus de vingt personnes, et Nana par-ci, et Nana par-là! Est-ce que je sais, moi! est-ce que je connais toutes les filles de Paris!... Nana est une invention de Bordenave. Ça doit être du propre! »

Il se calma. Mais le vide de la salle, le demi-jour du lustre, ce recueillement d'église plein de voix chuchotantes et de battements de porte l'agaçaient.

« Ah! non, dit-il tout à coup, on se fait trop vieux, ici. Moi, je sòrs... Nous allons peut-être trouver Bordenave en bas. Il nous donnera des détails. »

En bas, dans le grand vestibule dallé de marbre, où

était installé le contrôle, le public commençait à se montrer. Par les trois grilles ouvertes, on voyait passer la vie ardente des boulevards qui grouillaient et flambaient sous la belle nuit d'avril. Des roulements de voiture s'arrêtaient court, des portières se refermaient bruyamment, et du monde entrait, par petits groupes, stationnant devant le contrôle, montant, au fond, le double escalier, où les femmes s'attardaient avec un balancement de taille. Dans la clarté crue du gaz, sur la nudité blafarde de cette salle dont une maigre décoration Empire faisait un péristyle de temple en carton, de hautes affiches jaunes s'étalaient violemment, avec le nom de Nana en grosses lettres noires.

Des messieurs, comme accrochés au passage, les lisaient; d'autres, debout, causaient, barrant les portes; tandis que, près du bureau de location, un homme épais, à large face rasée, répondait brutalement aux personnes qui insistaient pour avoir des places.

« Voilà Bordenave », dit Fauchery en descendant l'escalier.

Mais le directeur l'avait aperçu.

« Eh! vous êtes gentil! lui cria-t-il de loin. C'est comme ça que vous m'avez fait une chronique... J'ai ouvert ce matin *Le Figaro*. Rien.

— Attendez donc! répondit Fauchery. Il faut bien que je connaisse votre Nana, avant de parler d'elle... Je n'ai rien promis, d'ailleurs. »

Puis, pour couper court, il présenta son cousin, M. Hector de la Faloise, un jeune homme qui venait achever son éducation à Paris. Le directeur pesa le jeune homme d'un coup d'œil. Mais Hector l'examinait avec émotion. C'était donc là ce Bordenave, ce montreur de femmes qui les traitait en garde-chiourme, ce cerveau toujours fumant de quelque réclame, criant, crachant, se tapant sur les cuisses, cynique et ayant un esprit de gendarme! Hector crut qu'il devait chercher une phrase aimable.

« Votre théâtre... », commença-t-il d'une voix flûtée.

Bordenave l'interrompit tranquillement, d'un mot cru, en homme qui aime les situations franches.

« Dites mon bordel. »

Alors, Fauchery eut un rire approbatif, tandis que la Faloise restait avec son compliment étranglé dans la gorge, très choqué, essayant de paraître goûter le mot. Le directeur s'était précipité pour donner une poignée de main à un critique dramatique, dont le feuilleton avait une grande influence. Quand il revint, la Faloise se remettait. Il craignait d'être traité de provincial, s'il se montrait trop interloqué.

« On m'a dit, recommença-t-il, voulant absolument trouver quelque chose, que Nana avait une voix délicieuse.

— Elle! s'écria le directeur en haussant les épaules, une vraie seringue! »

Le jeune homme se hâta d'ajouter :

« Du reste, excellente comédienne.

— Elle!... Un paquet! Elle ne sait où mettre les pieds et les mains. »

La Faloise rougit légèrement. Il ne comprenait plus. Il balbutia :

« Pour rien au monde, je n'aurais manqué la première de ce soir. Je savais que votre théâtre...

— Dites mon bordel », interrompit de nouveau Bordenave, avec le froid entêtement d'un homme convaincu.

Cependant, Fauchery, très calme, regardait les femmes qui entraient. Il vint au secours de son cousin, lorsqu'il le vit béant, ne sachant s'il devait rire ou se fâcher.

« Fais donc plaisir à Bordenave, appelle son théâtre comme il te le demande, puisque ça l'amuse... Et vous, mon cher, ne nous faites pas poser. Si votre Nana ne chante ni ne joue, vous aurez un four, voilà tout. C'est ce que je crains, d'ailleurs.

— Un four! un four! cria le directeur dont la face s'empourprait. Est-ce qu'une femme a besoin de savoir jouer et chanter? Ah! mon petit, tu es trop bête... Nana a autre chose, parbleu! et quelque chose qui remplace tout. Je l'ai flairée, c'est joliment fort chez elle, ou je n'ai plus que le nez d'un imbécile... Tu verras, tu verras, elle n'a qu'à paraître, toute la salle tirera la langue. »

Il avait levé ses grosses mains qui tremblaient

d'enthousiasme ; et, soulagé, il baissait la voix, il grognait pour lui seul :

« Oui, elle ira loin, ah ! sacredié ! oui, elle ira loin... Une peau, oh ! une peau ! »

Puis, comme Fauchery l'interrogeait, il consentit à donner des détails, avec une crudité d'expressions qui gênait Hector de la Faloise. Il avait connu Nana et il voulait la lancer. Justement, il cherchait alors une Vénus. Lui, ne s'embarrassait pas longtemps d'une femme ; il aimait mieux en faire tout de suite profiter le public. Mais il avait un mal de chien dans sa baraque, que la venue de cette grande fille révolutionnait. Rose Mignon, son étoile, une fine comédienne et une adorable chanteuse celle-là, menaçait chaque jour de le laisser en plan, furieuse, devinant une rivale. Et, pour l'affiche, quel bousin, grand Dieu ! Enfin, il s'était décidé à mettre les noms des deux actrices en lettres d'égale grosseur. Il ne fallait pas qu'on l'ennuyât. Lorsqu'une de ses petites femmes, comme il les nommait, Simonne ou Clarisse, ne marchait pas droit, il lui allongeait un coup de pied dans le derrière. Autrement, pas moyen de vivre. Il en vendait, il savait ce qu'elles valaient, les garces !

« Tiens ! dit-il en s'interrompant, Mignon et Steiner. Toujours ensemble. Vous savez que Steiner commence à avoir de Rose par-dessus la tête ; aussi le mari ne la lâche-t-il plus d'une semelle, de peur qu'il ne file. »

Sur le trottoir, la rampe de gaz qui flambait à la corniche du théâtre jetait une nappe de vive clarté. Deux petits arbres se détachaient nettement, d'un vert cru ; une colonne blanchissait, si vivement éclairée, qu'on y lisait de loin les affiches, comme en plein jour ; et, au-delà, la nuit épaissie du boulevard se piquait de feux, dans le vague d'une foule toujours en marche. Beaucoup d'hommes n'entraient pas tout de suite, restaient dehors à causer en achevant un cigare, sous le coup de lumière de la rampe, qui leur donnait une pâleur blême et découpait sur l'asphalte leurs courtes ombres noires.

Mignon, un gaillard très grand, très large, avec une tête carrée d'hercule de foire, s'ouvrait un passage au milieu des groupes, traînant à son bras le banquier

Steiner, tout petit, le ventre déjà fort, la face ronde et encadrée d'un collier de barbe grisonnante.

« Eh bien ! dit Bordenave au banquier, vous l'avez rencontrée hier, dans mon cabinet.

— Ah ! c'était elle, s'écria Steiner. Je m'en doutais. Seulement, je sortais comme elle entrait, je l'ai à peine entrevue. »

Mignon écoutait, les paupières baissées, faisant tourner nerveusement à son doigt un gros diamant. Il avait compris qu'il s'agissait de Nana. Puis, comme Bordenave donnait de sa débutante un portrait qui mettait une flamme dans les yeux du banquier, il finit par intervenir.

« Laissez donc, mon cher, une roulure ! Le public va joliment la reconduire... Steiner, mon petit, vous savez que ma femme vous attend dans sa loge. »

Il voulut le reprendre. Mais Steiner refusait de quitter Bordenave. Devant eux, une queue s'écrasait au contrôle, un tapage de voix montait, dans lequel le nom de Nana sonnait avec la vivacité chantante de ses deux syllabes. Les hommes qui se plantaient devant les affiches, l'épelaient à voix haute ; d'autres le jetaient en passant, sur un ton d'interrogation ; tandis que les femmes, inquiètes et souriantes, le répétaient doucement, d'un air de surprise. Personne ne connaissait Nana. D'où Nana tombait-elle ? Et des histoires couraient, des plaisanteries chuchotées d'oreille à oreille. C'était une caresse que ce nom, un petit nom dont la familiarité allait à toutes les bouches. Rien qu'à le prononcer ainsi, la foule s'égayait et devenait bon enfant. Une fièvre de curiosité poussait le monde, cette curiosité de Paris qui a la violence d'un accès de folie chaude. On voulait voir Nana. Une dame eut le volant de sa robe arraché, un monsieur perdit son chapeau.

« Ah ! vous m'en demandez trop ! cria Bordenave qu'une vingtaine d'hommes assiégeaient de questions. Vous allez la voir... Je file, on a besoin de moi. »

Il disparut, enchanté d'avoir allumé son public. Mignon haussait les épaules, en rappelant à Steiner que Rose l'attendait pour lui montrer son costume du premier acte.

« Tiens ! Lucy, là-bas, qui descend de voiture », dit la Faloise à Fauchery.

C'était Lucy Stewart, en effet, une petite femme laide, d'une quarantaine d'années, le cou trop long, la face maigre, tirée, avec une bouche épaisse, mais si vive, si gracieuse, qu'elle avait un grand charme. Elle amenait Caroline Héquet et sa mère. Caroline, d'une beauté froide, la mère très digne, l'air empaillé.

« Tu viens avec nous, je t'ai réservé une place, dit-elle à Fauchery.

— Ah ! non, par exemple ! pour ne rien voir ! répondit-il. J'ai un fauteuil, j'aime mieux être à l'orchestre. »

Lucy se fâcha. Est-ce qu'il n'osait pas se montrer avec elle ? Puis, calmée brusquement, sautant à un autre sujet :

« Pourquoi ne m'as-tu pas dit que tu connaissais Nana ?

— Nana ! je ne l'ai jamais vue.

— Bien vrai ? On m'a juré que tu avais couché avec. »

Mais, devant eux, Mignon, un doigt aux lèvres, leur faisait signe de se taire. Et, sur une question de Lucy, il montra un jeune homme qui passait, en murmurant :

« Le greluchon de Nana. »

Tous le regardèrent. Il était gentil. Fauchery le reconnut : c'était Daguenet, un garçon qui avait mangé trois cent mille francs avec les femmes, et qui, maintenant, bibelotait à la Bourse, pour leur payer des bouquets et des dîners de temps à autre. Lucy lui trouva de beaux yeux.

« Ah ! voilà Blanche ! cria-t-elle. C'est elle qui m'a dit que tu avais couché avec Nana. »

Blanche de Sivry, une grosse fille blonde dont le joli visage s'empâtait, arrivait en compagnie d'un homme fluet, très soigné, d'une grande distinction.

« Le comte Xavier de Vandeuvres », souffla Fauchery à l'adresse de la Faloise.

Le comte échangea une poignée de main avec le journaliste, tandis qu'une vive explication avait lieu entre Blanche et Lucy. Elles bouchaient le passage de leurs jupes chargées de volants, l'une en bleu, l'autre en rose, et le nom de Nana revenait sur leurs lèvres, si aigu, que

le monde les écoutait. Le comte de Vandeuvres emmena Blanche. Mais, à présent, comme un écho, Nana sonnait aux quatre coins du vestibule sur un ton plus haut, dans un désir accru par l'attente. On ne commençait donc pas? Les hommes tiraient leurs montres, des retardataires sautaient de leurs voitures avant qu'elles fussent arrêtées, des groupes quittaient le trottoir, où les promeneurs, lentement, traversaient la nappe de gaz restée vide, en allongeant le cou pour voir dans le théâtre. Un gamin qui arrivait en sifflant, se planta devant une affiche, à la porte; puis il cria: « Ohé! Nana! » d'une voix de rogomme, et poursuivit son chemin, déhanché, traînant ses savates. Un rire avait couru. Des messieurs très bien répétèrent : « Nana, ohé! Nana! » On s'écrasait, une querelle éclatait au contrôle, une clameur grandissait, faite du bourdonnement des voix appelant Nana, exigeant Nana, dans un de ces coups d'esprit bête et de brutale sensualité qui passent sur les foules.

Mais, au-dessus du vacarme, la sonnette de l'entracte se fit entendre. Une rumeur gagna jusqu'au boulevard : « On a sonné, on a sonné »; et ce fut une bousculade, chacun voulait passer, tandis que les employés du contrôle se multipliaient. Mignon, l'air inquiet, reprit enfin Steiner, qui n'était pas allé voir le costume de Rose. Au premier tintement, la Faloise avait fendu la foule, en entraînant Fauchery, pour ne pas manquer l'ouverture. Cet empressement du public irrita Lucy Stewart. En voilà de grossiers personnages, qui poussaient les femmes! Elle resta la dernière, avec Caroline Héquet et sa mère. Le vestibule était vide; au fond, le boulevard gardait son ronflement prolongé.

« Comme si c'était toujours drôle, leurs pièces! » répétait Lucy, en montant l'escalier.

Dans la salle, Fauchery et la Faloise, devant leurs fauteuils, regardaient de nouveau. Maintenant, la salle resplendissait. De hautes flammes de gaz allumaient le grand lustre de cristal d'un ruissellement de feux jaunes et roses, qui se brisaient du cintre au parterre en une pluie de clarté. Les velours grenat des sièges se moiraient de laque, tandis que les ors luisaient et que

les ornements vert tendre en adoucissaient l'éclat, sous les peintures trop crues du plafond. Haussée, la rampe, dans une nappe brusque de lumière, incendiait le rideau, dont la lourde draperie de pourpre avait une richesse de palais fabuleux, jurant avec la pauvreté du cadre, où des lézardes montraient le plâtre sous la dorure. Il faisait déjà chaud. A leurs pupitres, les musiciens accordaient leurs instruments, avec des trilles légers de flûte, des soupirs étouffés de cor, des voix chantantes de violon, qui s'envolaient au milieu du brouhaha grandissant des voix. Tous les spectateurs parlaient, se poussaient, se casaient, dans l'assaut donné aux places ; et la bousculade des couloirs était si rude, que chaque porte lâchait péniblement un flot de monde, intarissable. C'étaient des signes d'appel, des froissements d'étoffe, un défilé de jupes et de coiffures, coupées par le noir d'un habit ou d'une redingote. Pourtant, les rangées de fauteuils s'emplissaient peu à peu ; une toilette claire se détachait, une tête au fin profil baissait son chignon, où courait l'éclair du bijou. Dans une loge, un coin d'épaule nue avait une blancheur de soie. D'autres femmes, tranquilles, s'éventaient avec langueur, en suivant du regard les poussées de la foule ; pendant que de jeunes messieurs, debout à l'orchestre, le gilet largement ouvert, un gardénia à la boutonnière, braquaient leurs jumelles du bout de leurs doigts gantés.

Alors, les deux cousins cherchèrent les figures de connaissance. Mignon et Steiner étaient ensemble, dans une baignoire, les poignets appuyés sur le velours de la rampe, côte à côte. Blanche de Sivry semblait occuper à elle seule une avant-scène du rez-de-chaussée. Mais la Faloise examina surtout Daguenet, qui avait un fauteuil d'orchestre, deux rangs en avant du sien. Près de lui, un tout jeune homme, de dix-sept ans au plus, quelque échappé du collège, ouvrait très grands ses beaux yeux de chérubin. Faucherie eut un sourire en le regardant.

« Quelle est donc cette dame, au balcon ? demanda tout à coup la Faloise. Celle qui a une jeune fille en bleu près d'elle. »

Il indiquait une grosse femme, sanglée dans son corset, une ancienne blonde devenue blanche et teinte en jaune, dont la figure ronde, rougie par le fard, se boursouflait sous une pluie de petits frissons enfantins.

« C'est Gaga », répondit simplement Fauchery.

Et, comme ce nom semblait ahurir son cousin, il ajouta :

« Tu ne connais pas Gaga ?... Elle a fait les délices des premières années du règne de Louis-Philippe. Maintenant, elle traîne partout sa fille avec elle. »

La Faloise n'eut pas un regard pour la jeune fille. La vue de Gaga l'émotionnait, ses yeux ne la quittaient plus ; il la trouvait encore très bien, mais il n'osa pas le dire.

Cependant, le chef d'orchestre levait son archet, les musiciens attaquaient l'ouverture. On entrait toujours, l'agitation et le tapage croissaient. Parmi ce public spécial des premières représentations, qui ne changeait pas, il y avait des coins d'intimité où l'on se retrouvait en souriant. Des habitués, le chapeau sur la tête, à l'aise et familiers, échangeaient des saluts. Paris était là, le Paris des lettres, de la finance et du plaisir, beaucoup de journalistes, quelques écrivains, des hommes de Bourse, plus de filles que de femmes honnêtes ; monde singulièrement mêlé, fait de tous les génies, gâté par tous les vices, où la même fatigue et la même fièvre passaient sur les visages. Fauchery, que son cousin questionnait, lui montra les loges des journaux et des cercles, puis il nomma les critiques dramatiques, un maigre, l'air desséché, avec de minces lèvres méchantes, et surtout un gros, de mine bon enfant, se laissant aller sur l'épaule de sa voisine, une ingénue qu'il couvait d'un œil paternel et tendre.

Mais il s'interrompit, en voyant la Faloise saluer des personnes qui occupaient une loge de face. Il parut surpris.

« Comment ! demanda-t-il, tu connais le comte Muffat de Beuville ?

— Oh ! depuis longtemps, répondit Hector. Les Muffat avaient une propriété près de la nôtre. Je vais souvent chez eux... Le comte est avec sa femme et son beau-père, le marquis de Chouard. »

Et, par vanité, heureux de l'étonnement de son cousin, il appuya sur des détails : le marquis était conseiller d'État, le comte venait d'être nommé chambellan de l'impératrice. Fauchery, qui avait pris sa jumelle, regardait la comtesse, une brune à la peau blanche, potelée, avec de beaux yeux noirs.

« Tu me présenteras pendant un entracte, finit-il par dire. Je me suis déjà rencontré avec le comte, mais je voudrais aller à leurs mardis. »

Des chut! énergiques partirent des galeries supérieures. L'ouverture était commencée, on entrait encore. Des retardataires forçaient des rangées entières de spectateurs à se lever, les portes des loges battaient, de grosses voix se querellaient dans les couloirs. Et le bruit des conversations ne cessait pas, pareil au piaillement d'une nuée de moineaux bavards, lorsque le jour tombe. C'était une confusion, un fouillis de têtes et de bras qui s'agitaient, les uns s'asseyant et cherchant leurs aises, les autres s'entêtant à rester debout pour jeter un dernier coup d'œil. Le cri : « Assis! Assis! » sortit violemment des profondeurs obscures du parterre. Un frisson avait couru : enfin on allait donc connaître cette fameuse Nana, dont Paris s'occupait depuis huit jours.

Peu à peu, cependant, les conversations tombaient, mollement, avec des reprises de voix grasses. Et, au milieu de ce murmure pâmé, de ces soupirs mourants, l'orchestre éclatait en petites notes vives, une valse dont le rythme canaille avait le rire d'une polissonnerie. Le public, chatouillé, souriait déjà. Mais la claque, aux premiers rangs du parterre, tapa furieusement des mains. Le rideau se levait.

« Tiens! dit la Faloise, qui causait toujours, il y a un monsieur avec Lucy. »

Il regardait l'avant-scène de balcon, à droite, dont Caroline et Lucy occupaient le devant. Dans le fond, on apercevait la face digne de la mère de Caroline et le profil d'un grand garçon, à belle chevelure blonde, d'une tenue irréprochable.

« Vois donc, répétait la Faloise avec insistance, il y a un monsieur. »

Fauchery se décida à diriger sa jumelle vers l'avant-scène. Mais il se détourna tout de suite.

« Oh! c'est Labordette », murmura-t-il d'une voix insouciante, comme si la présence de ce monsieur devait être pour tout le monde naturelle et sans conséquence.

Derrière eux, on cria : « Silence! » Ils durent se taire. Maintenant, une immobilité frappait la salle, des nappes de têtes, droites et attentives, montaient de l'orchestre à l'amphithéâtre. Le premier acte de la *Blonde Vénus* se passait dans l'Olympe, un Olympe de carton, avec des nuées pour coulisses et le trône de Jupiter à droite. C'étaient d'abord Iris et Ganymède, aidés d'une troupe de serviteurs célestes, qui chantaient un chœur en disposant les sièges des dieux pour le conseil. De nouveau, les bravos réglés de la claque partirent tout seuls; le public, un peu dépaysé, attendait. Cependant, la Faloise avait applaudi Clarisse Besnus, une des petites femmes de Bordenave, qui jouait Iris, en bleu tendre, une grande écharpe aux sept couleurs nouée à la taille.

« Tu sais qu'elle retire sa chemise pour mettre ça, dit-il à Fauchery, de façon à être entendu. Nous avons essayé ça, ce matin... On voyait sa chemise sous les bras et dans le dos. »

Mais un léger frémissement agita la salle. Rose Mignon venait d'entrer, en Diane. Bien qu'elle n'eût ni la taille ni la figure du rôle, maigre et noire, d'une laideur adorable de gamin parisien, elle parut charmante, comme une raillerie même du personnage. Son air d'entrée, des paroles bêtes à pleurer où elle se plaignait de Mars qui était en train de la lâcher pour Vénus, fut chanté avec une réserve pudique, si pleine de sous-entendus égrillards, que le public s'échauffa. Le mari et Steiner, coude à coude, riaient complaisamment. Et toute la salle éclata, lorsque Prullière, cet acteur si aimé, se montra en général, un Mars de la Courtille, empanaché d'un plumet géant, traînant un sabre qui lui arrivait à l'épaule. Lui, avait assez de Diane; elle faisait trop sa poire. Alors, Diane jurait de le surveiller et de se venger. Le duo se terminait par une tyrolienne

bouffonne, que Prullière enleva très drôlement, d'une voix de matou irrité. Il avait une fatuité amusante de jeune premier en bonne fortune, et roulait des yeux de bravache, qui soulevaient des rires aigus de femme, dans les loges.

Puis, le public redevint froid ; les scènes suivantes furent trouvées ennuyeuses. C'est à peine si le vieux Bosc, un Jupiter imbécile, la tête écrasée sous une couronne immense, dérida un instant le public, lorsqu'il eut une querelle de ménage avec Junon, à propos du compte de leur cuisinière. Le défilé des dieux, Neptune, Pluton, Minerve et les autres, faillit même tout gâter. On s'impatientait, un murmure inquiétant grandissait lentement, les spectateurs se désintéressaient et regardaient dans la salle. Lucy riait avec Labordette ; le comte de Vandeuvres allongeait la tête, derrière les fortes épaules de Blanche ; tandis que Faucbery, du coin de l'œil, examinait les Muffat, le comte très grave, comme s'il n'avait pas compris, la comtesse vaguement souriante, les yeux perdus, rêvant. Mais brusquement, dans ce malaise, les applaudissements de la claque crépitèrent avec la régularité d'un feu de peloton. On se tourna vers la scène. Était-ce Nana enfin ? Cette Nana se faisait bien attendre.

C'était une députation de mortels que Ganymède et Iris avaient introduite, des bourgeois respectables, tous maris trompés et venant présenter au maître des dieux une plainte contre Vénus, qui enflammait vraiment leurs femmes de trop d'ardeurs. Le chœur, sur un ton dolent et naïf, coupé de silences pleins d'aveux, amusa beaucoup. Un mot fit le tour de la salle : « Le chœur des cocus, le chœur des cocus » ; et le mot devait rester, on cria « bis ». Les têtes des choristes étaient drôles, on leur trouvait une figure à ça, un gros surtout, la face ronde comme une lune. Cependant, Vulcain arrivait, furieux, demandant sa femme, filée depuis trois jours. Le chœur reprenait, implorant Vulcain, le dieu des cocus. Ce personnage de Vulcain était joué par Fontan, un comique d'un talent canaille et original, qui avait un déhanchement d'une fantaisie folle, en forgeron de village, la perruque flambante, les bras nus, tatoués de

23

cœurs percés de flèches. Une voix de femme laissa échapper, très haut : « Ah ! qu'il est laid ! » ; et toutes riaient en applaudissant.

Une scène, ensuite, sembla interminable. Jupiter n'en finissait pas d'assembler le conseil des dieux, pour lui soumettre la requête des maris trompés. Et toujours pas de Nana ! On gardait donc Nana pour le baisser du rideau ? Une attente si prolongée avait fini par irriter le public. Les murmures recommençaient.

« Ça va mal, dit Mignon radieux à Steiner. Un joli attrapage, vous allez voir ! »

A ce moment, les nuées, au fond, s'écartèrent, et Vénus parut. Nana, très grande, très forte pour ses dix-huit ans, dans sa tunique blanche de déesse, ses longs cheveux blonds simplement dénoués sur les épaules, descendit vers la rampe avec un aplomb tranquille, en riant au public. Et elle entama son grand air :

Lorsque Vénus rôde le soir...

Dès le second vers, on se regardait dans la salle. Était-ce une plaisanterie, quelque gageure de Bordenave ? Jamais on n'avait entendu une voix aussi fausse, menée avec moins de méthode. Son directeur la jugeait bien, elle chantait comme une seringue. Et elle ne savait même pas se tenir en scène, elle jetait les mains en avant, dans un balancement de tout son corps, qu'on trouva peu convenable et disgracieux. Des oh ! oh ! s'élevaient déjà du parterre et des petites places, on sifflotait, lorsqu'une voix de jeune coq en train de muer, aux fauteuils d'orchestre, lança avec conviction :

« Très chic ! »

Toute la salle regarda. C'était le chérubin, l'échappé de collège, ses beaux yeux écarquillés, sa face blonde enflammée par la vue de Nana. Quand il vit le monde se tourner vers lui, il devint très rouge d'avoir ainsi parlé haut, sans le vouloir. Daguenet, son voisin, l'examinait avec un sourire, le public riait, comme désarmé et ne songeant plus à siffler ; tandis que les jeunes messieurs en gants blancs, empoignés eux aussi par le galbe de Nana, se pâmaient, applaudissaient.

« C'est ça, très bien! bravo! »

Nana, cependant, en voyant rire la salle, s'était mise à rire. La gaieté redoubla. Elle était drôle tout de même, cette belle fille. Son rire lui creusait un amour de petit trou dans le menton. Elle attendait, pas gênée, familière, entrant tout de suite de plain-pied avec le public, ayant l'air de dire elle-même d'un clignement d'yeux qu'elle n'avait pas de talent pour deux liards, mais que ça ne faisait rien, qu'elle avait autre chose. Et, après avoir adressé au chef d'orchestre un geste qui signifiait: « Allons-y, mon bonhomme! », elle commença le second couplet:

A minuit, c'est Vénus qui passe...

C'était toujours la même voix vinaigrée, mais à présent elle grattait si bien le public au bon endroit, qu'elle lui tirait par moments un léger frisson. Nana avait gardé son rire, qui éclairait sa petite bouche rouge et luisait dans ses grands yeux, d'un bleu très clair. A certains vers un peu vifs, une friandise retroussait son nez dont les ailes roses battaient, pendant qu'une flamme passait sur ses joues. Elle continuait à se balancer, ne sachant faire que ça. Et on ne trouvait plus ça vilain du tout, au contraire; les hommes braquaient leurs jumelles. Comme elle terminait le couplet, la voix lui manqua complètement, elle comprit qu'elle n'irait jamais au bout. Alors, sans s'inquiéter, elle donna un coup de hanche qui dessina une rondeur sous la mince tunique, tandis que, la taille pliée, la gorge renversée, elle tendait les bras. Des applaudissements éclatèrent. Tout de suite, elle s'était tournée, remontant, faisant voir sa nuque où des cheveux roux mettaient comme une toison de bête; et les applaudissements devinrent furieux.

La fin de l'acte fut plus froide. Vulcain voulait gifler Vénus. Les dieux tenaient conseil et décidaient qu'ils iraient procéder à une enquête sur la Terre, avant de satisfaire les maris trompés. C'était là que Diane, surprenant des mots tendres entre Vénus et Mars, jurait de ne pas les quitter des yeux pendant le voyage. Il y avait

aussi une scène où l'Amour, joué par une gamine de douze ans, répondait à toutes les questions : « Oui, maman... Non, maman », d'un ton pleurnicheur, les doigts dans le nez. Puis, Jupiter, avec la sévérité d'un maître qui se fâche, enfermait l'Amour dans un cabinet noir, en lui donnant à conjuguer vingt fois le verbe « J'aime ». On goûta davantage le finale, un chœur que la troupe et l'orchestre enlevèrent très brillamment. Mais, le rideau baissé, la claque tâcha vainement d'obtenir un rappel, tout le monde, debout, se dirigeait déjà vers les portes.

On piétinait, on se bousculait, serré entre les rangs des fauteuils, échangeant ses impressions. Un même mot courait :

« C'est idiot. »

Un critique disait qu'il faudrait joliment couper là-dedans. La pièce importait peu, d'ailleurs ; on causait surtout de Nana. Fauchery et la Faloise, sortis les premiers, se rencontrèrent dans le couloir de l'orchestre avec Steiner et Mignon. On étouffait dans ce boyau, étroit et écrasé comme une galerie de mine, que des lampes à gaz éclairaient. Ils restèrent un instant au pied de l'escalier de droite, protégés par le retour de la rampe. Les spectateurs des petites places descendaient avec un bruit continu de gros souliers, le flot des habits noirs passait, tandis qu'une ouvreuse faisait tous ses efforts pour protéger, contre les poussées, une chaise sur laquelle elle avait empilé des vêtements.

« Mais je la connais ! cria Steiner, dès qu'il aperçut Fauchery. Pour sûr, je l'ai vue quelque part... Au Casino, je crois, et elle s'y est fait ramasser, tant elle était soûle.

— Moi, je ne sais plus au juste, dit le journaliste ; je suis comme vous, je l'ai certainement rencontrée... »

Il baissa la voix et ajouta en riant :

« Chez la Tricon, peut-être.

— Parbleu ! dans un sale endroit, déclara Mignon, qui semblait exaspéré. C'est dégoûtant que le public accueille comme ça la première salope venue. Il n'y aura bientôt plus d'honnêtes femmes au théâtre... Oui, je finirai par défendre à Rose de jouer. »

Fauchery ne put s'empêcher de sourire. Cependant, la dégringolade des gros souliers sur les marches ne cessait pas, un petit homme en casquette disait d'une voix traînante :

« Oh ! là ! là ! elle est bien boulotte ! Y a de quoi manger. »

Dans le couloir, deux jeunes gens, frisés au petit fer, très corrects avec leurs cols cassés, se querellaient. L'un répétait le mot : Infecte ! Infecte ! sans donner de raison ; l'autre répondait par le mot : Épatante ! Épatante ! dédaigneux aussi de tout argument.

La Faloise la trouvait très bien ; il risqua seulement qu'elle serait mieux, si elle cultivait sa voix. Alors, Steiner, qui n'écoutait plus, parut s'éveiller en sursaut. Il fallait attendre, d'ailleurs. Peut-être que tout se gâterait aux actes suivants. Le public avait montré de la complaisance, mais certainement il n'était pas encore empoigné. Mignon jurait que la pièce ne finirait pas et comme Fauchery et la Faloise les quittaient pour monter au foyer, il prit le bras de Steiner, il se poussa contre son épaule, en lui soufflant dans l'oreille :

« Mon cher, vous allez voir le costume de ma femme, au second acte... Il est d'un cochon ! »

En haut, dans le foyer, trois lustres de cristal brûlaient avec une vive lumière. Les deux cousins hésitèrent un instant : la porte vitrée, rabattue, laissait voir, d'un bout à l'autre de la galerie, une houle de têtes que deux courants emportaient dans un continuel remous. Pourtant, ils entrèrent. Cinq ou six groupes d'hommes, causant très fort et gesticulant, s'entêtaient au milieu des bourrades ; les autres marchaient par files, tournant sur leurs talons qui battaient le parquet ciré. A droite et à gauche, entre des colonnes de marbre jaspé, des femmes, assises sur des banquettes de velours rouge, regardaient le flot passer d'un air las, comme alanguies par la chaleur ; et, derrière elles, dans de hautes glaces, on voyait leurs chignons. Au fond, devant le buffet, un homme à gros ventre buvait un verre de sirop.

Mais Fauchery, pour respirer, était allé sur le balcon. La Faloise qui étudiait des photographies d'actrices,

dans des cadres alternant avec les glaces, entre les colonnes, finit par le suivre. On venait d'éteindre la rampe de gaz, au fronton du théâtre. Il faisait noir et frais sur le balcon, qui leur sembla vide. Seul, un jeune homme, enveloppé d'ombre, accoudé à la balustrade de pierre, dans la baie de droite, fumait une cigarette, dont la braise luisait. Fauchery reconnut Daguenet. Ils se serrèrent la main.

« Que faites-vous donc là, mon cher ? demanda le journaliste. Vous vous cachez dans les petits coins, vous ne quittez pas l'orchestre, les jours de première.

— Mais je fume, vous voyez », répondit Daguenet.

Alors, Fauchery pour l'embarrasser :

« Eh bien, que pensez-vous de la débutante ?... On la traite assez mal dans les couloirs.

— Oh ! murmura Daguenet, des hommes dont elle n'aura pas voulu ! »

Ce fut tout son jugement sur le talent de Nana. La Faloise se penchait, regardant le boulevard. En face, les fenêtres d'un hôtel et d'un cercle étaient vivement éclairées ; tandis que, sur le trottoir, une masse noire de consommateurs occupaient les tables du café de Madrid. Malgré l'heure avancée, la foule s'écrasait ; on marchait à petits pas, du monde sortait continuellement du passage Jouffroy, des gens attendaient cinq minutes avant de pouvoir traverser, tant la queue des voitures s'allongeait.

« Quel mouvement ! quel bruit ! » répétait la Faloise, que Paris étonnait encore.

Une sonnerie tinta longuement, le foyer se vida. On se hâtait dans les couloirs. Le rideau était levé qu'on rentrait par bandes, au milieu de la mauvaise humeur des spectateurs déjà assis. Chacun reprenait sa place, le visage animé et de nouveau attentif. Le premier regard de la Faloise fut pour Gaga ; mais il demeura étonné, en voyant près d'elle le grand blond, qui, tout à l'heure, était dans l'avant-scène de Lucy.

« Quel est donc le nom de ce monsieur ? » demanda-t-il.

Fauchery ne le voyait pas.

« Ah ! oui, Labordette », finit-il par dire, avec le même geste d'insouciance.

Le décor du second acte fut une surprise. On était dans un bastringue de barrière, à la *Boule-Noire*, en plein mardi gras ; des chienlits chantaient une ronde, qu'ils accompagnaient au refrain en tapant des talons. Cette échappée canaille, à laquelle on ne s'attendait point, égaya tellement, qu'on bissa la ronde. Et c'était là que la bande des dieux, égarée par Iris, qui se vantait faussement de connaître la Terre, venait procéder à son enquête. Ils s'étaient déguisés pour garder l'incognito. Jupiter entra en roi Dagobert, avec sa culotte à l'envers et une vaste couronne de fer-blanc. Phébus parut en Postillon de Longjumeau et Minerve en Nourrice normande. De grands éclats de gaieté accueillirent Mars, qui portait un costume extravagant d'Amiral suisse. Mais les rires devinrent scandaleux, lorsqu'on vit Neptune vêtu d'une blouse, coiffé d'une haute casquette ballonnée, des accroche-cœurs collés aux tempes, traînant ses pantoufles et disant d'une voix grasse : « De quoi ! quand on est bel homme, faut bien se laisser aimer ! » Il y eut quelques oh ! oh ! tandis que les dames haussaient un peu leurs éventails. Lucy, dans son avant-scène, riait si bruyamment que Caroline Héquet la fit taire d'un léger coup d'éventail.

Dès lors, la pièce était sauvée, un grand succès se dessina. Ce carnaval des dieux, l'Olympe traîné dans la boue, toute une religion, toute une poésie bafouées, semblèrent un régal exquis. La fièvre de l'irrévérence gagnait le monde lettré des premières représentations ; on piétinait sur la légende, on cassait les antiques images. Jupiter avait une bonne tête, Mars était tapé. La royauté devenait une farce, et l'armée, une rigolade. Quand Jupiter, tout d'un coup amoureux d'une petite blanchisseuse, se mit à pincer un cancan échevelé, Simonne, qui jouait la blanchisseuse, lança le pied au nez du maître des dieux, en l'appelant si drôlement : « Mon gros père ! » qu'un rire fou secoua la salle. Pendant qu'on dansait, Phébus payait des saladiers de vin chaud à Minerve, et Neptune trônait au milieu de sept ou huit femmes, qui le régalaient de gâteaux. On saisissait les allusions, on ajoutait des obscénités, les mots inoffensifs étaient détournés de leur sens par les excla-

mations de l'orchestre. Depuis longtemps, au théâtre, le public ne s'était vautré dans de la bêtise plus irrespectueuse. Cela le reposait.

Pourtant, l'action marchait, au milieu de ces folies. Vulcain, en garçon chic, tout de jaune habillé, ganté de jaune, un monocle fiché dans l'œil, courait toujours après Vénus, qui arrivait enfin en Poissarde, un mouchoir sur la tête, la gorge débordante, couverte de gros bijoux d'or. Nana était si blanche et si grasse, si nature dans ce personnage fort des hanches et de la gueule, que tout de suite elle gagna la salle entière. On en oublia Rose Mignon, un délicieux Bébé, avec un bourrelet d'osier et une courte robe de mousseline, qui venait de soupirer les plaintes de Diane d'une voix charmante. L'autre, cette grosse fille qui se tapait sur les cuisses, qui gloussait comme une poule, dégageait autour d'elle une odeur de vie, une toute-puissance de femme, dont le public se grisait. Dès ce second acte, tout lui fut permis : se tenir mal en scène, ne pas chanter une note juste, manquer de mémoire ; elle n'avait qu'à se tourner et à rire, pour enlever les bravos. Quand elle donnait son fameux coup de hanche, l'orchestre s'allumait, une chaleur montait de galerie en galerie jusqu'au cintre. Aussi fut-ce un triomphe, lorsqu'elle mena le bastringue. Elle était là chez elle, le poing à la taille, asseyant Vénus dans le ruisseau, au bord du trottoir. Et la musique semblait faite pour sa voix faubourienne, une musique de mirliton, un retour de foire de Saint-Cloud, avec des éternuements de clarinette et des gambades de petite flûte.

Deux morceaux furent encore bissés. La valse de l'ouverture, cette valse au rythme polisson, était revenue et emportait les dieux. Junon, en Fermière, pinçait Jupiter avec sa blanchisseuse et le calottait. Diane, surprenant Vénus en train de donner un rendez-vous à Mars, se hâtait d'indiquer le lieu et l'heure à Vulcain, qui s'écriait : « J'ai mon plan. » Le reste ne paraissait pas bien clair. L'enquête aboutissait à un galop final, après lequel Jupiter, essoufflé, en nage, sans couronne, déclarait que les petites femmes de la terre étaient délicieuses et que les hommes avaient tous les torts.

Le rideau tombait, lorsque, dominant les bravos, des voix crièrent violemment :

« Tous ! tous ! »

Alors, le rideau se releva, les artistes reparurent, se tenant par la main. Au milieu, Nana et Rose Mignon, côte à côte, faisaient des révérences. On applaudissait, la claque poussait des acclamations. Puis la salle, lentement, se vida à moitié.

« Il faut que j'aille saluer la comtesse Muffat, dit la Faloise.

— C'est ça, tu vas me présenter, répondit Fauchery. Nous descendrons ensuite. »

Mais il n'était pas facile d'arriver aux loges de balcon. Dans le couloir, en haut, on s'écrasait. Pour avancer, au milieu des groupes, il fallait s'effacer, se glisser en jouant des coudes. Adossé sous une lampe de cuivre, où brûlait un jet de gaz, le gros critique jugeait la pièce devant un cercle attentif. Des gens, au passage, se le nommaient à demi-voix. Il avait ri pendant tout l'acte, c'était la rumeur des couloirs ; pourtant, il se montrait très sévère, parlait du goût et de la morale. Plus loin, le critique aux lèvres minces était plein d'une bienveillance qui avait un arrière-goût gâté, comme du lait tourné à l'aigre.

Fauchery fouillait les loges d'un coup d'œil, par les baies rondes taillées dans les portes. Mais le comte de Vandeuvres l'arrêta, en le questionnant ; et quand il sut que les deux cousins allaient saluer les Muffat, il leur indiqua la loge 7, d'où justement il sortait. Puis, se penchant à l'oreille du journaliste :

« Dites donc, mon cher, cette Nana, c'est pour sûr elle que nous avons vue un soir, au coin de la rue de Provence...

— Tiens ! vous avez raison, s'écria Fauchery. Je disais bien que je la connaissais ! »

La Faloise présenta son cousin au comte Muffat de Beuville, qui se montra très froid. Mais, au nom de Fauchery, la comtesse avait levé la tête, et elle complimenta le chroniqueur sur ses articles du *Figaro* d'une phrase discrète. Accoudée sur le velours de la rampe, elle se tournait à demi, dans un joli mouvement

d'épaules. On causa un instant, la conversation tomba sur l'Exposition universelle.

« Ce sera très beau, dit le comte, dont la face carrée et régulière gardait une gravité officielle. J'ai visité le Champ-de-Mars aujourd'hui... J'en suis revenu émerveillé.

— On assure qu'on ne sera pas prêt, hasarda la Faloise. Il y a un gâchis... »

Mais le comte, de sa voix sévère, l'interrompit.

« On sera prêt... L'empereur le veut. »

Fauchery raconta gaiement qu'il avait failli rester dans l'aquarium, alors en construction, un jour qu'il était allé là-bas chercher un sujet d'article. La comtesse souriait. Elle regardait par moments dans la salle, levant un de ses bras ganté de blanc jusqu'au coude, s'éventant d'une main ralentie. La salle, presque vide, sommeillait ; quelques messieurs, à l'orchestre, avaient étalé des journaux ; des femmes recevaient, très à l'aise, comme chez elles. Il n'y avait plus qu'un chuchotement de bonne compagnie, sous le lustre, dont la clarté s'adoucissait dans la fine poussière soulevée par le remue-ménage de l'entracte. Aux portes, des hommes s'entassaient pour voir les femmes restées assises ; et ils se tenaient là, immobiles une minute, allongeant le cou, avec le grand cœur blanc de leurs plastrons.

« Nous comptons sur vous mardi prochain », dit la comtesse à la Faloise.

Elle invita Fauchery, qui s'inclina. On ne parla point de la pièce, le nom de Nana ne fut pas prononcé. Le comte gardait une dignité si glacée, qu'on l'aurait cru à quelque séance du Corps législatif. Il dit simplement, pour expliquer leur présence, que son beau-père aimait le théâtre. La porte de la loge avait dû rester ouverte, le marquis de Chouard, qui était sorti afin de laisser sa place aux visiteurs, redressait sa haute taille de vieillard, la face molle et blanche sous un chapeau à larges bords, suivant de ses yeux troubles les femmes qui passaient.

Dès que la comtesse eut fait son invitation, Fauchery prit congé, sentant qu'il serait inconvenant de parler de la pièce. La Faloise sortit le dernier de la loge. Il venait

d'apercevoir, dans l'avant-scène du comte de Vandeuvres, le blond Labordette, carrément installé, s'entretenant de très près avec Blanche de Sivry.

« Ah ! çà, dit-il, dès qu'il eut rejoint son cousin, ce Labordette connaît donc toutes les femmes ?... Le voilà maintenant avec Blanche.

— Mais sans doute, il les connaît toutes, répondit tranquillement Fauchery. D'où sors-tu donc, mon cher ? »

Le couloir s'était un peu déblayé. Fauchery allait descendre, lorsque Lucy Stewart l'appela. Elle était tout au fond, devant la porte de son avant-scène. On cuisait làdedans, disait-elle ; et elle occupait la largeur du corridor, en compagnie de Caroline Héquet et de sa mère, croquant des pralines. Une ouvreuse causait maternellement avec elles. Lucy querella le journaliste : il était gentil, il montait voir les autres femmes et il ne venait seulement pas demander si elles avaient soif ! Puis, lâchant son sujet :

« Tu sais, mon cher ! moi je trouve Nana très bien. »

Elle voulait qu'il restât dans l'avant-scène pour le dernier acte ; mais lui, s'échappa, en promettant de les prendre à la sortie. En bas, devant le théâtre, Fauchery et la Faloise allumèrent des cigarettes. Un rassemblement barrait le trottoir, une queue d'hommes descendus du perron et respirant la fraîcheur de la nuit, au milieu du ronflement ralenti du boulevard.

Cependant, Mignon venait d'entraîner Steiner au café des Variétés. Voyant le succès de Nana, il s'était mis à parler d'elle avec enthousiasme, tout en surveillant le banquier du coin de l'œil. Il le connaissait, deux fois il l'avait aidé à tromper Rose, puis, le caprice passé, l'avait ramené, repentant et fidèle. Dans le café, les consommateurs trop nombreux se serraient autour des tables de marbre ; quelques-uns buvaient debout, précipitamment ; et les larges glaces reflétaient à l'infini cette cohue de têtes, agrandissaient démesurément l'étroite salle, avec ses trois lustres, ses banquettes de moleskine, son escalier tournant drapé de rouge. Steiner alla se placer à une table de la première salle, ouverte sur le boulevard, dont on avait enlevé les portes

un peu tôt pour la saison. Comme Fauchery et la Faloise passaient, le banquier les retint.

« Venez donc prendre un bock avec nous. »

Mais une idée le préoccupait, il voulait faire jeter un bouquet à Nana. Enfin, il appela un garçon du café, qu'il nommait familièrement Auguste. Mignon, qui écoutait, le regarda d'un œil si clair, qu'il se troubla, en balbutiant :

« Deux bouquets, Auguste, et remettez-les à l'ouvreuse ; un pour chacune de ces dames, au bon moment, n'est-ce pas ? »

A l'autre bout de la salle, la nuque appuyée contre le cadre d'une glace, une fille de dix-huit ans au plus se tenait immobile devant un verre vide, comme engourdie par une longue et vaine attente. Sous les frisures naturelles de ses beaux cheveux cendrés, elle avait une figure de vierge, aux yeux de velours, doux et candides ; et elle portait une robe de soie verte déteinte, avec un chapeau rond que des gifles avaient défoncé. La fraîcheur de la nuit la rendait toute blanche.

« Tiens ! voilà Satin », murmura Fauchery en l'apercevant.

La Faloise le questionna. Oh ! une rouleuse de boulevard, rien du tout. Mais elle était si voyou, qu'on s'amusait à la faire causer. Et le journaliste, haussant la voix :

« Que fais-tu donc là, Satin ?

— Je m'emmerde », répondit Satin tranquillement, sans bouger.

Les quatre hommes, charmés, se mirent à rire.

Mignon assurait qu'on n'avait pas besoin de se presser ; il fallait vingt minutes pour poser le décor du troisième acte. Mais les deux cousins, qui avaient bu leur bière, voulurent remonter ; le froid les prenait. Alors, Mignon, resté seul avec Steiner, s'accouda, lui parla dans la figure.

« Hein ? c'est entendu, nous irons chez elle, je vous présenterai... Vous savez, c'est entre nous, ma femme n'a pas besoin de le savoir. »

Revenus à leurs places, Fauchery et la Faloise remarquèrent aux secondes loges une jolie femme, mise avec modestie. Elle était en compagnie d'un monsieur d'air

sérieux, un chef de bureau au ministère de l'Intérieur, que la Faloise connaissait, pour l'avoir rencontré chez les Muffat. Quant à Fauchery, il croyait qu'elle se nommait madame Robert ; une femme honnête et qui avait un amant, pas plus, et toujours un homme respectable.

Mais ils durent se tourner. Daguenet leur souriait. Maintenant que Nana avait réussi, il ne se cachait plus, il venait de triompher dans les couloirs. A son côté, le jeune échappé de collège n'avait pas quitté son fauteuil, dans la stupeur d'admiration où Nana le plongeait. C'était ça, c'était la femme ; et il devenait très rouge, il mettait et retirait machinalement ses gants. Puis, comme son voisin avait causé de Nana, il osa l'interroger.

« Pardon, monsieur, cette dame qui joue, est-ce que vous la connaissez ?

— Oui, un peu, murmura Daguenet, surpris et hésitant.

— Alors, vous savez son adresse ? »

La question tombait si crûment, adressée à lui, qu'il eut envie de répondre par une gifle.

« Non », dit-il d'un ton sec.

Et il tourna le dos. Le blondin comprit qu'il venait de commettre quelque inconvenance ; il rougit davantage et resta effaré.

On frappait les trois coups, des ouvreuses s'entêtaient à rendre les vêtements, chargées de pelisses et de paletots, au milieu du monde qui rentrait. La claque applaudit le décor, une grotte du mont Etna, creusée dans une mine d'argent et dont les flancs avaient l'éclat des écus neufs ; au fond, la forge de Vulcain mettait un coucher d'astre. Diane, dès la seconde scène, s'entendait avec le dieu qui devait feindre un voyage pour laisser la place libre à Vénus et à Mars. Puis, à peine Diane se trouvait-elle seule, que Vénus arrivait. Un frisson remua la salle. Nana était nue. Elle était nue avec une tranquille audace, certaine de la toute-puissance de sa chair. Une simple gaze l'enveloppait ; ses épaules rondes, sa gorge d'amazone dont les pointes roses se tenaient levées et rigides comme des lances, ses larges hanches qui roulaient dans un balancement volup-

tueux, ses cuisses de blonde grasse, tout son corps se devinait, se voyait sous le tissu léger, d'une blancheur d'écume. C'était Vénus naissant des flots, n'ayant pour voile que ses cheveux. Et, lorsque Nana levait les bras, on apercevait, aux feux de la rampe, les poils d'or de ses aisselles. Il n'y eut pas d'applaudissements. Personne ne riait plus, les faces des hommes, sérieuses, se tendaient, avec le nez aminci, la bouche irritée et sans salive. Un vent semblait avoir passé très doux, chargé d'une sourde menace. Tout d'un coup, dans la bonne enfant, la femme se dressait, inquiétante, apportant le coup de folie de son sexe, ouvrant l'inconnu du désir. Nana souriait toujours, mais d'un sourire aigu de mangeuse d'hommes.

« Fichtre ! » dit simplement Faucherie à la Faloise.

Mars, cependant, accourait au rendez-vous avec son plumet et se trouvait entre les deux déesses. Il y avait là une scène que Prullière joua finement ; caressé par Diane qui voulait tenter sur lui un dernier effort avant de le livrer à Vulcain, cajolé par Vénus que la présence de sa rivale stimulait, il s'abandonnait à ces douceurs, d'un air béat de coq en pâte. Puis, un grand trio terminait la scène et ce fut alors qu'une ouvreuse parut dans la loge de Lucy Stewart et jeta deux énormes bouquets de lilas blanc. On applaudit. Nana et Rose Mignon saluèrent, pendant que Prullière ramassait les bouquets. Une partie de l'orchestre se tourna en souriant vers la baignoire occupée par Steiner et Mignon. Le banquier, le sang au visage, avait de petits mouvements convulsifs du menton : comme s'il eût éprouvé un embarras dans la gorge.

Ce qui suivit acheva d'empoigner la salle. Diane s'en était allée, furieuse. Tout de suite, assise sur un banc de mousse, Vénus appela Mars auprès d'elle. Jamais encore on n'avait osé une scène de séduction plus chaude. Nana, les bras au cou de Prullière, l'attirait, lorsque Fontan, se livrant à une mimique de fureur cocasse, exagérant le masque d'un époux outragé qui surprend sa femme en flagrant délit, parut dans le fond de la grotte. Il tenait le fameux filet aux mailles de fer. Un instant, il le balança, pareil à un pêcheur qui va

jeter un coup d'épervier ; et, par un truc ingénieux. Vénus et Mars furent pris au piège, le filet les enveloppa, les immobilisa dans leur posture d'amants heureux.

Un murmure grandit comme un soupir qui se gonflait. Quelques mains battirent, toutes les jumelles étaient fixées sur Vénus. Peu à peu, Nana avait pris possession du public et maintenant chaque homme la subissait. Le rut qui montait d'elle, ainsi que d'une bête en folie, s'était épandu toujours davantage, emplissant la salle. A cette heure, ses moindres mouvements soufflaient le désir, elle retournait la chair d'un geste de son petit doigt. Des dos s'arrondissaient, vibrant comme si des archets invisibles se fussent promenés sur les muscles, des nuques montraient des poils follets qui s'envolaient sous des haleines tièdes et errantes, venues on ne savait de quelle bouche de femme. Fauchery voyait devant lui l'échappé de collège que la passion soulevait de son fauteuil. Il eut la curiosité de regarder le comte de Vandeuvres, très pâle, les lèvres pincées, le gros Steiner, dont la face apoplectique crevait. Labordette lorgnant d'un air étonné de maquignon qui admire une jument parfaite, Daguenet dont les oreilles saignaient et remuaient de jouissance. Puis, un instinct lui fit jeter un coup d'œil en arrière, et il resta étonné de ce qu'il aperçut dans la loge des Muffat : derrière la comtesse, blanche et sérieuse, le comte se haussait, béant, la face marbrée de taches rouges ; tandis que, près de lui, dans l'ombre, les yeux troubles du marquis de Chouard étaient devenus deux yeux de chat, phosphorescents, pailletés d'or. On suffoquait, les chevelures s'alourdissaient sur les têtes en sueur. Depuis trois heures qu'on était là, les haleines avaient chauffé l'air d'une odeur humaine. Dans le flamboiement du gaz, les poussières en suspension s'épaississaient, immobiles au-dessous du lustre. La salle entière vacillait, glissait à un vertige, lasse et excitée, prise de ces désirs ensommeillés de minuit qui balbutient au fond des alcôves. Et Nana, en face de ce public pâmé, de ces quinze cents personnes entassées, noyées dans l'affaissement et le détraquement nerveux d'une fin de spec-

tacle, restait victorieuse avec sa chair de marbre, son
sexe assez fort pour détruire tout ce monde et n'en être
pas entamé.

La pièce s'acheva. Aux appels triomphants de Vul-
cain, tout l'Olympe défilait devant les amoureux, avec
des oh! et des ah! de stupéfaction et de gaillardise.
Jupiter disait : « Mon fils, je vous trouve léger de nous
appeler pour voir ça. » Puis, un revirement avait lieu en
faveur de Vénus. Le chœur des cocus, introduit de nou-
veau par Iris, suppliait le maître des dieux de ne pas
donner suite à sa requête; depuis que les femmes
demeuraient au logis, la vie y devenait impossible pour
les hommes; ils aimaient mieux être trompés et
contents, ce qui était la morale de la comédie. Alors, on
délivrait Vénus. Vulcain obtenait une séparation de
corps. Mars se remettait avec Diane. Jupiter, pour avoir
la paix dans son ménage, envoyait sa petite blan-
chisseuse dans une constellation. Et l'on tirait enfin
l'Amour de son cachot, où il avait fait des cocottes, au
lieu de conjuguer le verbe aimer. La toile tomba sur
une apothéose, le chœur des cocus agenouillé, chantant
un hymne de reconnaissance à Vénus, souriante et
grandie dans sa souveraine nudité.

Les spectateurs, déjà debout, gagnaient les portes.
On nomma les auteurs et il y eut deux rappels au
milieu d'un tonnerre de bravos. Le cri : « Nana!
Nana! » avait roulé furieusement. Puis, la salle n'était
pas encore vide qu'elle devint noire; la rampe s'éteignit,
le lustre baissa, de longues housses de toile grise glis-
sèrent des avant-scènes, enveloppèrent les dorures des
galeries; et cette salle, si chaude, si bruyante, tomba
d'un coup à un lourd sommeil, pendant qu'une odeur
de moisi et de poussière montait. Au bord de sa loge,
attendant que la foule se fût écoulée, la comtesse Muf-
fat, toute droite, emmitouflée de fourrures, regardait
l'ombre.

Dans les couloirs, on bousculait les ouvreuses qui
perdaient la tête parmi des tas de vêtements écroulés.
Fauchery et la Faloise s'étaient hâtés pour assister à la
sortie. Le long du vestibule, des hommes faisaient la
haie, tandis que, du double escalier, lentement, deux

interminables queues descendaient, régulières et compactes. Steiner, entraîné par Mignon, avait filé des premiers. Le comte de Vandeuvres partit avec Blanche de Sivry à son bras. Un instant, Gaga et sa fille semblèrent embarrassées, mais Labordette s'empressa d'aller leur chercher une voiture dont il referma galamment la portière sur elles. Personne ne vit passer Daguenet. Comme l'échappé de collège, les joues brûlantes, décidé à attendre devant la porte des artistes, courait au passage des Panoramas, dont il trouva la grille fermée, Satin, debout sur le trottoir, vint le frôler de ses jupes ; mais lui, désespéré, refusa brutalement, puis disparut au milieu de la foule avec des larmes de désir et d'impuissance dans les yeux. Des spectateurs allumaient des cigares, s'éloignaient en fredonnant : « *Lorsque Vénus rôde le soir...* ». Satin était remontée devant le café des Variétés, où Auguste lui laissait manger le reste de sucre des consommations. Un gros homme, qui sortait très échauffé, l'emmena enfin, dans l'ombre du boulevard peu à peu endormi.

Pourtant, du monde descendait toujours. La Faloise attendait Clarisse. Fauchery avait promis de prendre Lucy Stewart avec Caroline Héquet et sa mère. Elles arrivaient, elles occupaient tout un coin du vestibule, riant très haut, lorsque les Muffat passèrent, l'air glacial. Bordenave, justement, venait de pousser une petite porte et obtenait de Fauchery la promesse formelle d'une chronique. Il était en sueur, un coup de soleil sur la face, comme grisé par le succès.

« En voilà pour deux cents représentations, lui dit obligeamment la Faloise. Paris entier va défiler à votre théâtre. »

Mais Bordenave, se fâchant, montrant d'un mouvement brusque du menton le public qui emplissait le vestibule, cette cohue d'hommes aux lèvres sèches, aux yeux ardents, tout brûlants encore de la possession de Nana, cria avec violence :

« Dis donc à mon bordel, bougre d'entêté ! »

II

Le lendemain, à dix heures, Nana dormait encore. Elle occupait, boulevard Haussmann, le second étage d'une grande maison neuve, dont le propriétaire louait à des dames seules, pour leur faire essuyer les plâtres. Un riche marchand de Moscou, qui était venu passer un hiver à Paris, l'avait installée là, en payant six mois d'avance. L'appartement, trop vaste pour elle, n'avait jamais été meublé complètement; et un luxe criard, des consoles et des chaises dorées s'y heurtaient à du bric-à-brac de revendeuse, des guéridons d'acajou, des candélabres de zinc jouant le bronze florentin. Cela sentait la fille lâchée trop tôt par son premier monsieur sérieux, retombée à des amants louches, tout un début difficile, un lançage manqué, entravé par des refus de crédit et des menaces d'expulsion.

Nana dormait sur le ventre, serrant entre ses bras nus son oreiller, où elle enfonçait son visage tout blanc de sommeil. La chambre à coucher et le cabinet de toilette étaient les deux seules pièces qu'un tapissier du quartier avait soignées. Une lueur glissait sous un rideau, on distinguait le meuble de palissandre, les tentures et les sièges de damas broché, à grandes fleurs bleues sur fond gris. Mais, dans la moiteur de cette chambre ensommeillée, Nana s'éveilla en sursaut, comme surprise de sentir un vide près d'elle. Elle regarda le second oreiller qui s'étalait à côté du sien,

avec le trou encore tiède d'une tête, au milieu des guipures. Et, de sa main tâtonnante, elle pressa le bouton d'une sonnerie électrique, à son chevet.

« Il est donc parti ? demanda-t-elle à la femme de chambre qui se présenta.

— Oui, madame, monsieur Paul s'en est allé, il n'y a pas dix minutes... Comme madame était fatiguée, il n'a pas voulu la réveiller. Mais il m'a chargée de dire à madame qu'il viendrait demain. »

Tout en parlant, Zoé, la femme de chambre, ouvrait les persiennes. Le grand jour entra. Zoé, très brune, coiffée de petits bandeaux, avait une figure longue, en museau de chien, livide et couturée, avec un nez épaté, de grosses lèvres et des yeux noirs sans cesse en mouvement.

« Demain, demain, répétait Nana mal éveillée encore, est-ce que c'est le jour, demain ?

— Oui, madame, monsieur Paul est toujours venu le mercredi.

— Eh ! non, je me souviens ! cria la jeune femme, qui se mit sur son séant. Tout est changé. Je voulais lui dire ça, ce matin... Il tomberait sur le moricaud. Nous aurions une histoire !

— Madame ne m'a pas prévenue, je ne pouvais pas savoir, murmura Zoé. Quand madame changera ses jours, elle fera bien de m'avertir, pour que je sache... Alors, le vieux grigou n'est plus pour le mardi ? »

Elles appelaient ainsi entre elles, sans rire, de ces noms de vieux grigou et de moricaud, les deux hommes qui payaient, un commerçant du faubourg Saint-Denis, de tempérament économe, et un Valaque, un prétendu comte, dont l'argent, toujours très irrégulier, avait une étrange odeur. Daguenet s'était fait donner les lendemains du vieux grigou ; comme le commerçant devait être le matin à sa maison, dès huit heures, le jeune homme guettait son départ, de la cuisine de Zoé, et prenait sa place toute chaude, jusqu'à dix heures ; puis, lui-même allait à ses affaires. Nana et lui trouvaient ça très commode.

« Tant pis ! dit-elle, je lui écrirai cet après-midi... Et, s'il ne reçoit pas ma lettre, demain vous l'empêcherez d'entrer. »

Cependant, Zoé marchait doucement dans la chambre. Elle parlait du grand succès de la veille. Madame venait de montrer tant de talent, elle chantait si bien! Ah! madame pouvait être tranquille, à cette heure!

Nana, le coude dans l'oreiller, ne répondait que par des hochements de tête. Sa chemise avait glissé, ses cheveux dénoués, embroussaillés, roulaient sur ses épaules.

« Sans doute, murmura-t-elle, devenue rêveuse; mais comment faire pour attendre? Je vais avoir toutes sortes d'embêtements aujourd'hui... Voyons, est-ce que le concierge est encore monté, ce matin? »

Alors, toutes deux causèrent sérieusement. On devait trois termes, le propriétaire parlait de saisie. Puis, il y avait une débâcle de créanciers, un loueur de voitures, une lingère, un couturier, un charbonnier, d'autres encore, qui venaient chaque jour s'installer sur une banquette de l'antichambre; le charbonnier surtout se montrait terrible, il criait dans l'escalier. Mais le gros chagrin de Nana était son petit Louis, un enfant qu'elle avait eu à seize ans et qu'elle laissait chez sa nourrice, dans un village, aux environs de Rambouillet. Cette femme réclamait trois cents francs pour rendre Louiset. Prise d'une crise d'amour maternel, depuis sa dernière visite à l'enfant, Nana se désespérait de ne pouvoir réaliser un projet passé à l'idée fixe, payer la nourrice et mettre le petit chez sa tante, madame Lerat, aux Batignolles, où elle irait le voir tant qu'elle voudrait.

Cependant, la femme de chambre insinuait que madame aurait dû confier ses besoins au vieux grigou.

« Eh! je lui ai tout dit, cria Nana; il m'a répondu qu'il avait de trop fortes échéances. Il ne sort pas de ses mille francs par mois... Le moricaud est panné, en ce moment; je crois qu'il a perdu au jeu... Quant à ce pauvre Mimi, il aurait grand besoin qu'on lui en prêtât; un coup de baisse l'a nettoyé, il ne peut seulement plus m'apporter des fleurs. »

Elle parlait de Daguenet. Dans l'abandon du réveil, elle n'avait pas de secret pour Zoé. Celle-ci, habituée à

de pareilles confidences, les recevait avec une sympathie respectueuse. Puisque madame daignait lui causer de ses affaires, elle se permettrait de dire ce qu'elle pensait. D'abord, elle aimait beaucoup madame, elle avait quitté exprès madame Blanche, et Dieu sait si madame Blanche faisait des pieds et des mains pour la ravoir! Les places ne manquaient pas, elle était assez connue; mais elle serait restée chez madame, même dans la gêne, parce qu'elle croyait à l'avenir de madame. Et elle finit par préciser ses conseils. Quand on était jeune, on faisait des bêtises. Cette fois, il fallait ouvrir l'œil, car les hommes ne songeaient qu'à la plaisanterie. Oh! il allait en arriver! Madame n'aurait qu'un mot à dire pour calmer ses créanciers et pour trouver l'argent dont elle avait besoin.

« Tout ça ne me donne pas trois cents francs, répétait Nana, en enfonçant les doigts dans les mèches folles de son chignon. Il me faut trois cents francs, aujourd'hui, tout de suite... C'est bête de ne pas connaître quelqu'un qui vous donne trois cents francs. »

Elle cherchait, elle aurait envoyé à Rambouillet madame Lerat, qu'elle attendait justement le matin. Son caprice contrarié lui gâtait le triomphe de la veille. Parmi tous ces hommes qui l'avaient acclamée, dire qu'il ne s'en trouverait pas un pour lui apporter quinze louis! Puis, on ne pouvait accepter de l'argent comme ça. Mon Dieu! qu'elle était malheureuse! Et elle revenait toujours à son bébé, il avait des yeux bleus de chérubin, il bégayait : « Maman » d'une voix si drôle, que c'était à mourir de rire!

Mais, au même instant, la sonnerie électrique de la porte d'entrée se fit entendre, avec sa vibration rapide et tremblée. Zoé revint, murmurant d'un air confidentiel :

« C'est une femme. »

Elle avait vu vingt fois cette femme, seulement elle affectait de ne jamais la reconnaître et d'ignorer quelles étaient ses relations avec les dames dans l'embarras.

« Elle m'a dit son nom... Madame Tricon.

— La Tricon! s'écria Nana. Tiens! c'est vrai, je l'avais oubliée... Faites entrer. »

Zoé introduisit une vieille dame, de haute taille, portant des anglaises, ayant la tournure d'une comtesse qui court les avoués. Puis, elle s'effaça, elle disparut sans bruit, du mouvement souple de couleuvre dont elle sortait d'une pièce, lorsqu'un monsieur venait. D'ailleurs, elle aurait pu rester. La Tricon ne s'assit même pas. Il n'y eut qu'un échange de paroles brèves.

« J'ai quelqu'un pour vous, aujourd'hui... Voulez-vous ?

— Oui... Combien ?

— Vingt louis.

— Et à quelle heure ?

— A trois heures... Alors, affaire entendue ?

— Affaire entendue. »

La Tricon parla tout de suite du temps qu'il faisait, un temps sec par lequel il était bon de marcher. Elle avait encore quatre ou cinq personnes à voir. Et elle s'en alla en consultant un petit calepin. Restée seule, Nana parut soulagée. Un léger frisson passait sur ses épaules, elle se refourra dans le lit chaud, mollement, avec une paresse de chatte frileuse. Peu à peu, ses yeux se fermèrent, elle souriait à l'idée d'habiller Louiset gentiment, le lendemain ; tandis que, dans le sommeil qui la reprenait, son rêve fiévreux de toute la nuit, un roulement prolongé de bravos, revenait comme une basse continue, et berçait sa lassitude.

A onze heures, lorsque Zoé fit entrer madame Lerat dans la chambre, Nana dormait encore. Mais elle s'éveilla au bruit, et tout de suite :

« C'est toi... Tu iras aujourd'hui à Rambouillet.

— Je viens pour ça, dit la tante. Il y a un train à midi vingt. J'ai le temps de le prendre.

— Non, je n'aurai l'argent que tantôt, reprit la jeune femme qui s'étirait, la gorge haute. Tu vas déjeuner, puis nous verrons. »

Zoé apportait un peignoir.

« Madame, murmura-t-elle, le coiffeur est là. »

Mais Nana ne voulut point passer dans le cabinet de toilette. Elle cria elle-même :

« Entrez, Francis. »

Un monsieur, mis correctement, poussa la porte. Il

44

salua. Justement, Nana sortait du lit, les jambes nues. Elle n'eut pas de hâte, tendit les mains, pour que Zoé pût enfiler les manches du peignoir. Et Francis, très à l'aise, d'un air digne, attendait, sans se retourner. Puis, quand elle se fut assise et qu'il lui eut donné un premier coup de peigne, il parla.

« Madame n'a peut-être pas vu les journaux... Il y a un article très bon dans *Le Figaro*. »

Il avait acheté le journal. Madame Lerat mit ses lunettes et lut l'article à voix haute, debout devant la fenêtre. Elle redressait sa taille de gendarme; son nez se pinçait, lorsqu'elle lançait un adjectif galant. C'était une chronique de Fauchery, écrite au sortir du théâtre, deux colonnes très chaudes, d'une méchanceté spirituelle pour l'artiste et d'une brutale admiration pour la femme.

« Excellent ! » répétait Francis.

Nana se moquait pas mal qu'on la plaisantât sur sa voix ! Il était gentil, ce Fauchery; elle lui revaudrait sa bonne manière. Madame Lerat, après avoir relu l'article, déclara brusquement que les hommes avaient tous le diable dans les mollets; et elle refusa de s'expliquer davantage, satisfaite de cette allusion égrillarde qu'elle était seule à comprendre. Mais Francis achevait de relever et de nouer les cheveux de Nana. Il salua, en disant :

« J'aurais l'œil sur les journaux du soir... Comme d'habitude, n'est-ce pas ? à cinq heures et demie ?

— Apportez-moi un pot de pommade et une livre de pralines, de chez Boissier ! » lui cria Nana à travers le salon, au moment où il refermait la porte.

Alors, les deux femmes, restées seules, se souvinrent qu'elles ne s'étaient pas embrassées; et elles se posèrent de gros baisers sur les joues. L'article les échauffait. Nana, jusque-là endormie, fut reprise de la fièvre de son triomphe. Ah bien ! c'était Rose Mignon qui devait passer une jolie matinée ! Sa tante n'ayant pas voulu venir au théâtre, parce que, disait-elle, les émotions lui cassaient l'estomac, elle se mit à lui raconter la soirée, en se grisant de son propre récit, comme si Paris entier eût croulé sous les applaudissements. Puis, s'interrom-

pant tout d'un coup, elle demanda avec un rire si l'on aurait dit ça, quand elle traînait son derrière de gamine rue de la Goutte-d'Or. Madame Lerat branlait la tête. Non, non, jamais on n'aurait pu prévoir. A son tour, elle parla, prenant un air grave et l'appelant sa fille. Est-ce qu'elle n'était pas sa seconde mère, puisque la vraie avait rejoint le papa et la grand-maman ? Nana, très attendrie, fut sur le point de pleurer. Mais madame Lerat répétait que le passé était le passé, oh ! un sale passé, des choses à ne pas remuer tous les jours. Longtemps elle avait cessé de voir sa nièce ; car, dans la famille, on l'accusait de se perdre avec la petite. Comme si c'était Dieu possible ! Elle ne lui demandait pas de confidences, elle croyait qu'elle avait toujours vécu proprement. A présent, ça lui suffisait de la retrouver dans une belle position et de lui voir de bons sentiments pour son fils. Il n'y avait encore en ce monde que l'honnêteté et le travail.

« De qui est-il, ce bébé ? » dit-elle en s'interrompant, les yeux allumés d'une curiosité aiguë.

Nana, surprise, hésita une seconde.

« D'un monsieur, répondit-elle.

— Tiens ! reprit la tante, on prétendait que tu l'avais eu d'un maçon qui te battait... Enfin, tu me raconteras ça un jour ; tu sais si je suis discrète !... Va, je le soignerai, comme s'il était le fils d'un prince. »

Elle avait cessé son métier de fleuriste et vivait de ses économies, six cents francs de rentes amassés sou à sou. Nana promit de lui louer un joli petit logement ; en outre, elle lui donnerait cent francs par mois. A ce chiffre, la tante s'oublia, cria à la nièce de leur serrer le gaviot, puisqu'elle les tenait ; elle parlait des hommes. Toutes deux s'embrassèrent encore. Mais Nana, au milieu de sa joie, comme elle remettait la conversation sur Louiset, parut s'assombrir à un brusque souvenir.

« Est-ce embêtant, il faut que je sorte à trois heures ! murmura-t-elle. En voilà une corvée ! »

Justement, Zoé venait de dire que madame était servie. On passa dans la salle à manger, où une dame âgée se trouvait déjà assise, devant la table. Elle n'avait pas retiré son chapeau, vêtue d'une robe sombre de couleur

indécise, entre le puce et le caca-d'oie. Nana ne parut pas étonnée de la voir là. Elle lui demanda simplement pourquoi elle n'était pas entrée dans la chambre.

« J'ai entendu des voix, répondit la vieille. J'ai pensé que vous étiez en compagnie. »

Madame Maloir, l'air respectable, ayant des manières, servait de vieille amie à Nana ; elle lui tenait société et l'accompagnait. La présence de madame Lerat sembla d'abord l'inquiéter. Puis, quand elle sut que c'était une tante, elle la regarda d'un air doux, avec un pâle sourire. Cependant, Nana, qui disait avoir l'estomac dans les talons, se jetait sur des radis, qu'elle croquait sans pain. Madame Lerat, devenue cérémonieuse, ne voulut pas de radis ; ça donnait la pituite. Puis, lorsque Zoé eut apporté des côtelettes, Nana chipota la viande, se contenta de sucer l'os. Par moments, elle examinait du coin de l'œil le chapeau de son amie.

« C'est le chapeau neuf que je vous ai donné ? finit-elle par dire.

— Oui, je l'ai arrangé », murmura madame Maloir, la bouche pleine.

Le chapeau était extravagant, évasé sur le front, empanaché d'une haute plume. Madame Maloir avait la manie de refaire tous ses chapeaux ; elle seule savait ce qui lui allait, et en un tour de main elle faisait une casquette de la plus élégante coiffure. Nana, qui justement lui avait acheté ce chapeau pour ne plus rougir d'elle, lorsqu'elle l'emmenait, faillit se fâcher. Elle cria :

« Enlevez-le, au moins !

— Non, merci, répondit la vieille dignement, il ne me gêne pas, je mange très bien avec. »

Après les côtelettes, il y eut des choux-fleurs et un reste de poulet froid. Mais Nana avait à chaque plat une petite moue, hésitant, flairant, laissant tout sur son assiette. Elle acheva de déjeuner avec de la confiture.

Le dessert traîna. Zoé n'enleva pas le couvert pour servir le café. Ces dames avaient simplement repoussé leurs assiettes. On parlait toujours de la belle soirée de la veille. Nana roulait des cigarettes, qu'elle fumait en se dandinant, renversée sur sa chaise. Et, comme Zoé

était restée là, adossée contre le buffet, les mains ballantes, on en vint à écouter son histoire. Elle se disait fille d'une sage-femme de Bercy, qui avait fait de mauvaises affaires. D'abord, elle était entrée chez un dentiste, puis chez un courtier d'assurances ; mais ça ne lui allait pas ; et elle énumérait ensuite, avec une pointe d'orgueil, les dames où elle avait servi comme femme de chambre. Zoé parlait de ces dames en personne qui avait tenu leur fortune dans sa main. Bien sûr que plus d'une, sans elle, aurait eu de drôles d'histoires. Ainsi, un jour que madame Blanche était avec monsieur Octave, voilà le vieux qui arrive ; que fait Zoé ? elle feint de tomber en traversant le salon, le vieux se précipite, court lui chercher un verre d'eau à la cuisine, et monsieur Octave s'échappe.

« Ah ! elle est bonne, par exemple ! dit Nana, qui l'écoutait avec un intérêt tendre, une sorte d'admiration soumise.

— Moi, j'ai eu bien des malheurs... », commença madame Lerat.

Et, se rapprochant de madame Maloir, elle lui fit des confidences. Toutes deux prenaient des canards. Mais madame Maloir recevait les secrets des autres, sans jamais rien lâcher sur elle. On disait qu'elle vivait d'une pension mystérieuse dans une chambre où personne ne pénétrait.

Tout à coup, Nana s'emporta.

« Ma tante, ne joue donc pas avec les couteaux... Tu sais que ça me retourne. »

Sans y prendre garde, madame Lerat venait de mettre deux couteaux en croix sur la table. D'ailleurs, la jeune femme se défendait d'être superstitieuse. Ainsi, le sel renversé ne signifiait rien, le vendredi non plus ; mais les couteaux, c'était plus fort qu'elle, jamais ça n'avait menti. Certainement, il lui arriverait une chose désagréable. Elle bâilla, puis, d'un air de profond ennui :

« Déjà deux heures... Il faut que je sorte. Quel embêtement ! »

Les deux vieilles se regardèrent. Toutes trois hochèrent la tête sans parler. Bien sûr, ce n'était pas

toujours amusant. Nana s'était renversée de nouveau, allumant encore une cigarette, pendant que les autres pinçaient les lèvres par discrétion, pleines de philosophie.

« En vous attendant, nous allons faire un bésigue, dit madame Maloir au bout d'un silence. Madame joue le bésigue ? »

Certes, madame Lerat le jouait, et à la perfection. Il était inutile de déranger Zoé, qui avait disparu ; un coin de la table suffirait ; et l'on retroussa la nappe, pardessus les assiettes sales. Mais, comme madame Maloir allait prendre elle-même les cartes dans un tiroir du buffet, Nana dit qu'avant de se mettre au jeu, elle serait bien gentille de lui faire une lettre. Ça l'ennuyait d'écrire, puis elle n'était pas sûre de son orthographe, tandis que sa vieille amie tournait des lettres pleines de cœur. Elle courut chercher du beau papier dans sa chambre. Un encrier, une bouteille d'encre de trois sous, traînait sur un meuble, avec une plume empâtée de rouille. La lettre était pour Daguenet. Madame Maloir, d'elle-même, mit de sa belle anglaise : « Mon petit homme chéri » ; et elle l'avertissait ensuite de ne pas venir le lendemain, parce que « ça ne se pouvait pas » ; mais, « de loin comme de près, à tous les moments, elle était avec lui en pensée ».

« Et je termine par "mille baisers" », murmura-t-elle.

Madame Lerat avait approuvé chaque phrase d'un mouvement de tête. Ses regards flambaient, elle adorait se trouver dans les histoires de cœur. Aussi voulut-elle mettre du sien, prenant un air tendre, roucoulant :

« "Mille baisers sur tes beaux yeux." »

— C'est ça : "Mille baisers sur tes beaux yeux !" » répéta Nana, pendant qu'une expression béate passait sur les visages des deux vieilles.

On sonna Zoé pour qu'elle descendît la lettre à un commissionnaire. Justement, elle causait avec le garçon du théâtre, qui apportait à madame un bulletin de service, oublié le matin. Nana fit entrer cet homme, qu'elle chargea de porter la lettre chez Daguenet, en s'en retournant. Puis, elle lui posa des questions. Oh ! M. Bordenave était bien content ; il y avait déjà de la

location pour huit jours ; madame ne s'imaginait pas le nombre de personnes qui demandaient son adresse depuis le matin. Quand le garçon fut parti, Nana dit qu'elle resterait au plus une demi-heure dehors. Si des visites venaient, Zoé ferait attendre. Comme elle parlait, la sonnerie électrique tinta. C'était un créancier, le loueur de voitures ; il s'était installé sur la banquette de l'antichambre. Celui-là pouvait tourner ses pouces jusqu'au soir ; rien ne pressait.

« Allons, du courage ! dit Nana, engourdie de paresse, bâillant et s'étirant de nouveau. Je devrais être là-bas. »

Pourtant, elle ne bougeait point. Elle suivait le jeu de sa tante, qui venait d'annoncer cent d'as. Le menton dans la main, elle s'absorbait. Mais elle eut un sursaut, en entendant sonner trois heures.

« Nom de Dieu ! » lâcha-t-elle brutalement.

Alors, madame Maloir, qui comptait les brisques, l'encouragea de sa voix molle.

« Ma petite, il vaudrait mieux vous débarrasser de votre course tout de suite.

— Fais vite, dit madame Lerat en battant les cartes. Je prendrai le train de quatre heures et demie, si tu es ici avec l'argent avant quatre heures.

— Oh ! Ça ne traînera pas », murmura-t-elle.

En dix minutes, Zoé l'aida à passer une robe et à mettre un chapeau. Ça lui était égal, d'être mal fichue. Comme elle allait descendre, il y eut un nouveau tintement de la sonnerie. Cette fois, c'était le charbonnier. Eh bien ! il tiendrait compagnie au loueur de voitures ; ça les distrairait, ces gens. Seulement, craignant une scène, elle traversa la cuisine et fila par l'escalier de service Elle y passait souvent, elle en était quitte pour relever ses jupes.

« Quand on est bonne mère, ça fait tout pardonner, dit sentencieusement madame Maloir, restée seule avec madame Lerat.

— J'ai quatre-vingts de rois », répondit celle-ci, que le jeu passionnait.

Et toutes deux s'enfoncèrent dans une partie interminable.

La table n'avait pas été desservie. Une buée trouble

emplissait la pièce, l'odeur du déjeuner, la fumée des cigarettes. Ces dames s'étaient remises à prendre des canards. Il y avait vingt minutes qu'elles jouaient en sirotant, lorsque, à un troisième appel de la sonnerie, Zoé entra brusquement et les bouscula, comme des camarades à elle.

« Dites donc, on sonne encore... Vous ne pouvez pas rester là. S'il vient beaucoup de monde, il me faut tout l'appartement... Allons, houp! houp! »

Madame Maloir voulait finir la partie; mais Zoé ayant fait mine de sauter sur les cartes, elle se décida à enlever le jeu, sans rien déranger, pendant que madame Lerat déménageait la bouteille de cognac, les verres et le sucre. Et toutes deux coururent à la cuisine, où elles s'installèrent sur un bout de la table, entre les torchons qui séchaient et la bassine encore pleine d'eau de vaisselle.

« Nous avons dit trois cent quarante... A vous.

— Je joue du cœur. »

Lorsque Zoé revint, elle les trouva de nouveau absorbées. Au bout d'un silence, comme madame Lerat battait les cartes, madame Maloir demanda :

« Qui est-ce?

— Oh! personne, répondit la bonne négligemment, un petit jeune homme... Je voulais le renvoyer, mais il est si joli, sans un poil de barbe, avec ses yeux bleus et sa figure de fille, que j'ai fini par lui dire d'attendre... Il tient un énorme bouquet dont il n'a jamais consenti à se débarrasser... Si ce n'est pas à lui allonger des claques, un morveux qui devrait être encore au collège! »

Madame Lerat alla chercher une carafe d'eau, pour faire un grog; les canards l'avaient altérée. Zoé murmura que, tout de même, elle en boirait bien un aussi. Elle avait, disait-elle, la bouche amère comme du fiel.

« Alors, vous l'avez mis...? reprit madame Maloir.

— Tiens! dans le cabinet du fond, la petite pièce qui n'est pas meublée... Il y a tout juste une malle à madame et une table. C'est là que je loge les pignoufs. »

Et elle sucrait fortement son grog, lorsque la sonnerie électrique la fit sursauter. Nom d'un chien! est-ce

qu'on ne la laisserait pas boire tranquillement ? Ça promettait, si le carillon commençait déjà. Pourtant, elle courut ouvrir. Puis, à son retour, voyant madame Maloir qui l'interrogeait du regard :

« Rien, un bouquet. »

Toutes trois se rafraîchirent, en se saluant d'un signe de tête. Il y eut, coup sur coup, deux autres sonneries, pendant que Zoé desservait enfin la table, rapportant les assiettes sur l'évier, une à une. Mais tout cela n'était pas sérieux. Elle tenait la cuisine au courant, elle répéta deux fois sa phrase dédaigneuse :

« Rien, un bouquet. »

Cependant, ces dames, entre deux levées de cartes, eurent un rire, en lui entendant raconter la tête des créanciers dans l'antichambre, lorsque les fleurs arrivaient. Madame trouverait ses bouquets sur sa toilette. Dommage que ce fût si cher et qu'on ne pût en tirer seulement dix sous. Enfin, il y avait bien de l'argent perdu.

« Moi, dit madame Maloir, je me contenterais par jour de ce que les hommes dépensent en fleurs pour les femmes à Paris.

— Je crois bien, vous n'êtes pas difficile, murmura madame Lerat. On aurait seulement l'argent du fil... Ma chère, soixante de dames. »

Il était quatre heures moins dix. Zoé s'étonnait, ne comprenant pas que madame restât si longtemps dehors. D'ordinaire, lorsque madame se trouvait forcée de sortir, l'après-midi, elle emballait ça, et rondement. Mais madame Maloir déclara qu'on ne faisait pas toujours les choses comme on voulait. Certainement, il y avait des anicroches dans la vie, disait madame Lerat. Le mieux était d'attendre ; si sa nièce s'attardait, ça devait être que ses occupations la retenaient, n'est-ce pas ? D'ailleurs, on ne peinait guère. Il faisait bon dans la cuisine. Et, comme elle n'avait plus de cœur, madame Lerat jeta du carreau.

La sonnerie recommençait. Quand Zoé reparut, elle était tout allumée.

« Mes enfants, le gros Steiner ! dit-elle dès la porte, en baissant la voix. Celui-là, je l'ai mis dans le petit salon. »

Alors, madame Maloir parla du banquier à madame Lerat, qui ne connaissait pas ces messieurs. Est-ce qu'il était en train de lâcher Rose Mignon ? Zoé hochait la tête, elle savait des choses. Mais, de nouveau, il lui fallut aller ouvrir.

« Bon ! une tuile ! murmura-t-elle en revenant. C'est le moricaud ! J'ai eu beau lui répéter que madame était sortie, il s'est installé dans la chambre à coucher... Nous ne l'attendions que ce soir. »

A quatre heures un quart, Nana n'était pas encore là. Que pouvait-elle faire ? Ça n'avait pas de bon sens. On apporta deux autres bouquets. Zoé, ennuyée, regarda s'il restait du café. Oui, ces dames finiraient volontiers le café, ça les réveillerait. Elles s'endormaient, tassées sur leurs chaises, à prendre continuellement des cartes au talon, du même geste. La demie sonna. Décidément, on avait fait quelque chose à madame. Elles chuchotaient entre elles.

Tout à coup, s'oubliant, madame Maloir annonça d'une voix éclatante :

« J'ai le cinq cents !... Quinte majeure d'atout !

— Taisez-vous donc ! dit Zoé avec colère. Que vont penser tous ces messieurs ? »

Et, dans le silence qui régna, dans le murmure étouffé des deux vieilles femmes se querellant, un bruit de pas rapides monta l'escalier de service. C'était Nana enfin. Avant qu'elle eût ouvert la porte, on entendit son essoufflement. Elle entra très rouge, le geste brusque. Sa jupe, dont les tirettes avaient dû casser, essuyaient les marches, et les volants venaient de tremper dans une mare, quelque pourriture coulée du premier étage, où la bonne était un vrai souillon.

« Te voilà ! ce n'est pas malheureux ! dit madame Lerat, les lèvres pincées, encore vexée des cinq cents de madame Maloir. Tu peux te flatter de faire poser les gens !

— Madame n'est pas raisonnable, vraiment ! » ajouta Zoé.

Nana, déjà mécontente, fut exaspérée par ces reproches. Si c'était comme ça qu'on l'accueillait, après l'embêtement qu'elle venait d'avoir !

« Fichez-moi la paix, hein ! cria-t-elle.

— Chut ! madame, il y a du monde », dit la bonne.

Alors, baissant la voix, la jeune femme bégaya, haletante :

« Est-ce que vous croyez que je me suis amusée ? Ça n'en finissait plus. J'aurais bien voulu vous y voir... Je bouillais, j'avais envie de ficher des claques... Et pas un fiacre pour revenir. Heureusement, c'est à deux pas. N'importe, j'ai joliment couru.

— Tu as l'argent ? demanda la tante.

— Tiens ! cette question ! » répondit Nana.

Elle s'était assise sur une chaise, contre le fourneau, les jambes coupées par sa course ; et, sans reprendre haleine, elle tira de son corsage une enveloppe dans laquelle se trouvaient quatre billets de cent francs. On voyait les billets par une large déchirure, qu'elle avait faite d'un doigt brutal, pour s'assurer du contenu. Les trois femmes, autour d'elle, regardaient fixement l'enveloppe, un gros papier froissé et sali, entre ses petites mains gantées. Il était trop tard, madame Lerat n'irait que le lendemain à Rambouillet. Nana entrait dans de grandes explications.

« Madame, il y a du monde qui attend », répéta la femme de chambre.

Mais elle s'emporta de nouveau. Le monde pouvait attendre. Tout à l'heure, quand elle ne serait plus en affaire. Et comme sa tante avançait la main vers l'argent :

« Ah ! non, pas tout, dit-elle. Trois cents francs à la nourrice, cinquante francs pour ton voyage et ta dépense, ça fait trois cent cinquante... Je garde cinquante francs. »

La grosse difficulté fut de trouver de la monnaie. Il n'y avait pas dix francs dans la maison. On ne s'adressa même pas à madame Maloir, qui écoutait d'un air désintéressé, n'ayant jamais sur elle que les six sous d'un omnibus. Enfin, Zoé sortit en disant qu'elle allait voir dans sa malle, et elle rapporta cent francs, en pièces de cent sous. On les compta sur un bout de la table. Madame Lerat partit tout de suite, après avoir promis de ramener Louiset le lendemain.

« Vous dites qu'il y a du monde ? reprit Nana, toujours assise, se reposant.

— Oui, madame, trois personnes. »

Et elle nomma le banquier le premier. Nana fit une moue. Si ce Steiner croyait qu'elle se laisserait ennuyer, parce qu'il lui avait jeté un bouquet la veille !

« D'ailleurs, déclara-t-elle, j'en ai assez. Je ne recevrai pas. Allez dire que vous ne m'attendez plus.

— Madame réfléchira, madame recevra monsieur Steiner », murmura Zoé sans bouger, d'un air grave, fâchée de voir sa maîtresse sur le point de faire encore une bêtise.

Puis, elle parla du Valaque, qui devait commencer à trouver le temps long, dans la chambre. Alors, Nana, furieuse, s'entêta davantage. Personne, elle ne voulait voir personne ! Qui est-ce qui lui avait fichu un homme aussi collant !

« Flanquez tout ça dehors ! Moi, je vais faire un bésigue avec madame Maloir. J'aime mieux ça. »

La sonnerie lui coupa la parole. Ce fut le comble. Encore un raseur ! Elle défendit à Zoé d'aller ouvrir. Celle-ci, sans l'écouter, était sortie de la cuisine. Quand elle reparut, elle dit d'un air d'autorité, en remettant deux cartes :

« J'ai répondu que madame recevait... Ces messieurs sont dans le salon. »

Nana s'était levée rageusement. Mais les noms du marquis de Chouard et du comte Muffat de Beuville, sur les cartes, la calmèrent. Elle resta un instant silencieuse.

« Qu'est-ce que c'est que ceux-là ? demanda-t-elle enfin. Vous les connaissez ?

— Je connais le vieux », répondit Zoé en pinçant la bouche d'une façon discrète.

Et, comme sa maîtresse continuait à l'interroger des yeux, elle ajouta simplement :

« Je l'ai vu quelque part. »

Cette parole sembla décider la jeune femme. Elle quitta la cuisine à regret, ce refuge tiède où l'on pouvait causer et s'abandonner dans l'odeur du café, chauffant sur un reste de braise. Derrière son dos, elle laissait

madame Maloir, qui, maintenant, faisait des réussites ; elle n'avait toujours pas ôté son chapeau ; seulement, pour se mettre à l'aise, elle venait de dénouer les brides et de les rejeter sur ses épaules.

Dans le cabinet de toilette, où Zoé l'aida vivement à passer un peignoir, Nana se vengea des ennuis qu'on lui causait, en mâchant de sourds jurons contre les hommes. Ces gros mots chagrinaient la femme de chambre, car elle voyait avec peine que madame ne se décrassait pas vite de ses commencements. Elle osa même supplier madame de se calmer.

« Ah ! ouiche, répondit Nana crûment, ce sont des salauds, ils aiment ça. »

Pourtant, elle prit son air de princesse, comme elle disait. Zoé l'avait retenue, au moment où elle se dirigeait vers le salon ; et, d'elle-même, elle introduisit dans le cabinet de toilette le marquis de Chouard et le comte Muffat. C'était beaucoup mieux.

« Messieurs, dit la jeune femme avec une politesse étudiée, je regrette de vous avoir fait attendre. »

Les deux hommes saluèrent et s'assirent. Un store de tulle brodé ménageait un demi-jour dans le cabinet. C'était la pièce la plus élégante de l'appartement, tendue d'étoffe claire, avec une grande toilette de marbre, une psyché marquetée, une chaise longue et des fauteuils de satin bleu. Sur la toilette, les bouquets, des roses, des lilas, des jacinthes, mettaient comme un écroulement de fleurs, d'un parfum pénétrant et fort ; tandis que, dans l'air moite, dans la fadeur exhalée des cuvettes, traînait par instants une odeur plus aiguë, quelques brins de patchouli sec, brisés menu au fond d'une coupe. Et, se pelotonnant, ramenant son peignoir mal attaché, Nana semblait avoir été surprise à sa toilette, la peau humide encore, souriante, effarouchée au milieu de ses dentelles.

« Madame, dit gravement le comte Muffat, vous nous excuserez d'avoir insisté... Nous venons pour une quête... Monsieur et moi, sommes membres du bureau de bienfaisance de l'arrondissement. »

Le marquis de Chouard se hâta d'ajouter, d'un air galant :

« Quand nous avons appris qu'une grande artiste habitait cette maison, nous nous sommes promis de lui recommander nos pauvres d'une façon particulière... Le talent ne va pas sans le cœur. »

Nana jouait la modestie. Elle répondit par de petits mouvements de tête, tout en faisant de rapides réflexions. Ça devait être le vieux qui avait amené l'autre ; ses yeux étaient trop polissons. Pourtant, il fallait aussi se méfier de l'autre, dont les tempes se gonflaient drôlement ; il aurait bien pu venir tout seul. C'était ça, le concierge l'avait nommée, et ils se poussaient, chacun pour son compte.

« Certainement, messieurs, vous avez eu raison de monter », dit-elle, pleine de bonne grâce.

Mais la sonnerie électrique la fit tressaillir. Encore une visite, et cette Zoé qui ouvrait toujours ! Elle continua :

« On est trop heureux de pouvoir donner. »

Au fond, elle était flattée.

« Ah ! madame, reprit le marquis, si vous saviez, quelle misère ! Notre arrondissement compte plus de trois mille pauvres, et encore est-il un des plus riches. Vous ne vous imaginez pas une pareille détresse : des enfants sans pain, des femmes malades, privées de tout secours, mourant de froid...

— Les pauvres gens ! » cria Nana, très attendrie.

Son apitoiement fut tel, que des larmes noyèrent ses beaux yeux. D'un mouvement, elle s'était penchée, ne s'étudiant plus ; et son peignoir ouvert laissa voir son cou, tandis que ses genoux tendus dessinaient, sous la mince étoffe, la rondeur de la cuisse. Un peu de sang parut aux joues terreuses du marquis. Le comte Muffat, qui allait parler, baissa les yeux. Il faisait trop chaud dans ce cabinet, une chaleur lourde et enfermée de serre. Les roses se fanaient, une griserie montait du patchouli de la coupe.

« On voudrait être très riche dans ces occasions, ajoutait Nana. Enfin, chacun fait ce qu'il peut... Croyez bien, messieurs, que si j'avais su... »

Elle était sur le point de lâcher une bêtise, dans son attendrissement. Aussi n'acheva-t-elle pas la phrase. Un

instant, elle resta gênée, ne se rappelant plus où elle venait de mettre ses cinquante francs, en ôtant sa robe. Mais elle se souvint : ils devaient être au coin de la toilette, sous un pot de pommade renversé. Comme elle se levait, la sonnerie retentit longuement. Bon! encore un! Ça ne finirait pas. Le comte et le marquis s'étaient également mis debout, et les oreilles de ce dernier avaient remué, se pointant vers la porte; sans doute il connaissait ces coups de sonnette. Muffat le regarda; puis, ils détournèrent les yeux. Ils se gênaient, ils redevinrent froids, l'un carré et solide, avec sa chevelure fortement plantée, l'autre redressant ses épaules maigres, sur lesquelles tombaient sa couronne de rares cheveux blancs.

« Ma foi, dit Nana, qui apportait les dix grosses pièces d'argent, en prenant le parti de rire, je vais vous charger, messieurs... C'est pour les pauvres... »

Et le petit trou adorable de son menton se creusait. Elle avait son air bon enfant sans pose, tenant la pile des écus sur sa main ouverte, l'offrant aux deux hommes comme pour leur dire : « Voyons, qui en veut? ». Le comte fut le plus leste, il prit les cinquante francs; mais une pièce resta, et il dut, pour l'avoir, la ramasser sur la peau même de la jeune femme, une peau tiède et souple qui lui laissa un frisson. Elle, égayée, riait toujours.

« Voilà, messieurs, reprit-elle. Une autre fois, j'espère donner davantage. »

Ils n'avaient plus de prétexte, ils saluèrent, en se dirigeant vers la porte. Mais, au moment où ils allaient sortir, de nouveau la sonnerie éclata. Le marquis ne put cacher un pâle sourire, tandis qu'une ombre rendait le comte plus grave. Nana les retint quelques secondes, pour permettre à Zoé de trouver encore un coin. Elle n'aimait pas qu'on se rencontrât chez elle. Seulement, cette fois, ça devait être bondé. Aussi fut-elle soulagée, lorsqu'elle vit le salon vide. Zoé les avait donc fourrés dans les armoires?

« Au revoir, messieurs », dit-elle, en s'arrêtant sur le seuil du salon.

Elle les enveloppait de son rire et de son regard clair.

Le comte Muffat s'inclina, troublé malgré son grand usage du monde, ayant besoin d'air, emportant un vertige de ce cabinet de toilette, une odeur de fleur et de femme qui l'étouffait. Et, derrière lui, le marquis de Chouard, certain de n'être pas vu, osa adresser à Nana un clignement d'œil, la face tout d'un coup décomposée, la langue au bord des lèvres.

Lorsque la jeune femme rentra dans le cabinet, où Zoé l'attendait avec des lettres et des cartes de visite, elle cria, en riant plus fort :

« En voilà des pannés qui m'ont fait mes cinquante francs ! »

Elle n'était point fâchée, cela lui semblait drôle que des hommes lui eussent emporté de l'argent. Tout de même, c'étaient des cochons, elle n'avait plus le sou. Mais la vue des cartes et des lettres lui rendit sa mauvaise humeur. Les lettres, passe encore ; elles venaient de messieurs qui, après l'avoir applaudie la veille, lui adressaient des déclarations. Quant aux visiteurs, ils pouvaient aller se promener.

Zoé en avait mis partout ; et elle faisait remarquer que l'appartement était très commode, chaque pièce ouvrant sur le corridor. Ce n'était pas comme chez madame Blanche, où il fallait passer par le salon. Aussi madame Blanche avait-elle eu bien des ennuis.

« Vous allez tous les renvoyer, reprit Nana, qui suivait son idée. Commencez par le moricaud.

— Celui-là, madame, il y a beau temps que je l'ai congédié, dit Zoé avec un sourire. Il voulait simplement dire à madame qu'il ne pouvait venir ce soir. »

Ce fut une grosse joie. Nana battit des mains. Il ne venait pas, quelle chance ! Elle serait donc libre ! Et elle poussait des soupirs de soulagement, comme si on l'avait graciée du plus abominable des supplices. Sa première pensée fut pour Daguenet. Ce pauvre chat, auquel justement elle avait écrit d'attendre le jeudi ! Vite, madame Maloir allait faire une seconde lettre ! Mais Zoé dit que madame Maloir avait filé sans qu'on s'en aperçût, comme à son habitude. Alors, Nana, après avoir parlé d'envoyer quelqu'un, resta hésitante. Elle était bien lasse. Toute une nuit à dormir, ce serait si

bon! L'idée de ce régal finit par l'emporter. Pour une fois, elle pouvait se payer ça.

« Je me coucherai en rentrant du théâtre, murmurait-elle d'un air gourmand, et vous ne me réveillerez pas avant midi. »

Puis, haussant la voix :

« Houp! maintenant, poussez-moi les autres dans l'escalier! »

Zoé ne bougeait pas. Elle ne se serait pas permis de donner ouvertement des conseils à madame; seulement, elle s'arrangeait pour faire profiter madame de son expérience, quand madame paraissait s'emballer avec sa mauvaise tête.

« Monsieur Steiner aussi? demanda-t-elle d'une voix brève.

— Certainement, répondit Nana. Lui avant les autres. »

La bonne attendit encore pour donner à madame le temps de la réflexion. Madame ne serait donc pas fière d'enlever à sa rivale, Rose Mignon, un monsieur si riche, connu dans tous les théâtres?

« Dépêchez-vous donc, ma chère, reprit Nana, qui comprenait parfaitement, et dites-lui qu'il m'embête. »

Mais, brusquement, elle eut un retour; le lendemain, elle pouvait en avoir envie; et elle cria avec un geste de gamin, riant, clignant les yeux :

« Après tout, si je veux l'avoir, le plus court est encore de le flanquer à la porte. »

Zoé parut très frappée. Elle regarda madame, prise d'une subite admiration, puis alla flanquer Steiner à la porte, sans balancer.

Cependant, Nana patienta quelques minutes, pour lui laisser le temps de balayer le plancher, comme elle disait. On n'avait pas idée d'un pareil assaut! Elle allongea la tête dans le salon; il était vide. La salle à manger vide également. Mais, comme elle continuait sa visite, tranquillisée, certaine qu'il n'y avait plus personne, elle tomba tout d'un coup sur un petit jeune homme, en poussant la porte d'un cabinet. Il était assis en haut d'une malle, bien tranquille, l'air très sage, avec un énorme bouquet sur les genoux.

« Ah! mon Dieu! cria-t-elle. Il y en a encore un là-dedans! »

Le petit jeune homme, en l'apercevant, avait sauté à terre, rouge comme un coquelicot. Et il ne savait que faire de son bouquet, qu'il passait d'une main dans l'autre, étranglé par l'émotion. Sa jeunesse, son embarras, la drôle de mine qu'il avait avec ses fleurs, attendrirent Nana, qui éclata d'un beau rire. Alors, les enfants aussi? Maintenant, les hommes lui arrivaient au maillot? Elle s'abandonna, familière, maternelle, se tapant sur les cuisses et demandant par rigolade :

« Tu veux donc qu'on te mouche, bébé?

— Oui! », répondit le petit d'une voix basse et suppliante.

Cette réponse l'égaya davantage. Il avait dix-sept ans, il s'appelait Georges Hugon. La veille, il était aux Variétés. Et il venait la voir.

« C'est pour moi ces fleurs?

— Oui.

— Donne-les donc, nigaud! »

Mais, comme elle prenait le bouquet, il lui sauta sur les mains, avec la gloutonnerie de son bel âge. Elle dut le battre pour qu'il lâchât prise. En voilà un morveux qui allait raide! Tout en le grondant, elle était devenue rose, elle souriait. Et elle le renvoya, en lui permettant de revenir. Il chancelait, il ne trouvait plus les portes.

Nana retourna dans son cabinet de toilette, où Francis se présenta presque aussitôt pour la coiffer définitivement. Elle ne s'habillait que le soir. Assise devant la glace, baissant la tête sous les mains agiles du coiffeur, elle restait muette et rêveuse, lorsque Zoé entra, en disant :

« Madame, il y en a un qui ne veut pas partir.

— Eh bien, il faut le laisser, répondit-elle tranquillement.

— Avec ça, il en vient toujours.

— Bah! dis-leur d'attendre. Quand ils auront trop faim, ils s'en iront. »

Son esprit avait tourné. Cela l'enchantait de faire poser les hommes. Une idée acheva de l'amuser : elle s'échappa des mains de Francis, courut mettre elle-

même les verrous ; maintenant, ils pouvaient s'entasser à côté, ils ne perceraient pas le mur, peut-être. Zoé entrerait par la petite porte qui menait à la cuisine. Cependant, la sonnerie électrique marchait de plus belle. Toutes les cinq minutes, le tintement revenait, vif et clair, avec sa régularité de machine bien réglée. Et Nana les comptait, pour se distraire. Mais elle eut un brusque souvenir.

« Mes pralines, dites donc ? »

Francis, lui aussi, oubliait les pralines. Il tira un sac d'une poche de sa redingote, du geste discret d'un homme du monde offrant un cadeau à une amie ; pourtant, à chaque règlement, il portait les pralines sur sa note. Nana posa le sac entre ses genoux, et se mit à croquer, en tournant la tête sous les légères poussées du coiffeur.

« Fichtre ! murmura-t-elle au bout d'un silence, voilà une bande. »

Trois fois, coup sur coup, la sonnerie avait tinté. Les appels du timbre se précipitaient. Il y en avait de modestes, qui balbutiaient avec le tremblement d'un premier aveu ; de hardis, vibrant sous quelque doigt brutal ; de pressés, traversant l'air d'un frisson rapide. Un véritable carillon, comme disait Zoé, un carillon à révolutionner le quartier, toute une cohue d'hommes tapant à la file sur le bouton d'ivoire. Ce farceur de Bordenave avait vraiment donné l'adresse à trop de monde, toute la salle de la veille allait y passer.

« A propos, Francis, dit Nana, avez-vous cinq louis ? »

Il se recula, examina la coiffure, puis tranquillement :

« Cinq louis, c'est selon.

— Ah ! vous savez, reprit-elle, s'il vous faut des garanties... »

Et, sans achever sa phrase, d'un geste large, elle indiquait les pièces voisines. Francis prêta les cinq louis. Zoé, dans les moments de répit, entrait pour préparer la toilette de madame. Bientôt elle dut l'habiller, tandis que le coiffeur attendait, voulant donner un dernier coup à la coiffure. Mais la sonnerie, continuellement, dérangeait la femme de chambre, qui laissait madame

à moitié lacée, chaussée d'un pied seulement. Elle perdait la tête, malgré son expérience. Après avoir mis des hommes un peu partout, en utilisant les moindres coins, elle venait d'être obligée d'en caser jusqu'à trois et quatre ensemble, ce qui était contraire à tous ses principes. Tant pis s'ils se mangeaient, ça ferait de la place! Et Nana, bien verrouillée, à l'abri, se moquait d'eux, en disant qu'elle les entendait souffler. Ils devaient avoir une bonne tête, tous la langue pendante, comme des toutous assis en rond sur leur derrière. C'était son succès de la veille qui continuait, cette meute d'hommes l'avait suivie à la trace.

« Pourvu qu'ils ne cassent rien », murmura-t-elle.

Elle commençait à s'inquiéter, sous les haleines chaudes qui passaient par les fentes. Mais Zoé introduisit Labordette, et la jeune femme eut un cri de soulagement. Il voulait lui parler d'un compte qu'il avait réglé pour elle, à la justice de paix. Elle ne l'écoutait pas, répétant :

« Je vous emmène... Nous dînons ensemble... De là, vous m'accompagnerez aux Variétés. Je n'entre en scène qu'à neuf heures et demie. »

Ce bon Labordette, tombait-il à propos! Jamais il ne demandait rien, lui. Il n'était que l'ami des femmes, dont il bibelotait les petites affaires. Ainsi, en passant, il venait de congédier les créanciers, dans l'antichambre. D'ailleurs, ces braves gens ne voulaient pas être payés, au contraire; s'ils avaient insisté, c'était pour complimenter madame et lui faire en personne de nouvelles offres de service, après son grand succès de la veille.

« Filons, filons », disait Nana qui était habillée.

Justement, Zoé rentrait, criant :

« Madame, je renonce à ouvrir... Il y a une queue dans l'escalier. »

Une queue dans l'escalier! Francis lui-même, malgré le flegme anglais qu'il affectait, se mit à rire, tout en rangeant les peignes. Nana, qui avait pris le bras de Labordette, le poussait dans la cuisine. Et elle se sauva, délivrée des hommes enfin, heureuse, sachant qu'on pouvait l'avoir seule avec soi, n'importe où, sans craindre des bêtises.

« Vous me ramènerez à ma porte, dit-elle pendant qu'ils descendaient l'escalier de service. Comme ça, je serai sûre... Imaginez-vous que je veux dormir toute une nuit, toute une nuit à moi. Une toquade, mon cher ! »

III

La comtesse Sabine, comme on avait pris l'habitude
de nommer madame Muffat de Beuville, pour la distin-
guer de la mère du comte, morte l'année précédente,
recevait tous les mardis, dans son hôtel de la rue Miro-
mesnil, au coin de la rue de Penthièvre. C'était un vaste
bâtiment carré, habité par les Muffat depuis plus de
cent ans ; sur la rue, la façade dormait, haute et noire,
d'une mélancolie de couvent, avec d'immenses per-
siennes qui restaient presque toujours fermées ; der-
rière, dans un bout de jardin humide, des arbres
avaient poussé, cherchant le soleil, si longs et si grêles,
qu'on en voyait les branches, par-dessus les ardoises.

Ce mardi, vers dix heures, il y avait à peine une dou-
zaine de personnes dans le salon. Lorsqu'elle n'atten-
dait que des intimes, la comtesse n'ouvrait ni le petit
salon ni la salle à manger. On était plus entre soi, on
causait près du feu. Le salon, d'ailleurs, était très
grand, très haut ; quatre fenêtres donnaient sur le jar-
din, dont on sentait l'humidité par cette pluvieuse soi-
rée de la fin d'avril, malgré les fortes bûches qui brû-
laient dans la cheminée. Jamais le soleil ne descendait
là ; le jour, une clarté verdâtre éclairait à peine la pièce ;
mais, le soir, quand les lampes et le lustre étaient allu-
més, elle n'était plus que grave, avec ses meubles
Empire d'acajou massif, ses tentures et ses sièges de
velours jaune, à larges dessins satinés. On entrait dans
une dignité froide, dans des mœurs anciennes, un âge
disparu exhalant une odeur de dévotion.

Cependant, en face du fauteuil où la mère du comte était morte, un fauteuil carré, au bois raidi et à l'étoffe dure, de l'autre côté de la cheminée, la comtesse Sabine se tenait sur une chaise profonde, dont la soie rouge capitonnée avait une mollesse d'édredon. C'était le seul meuble moderne, un coin de fantaisie introduit dans cette sévérité, et qui jurait.

« Alors, disait la jeune femme, nous aurons le shah de Perse... »

On causait des princes qui viendront à Paris pour l'Exposition. Plusieurs dames faisaient un cercle devant la cheminée. Madame Du Joncquoy, dont le frère, un diplomate, avait rempli une mission en Orient, donnait des détails sur la cour de Nazar-Eddin.

« Est-ce que vous êtes souffrante, ma chère ? demanda madame Chantereau, la femme d'un maître de forges, en voyant la comtesse prise d'un léger frisson, qui la pâlissait.

— Mais non, pas du tout, répondit celle-ci, souriante. J'ai eu un peu froid... Ce salon est si long à chauffer ! »

Et elle promenait son regard noir le long des murs, jusqu'aux hauteurs du plafond. Estelle, sa fille, une jeune personne de seize ans, dans l'âge ingrat, mince et insignifiante, quitta le tabouret où elle était assise, et vint silencieusement relever une des bûches qui avait roulé. Mais madame de Chezelles, une amie de couvent de Sabine, plus jeune qu'elle de cinq ans, s'écriait :

« Ah bien ! c'est moi qui voudrais avoir un salon comme le tien ! Au moins, tu peux recevoir... On ne fait plus que des boîtes aujourd'hui... Si j'étais à ta place ! »

Elle parlait étourdiment, avec des gestes vifs, expliquant qu'elle changerait les tentures, les sièges, tout ; puis, elle donnerait des bals à faire courir Paris. Derrière elle, son mari, un magistrat, écoutait d'un air grave. On racontait qu'elle le trompait, sans se cacher ; mais on lui pardonnait, on la recevait quand même, parce que, disait-on, elle était folle.

« Cette Léonide ! » se contenta de murmurer la comtesse Sabine, avec son pâle sourire.

Un geste paresseux compléta sa pensée. Certes, ce

n'est pas après y avoir vécu dix-sept ans, qu'elle changerait son salon. Maintenant, il resterait tel que sa belle-mère avait voulu le conserver de son vivant. Puis, revenant à la conversation :

« On m'a assurée que nous aurons également le roi de Prusse et l'empereur de Russie.

— Oui, on annonce de très belles fêtes », dit madame Du Joncquoy.

Le banquier Steiner, introduit depuis peu dans la maison par Léonide de Chezelles, qui connaissait tout Paris, causait sur le canapé, entre deux fenêtres ; il interrogeait un député, dont il tâchait de tirer adroitement des nouvelles, au sujet d'un mouvement de Bourse qu'il flairait ; pendant que le comte Muffat, debout devant eux, les écoutait en silence, la mine plus grise encore que de coutume. Quatre ou cinq jeunes gens faisaient un autre groupe, près de la porte, où ils entouraient le comte Xavier de Vandeuvres, qui, à demi-voix, leur racontait une histoire, très leste sans doute, car ils étouffaient des rires. Au milieu de la pièce, tout seul, assis pesamment dans un fauteuil, un gros homme, chef de bureau au ministère de l'Intérieur, dormait les yeux ouverts. Mais un des jeunes gens ayant paru douter de l'histoire de Vandeuvres, celui-ci haussa la voix.

« Vous êtes trop sceptique, Foucarmont ; vous gâterez vos plaisirs. »

Et il revint en riant près des dames. Le dernier d'une grande race, féminin et spirituel, il mangeait alors une fortune avec une rage d'appétits que rien n'apaisait. Son écurie de courses, une des plus célèbres de Paris, lui coûtait un argent fou, ses pertes au Cercle Impérial se chiffraient chaque mois par un nombre de louis inquiétant ; ses maîtresses lui dévoraient, bon an, mal an, une ferme et quelques arpents de terre ou de forêts, tout un lambeau de ses vastes domaines de Picardie.

« Je vous conseille de traiter les autres de sceptiques, vous qui ne croyez à rien, dit Léonide, en lui ménageant une petite place à côté d'elle. C'est vous qui gâtez vos plaisirs.

— Justement, répondit-il. Je veux faire profiter les autres de mon expérience. »

Mais on lui imposa silence. Il scandalisait M. Venot. Alors, les dames s'étant écartées, on aperçut, au fond d'une chaise longue, un petit homme de soixante ans, avec des dents mauvaises et un sourire fin; il était là, installé comme chez lui, écoutant tout le monde, ne lâchant pas une parole. D'un geste, il dit qu'il n'était pas scandalisé. Vandeuvres avait repris son grand air, et il ajouta gravement :

« Monsieur Venot sait bien que je crois ce qu'il faut croire. »

C'était un acte de foi religieuse. Léonide elle-même parut satisfaite. Dans le fond de la pièce, les jeunes gens ne riaient plus. Le salon était collet monté, ils ne s'y amusaient guère. Un souffle froid avait passé, on entendait au milieu du silence la voix nasillarde de Steiner, que la discrétion du député finissait par mettre hors de lui. Un instant, la comtesse Sabine regarda le feu; puis elle renoua la conversation.

« J'ai vu le roi de Prusse, l'année dernière, à Bade. Il est encore plein de vigueur pour son âge.

— Le comte de Bismarck l'accompagnera, dit madame Du Joncquoy. Connaissez-vous le comte? J'ai déjeuné avec lui chez mon frère, oh! il y a longtemps, lorsqu'il représentait la Prusse à Paris... Voilà un homme dont je ne comprends guère les derniers succès.

— Pourquoi donc? demanda madame Chantereau.

— Mon Dieu! comment vous dire... Il ne me plaît pas. Il a l'air brutal et mal élevé. Puis, moi, je le trouve stupide. »

Tout le monde alors parla du comte de Bismarck. Les opinions furent très partagées. Vandeuvres le connaissait et assurait qu'il était un beau buveur et un beau joueur. Mais, au fort de la discussion, la porte s'ouvrit, Hector de la Faloise parut. Fauchery, qui le suivait, s'approcha de la comtesse, et s'inclinant :

« Madame, je me suis souvenu de votre gracieuse invitation... »

Elle eut un sourire, un mot aimable. Le journaliste, après avoir salué le comte, resta un moment dépaysé au milieu du salon, où il ne reconnaissait que Steiner.

Vandeuvres, s'étant tourné, vint lui donner une poignée de main. Et, tout de suite, heureux de la rencontre, pris d'un besoin d'expansion, Fauchery l'attira, disant à voix basse :

« C'est pour demain, vous en êtes ?

— Parbleu !

— A minuit chez elle.

— Je sais, je sais... J'y vais avec Blanche. »

Il voulait s'échapper pour revenir près des dames donner un nouvel argument en faveur de M. de Bismarck. Mais Fauchery le retint.

« Jamais vous ne devineriez de quelle invitation elle m'a chargé. »

Et, d'un léger signe de tête, il désigna le comte Muffat, qui en ce moment discutait un point du budget avec le député et Steiner.

« Pas possible ! dit Vandeuvres, stupéfait et mis en gaieté.

— Ma parole ! J'ai dû jurer de le lui amener. Je viens un peu pour ça. »

Tous deux eurent un rire silencieux, et Vandeuvres, se hâtant, rentrant dans le cercle des dames, s'écria :

« Je vous affirme, au contraire, que monsieur de Bismarck est très spirituel... Tenez, il a dit, un soir, devant moi, un mot charmant... »

Cependant, la Faloise, ayant entendu les quelques paroles rapides, échangées à demi-voix, regardait Fauchery, espérant une explication, qui ne vint pas. De qui parlait-on ? Que faisait-on, le lendemain, à minuit ? Il ne lâcha plus son cousin. Celui-ci était allé s'asseoir. La comtesse Sabine surtout l'intéressait. On avait souvent prononcé son nom devant lui, il savait que, mariée à dix-sept ans, elle devait en avoir trente-quatre, et qu'elle menait depuis son mariage une existence cloîtrée, entre son mari et sa belle-mère. Dans le monde, les uns la disaient d'une froideur de dévote, les autres la plaignaient, en rappelant ses beaux rires, ses grands yeux de flamme, avant qu'on ne l'enfermât au fond de ce vieil hôtel. Fauchery l'examinait et hésitait. Un de ses amis, mort récemment capitaine au Mexique, lui avait, la veille même de son départ, au sortir de table, fait une

de ces confidences brutales que les hommes les plus discrets laissent échapper à certains moments. Mais ses souvenirs restaient vagues; ce soir-là, on avait bien dîné; et il doutait, en voyant la comtesse au milieu de ce salon antique, vêtue de noir, avec son tranquille sourire. Une lampe, placée derrière elle, détachait son fin profil de brune potelée, où la bouche seule, un peu épaisse, mettait une sorte de sensualité impérieuse.

« Qu'ont-ils donc, avec leur Bismarck! murmura la Faloise, qui posait pour s'ennuyer dans le monde. On crève, ici. Une drôle d'idée que tu as eue, de vouloir venir. »

Fauchery l'interrogea brusquement.

« Dis donc? la comtesse ne couche avec personne?

— Ah! non, ah! non, mon cher, balbutia-t-il, visiblement démonté, oubliant sa pose. Où crois-tu donc être? »

Puis, il eut conscience que son indignation manquait de chic. Il ajouta, en s'abandonnant au fond du canapé:

« Dame! je dis non, mais je n'en sais pas davantage... il y a un petit là-bas, ce Foucarmont, qu'on trouve dans tous les coins. On en a vu de plus raides que ça, bien sûr. Moi, je m'en fiche... Enfin, ce qu'il y a de certain, c'est que, si la comtesse s'amuse à cascader, elle est encore maligne, car ça ne circule pas, personne n'en cause. »

Alors, sans que Fauchery prît la peine de le questionner, il lui dit ce qu'il savait sur les Muffat. Au milieu de la conversation de ces dames, qui continuait devant la cheminée, tous deux baissaient la voix; et l'on aurait cru, à les voir cravatés et gantés de blanc, qu'ils traitaient en phrases choisies quelque sujet grave. Donc, la maman Muffat, que la Faloise avait beaucoup connue, était une vieille insupportable, toujours dans les curés; d'ailleurs, un grand air, un geste d'autorité qui pliait tout devant elle. Quant à Muffat, fils tardif d'un général créé comte par Napoléon Ier, il s'était naturellement trouvé en faveur après le 2 décembre. Lui aussi manquait de gaieté; mais il passait pour un très honnête homme, d'un esprit droit. Avec ça, des opinions de

l'autre monde, et une si haute idée de sa charge à la cour, de ses dignités et de ses vertus, qu'il portait la tête comme un Saint-Sacrement. C'était la maman Muffat qui lui avait donné cette belle éducation : tous les jours à confesse, pas d'escapades, pas de jeunesse d'aucune sorte. Il pratiquait, il avait des crises de foi d'une violence sanguine, pareilles à des accès de fièvre chaude. Enfin, pour le peindre d'un dernier détail, la Faloise lâcha un mot à l'oreille de son cousin.

« Pas possible! dit ce dernier.

— On me l'a juré, parole d'honneur!... Il l'avait encore, quand il s'est marié. »

Fauchery riait en regardant le comte, dont le visage encadré de favoris, sans moustaches, semblait plus carré et plus dur, depuis qu'il citait des chiffres à Steiner, qui se débattait.

« Ma foi, il a une tête à ça, murmura-t-il. Un joli cadeau qu'il a fait à sa femme!... Ah! la pauvre petite, a-t-il dû l'ennuyer! Elle ne sait rien de rien, je parie! »

Justement, la comtesse Sabine lui parlait. Il ne l'entendit pas, tellement il trouvait le cas de Muffat plaisant et extraordinaire. Elle répéta sa question.

« Monsieur Fauchery, est-ce que vous n'avez pas publié un portrait de monsieur de Bismarck?... Vous lui avez parlé? »

Il se leva vivement, s'approcha du cercle des dames, tâchant de se remettre, trouvant d'ailleurs une réponse avec une aisance parfaite.

« Mon Dieu! madame, je vous avouerai que j'ai écrit ce portrait sur des biographies parues en Allemagne... Je n'ai jamais vu monsieur de Bismarck. »

Il resta près de la comtesse. Tout en causant avec elle, il continuait ses réflexions. Elle ne paraissait pas son âge; on lui aurait donné au plus vingt-huit ans; ses yeux surtout gardaient une flamme de jeunesse, que de longues paupières noyaient d'une ombre bleue. Grandie dans un ménage désuni, passant un mois près du marquis de Chouard et un mois près de la marquise, elle s'était mariée très jeune, à la mort de sa mère, poussée sans doute par son père, qu'elle gênait. Un terrible homme, le marquis, et sur lequel d'étranges his-

toires commençaient à courir, malgré sa haute piété! Fauchery demanda s'il n'aurait pas l'honneur de le saluer. Certainement, son père viendrait, mais très tard; il avait tant de travail! Le journaliste, qui croyait savoir où le vieux passait ses soirées, resta grave. Mais un signe qu'il aperçut à la joue gauche de la comtesse, près de la bouche, le surprit. Nana avait le même, absolument. C'était drôle. Sur le signe, de petits poils frisaient; seulement, les poils blonds de Nana étaient chez l'autre d'un noir de jais. N'importe, cette femme ne couchait avec personne.

« J'ai toujours eu envie de connaître la reine Augusta, disait-elle. On assure qu'elle est si bonne, si pieuse... Croyez-vous qu'elle accompagnera le roi?

— On ne le pense pas, madame », répondit-il.

Elle ne couchait avec personne, cela sautait aux yeux. Il suffisait de la voir là près de sa fille, si nulle et si guindée sur son tabouret. Ce salon sépulcral, exhalant une odeur d'église, disait assez sous quelle main de fer, au fond de quelle existence rigide elle restait pliée. Elle n'avait rien mis d'elle, dans cette demeure antique, noire d'humidité. C'était Muffat, qui s'imposait, qui dominait avec son éducation dévote, ses pénitences et ses jeûnes. Mais la vue du petit vieillard, aux dents mauvaises et au sourire fin, qu'il découvrit tout d'un coup dans son fauteuil, derrière les dames, fut pour lui un argument plus décisif encore. Il connaissait le personnage, Théophile Venot, un ancien avoué qui avait eu la spécialité des procès ecclésiastiques; il s'était retiré avec une belle fortune, il menait une existence assez mystérieuse, reçu partout, salué très bas, même un peu craint, comme s'il eût représenté une grande force, une force occulte qu'on sentait derrière lui. D'ailleurs, il se montrait très humble, il était marguillier à la Madeleine, et avait simplement accepté une situation d'adjoint à la mairie du neuvième arrondissement, pour occuper ses loisirs, disait-il. Fichtre! la comtesse était bien entourée; rien à faire avec elle.

« Tu as raison, on crève ici, dit Fauchery à son cousin, lorsqu'il se fut échappé du cercle des dames. Nous allons filer. »

Mais Steiner, que le comte Muffat et le député venaient de quitter, s'avançait furieux, suant, grognant à demi-voix :

« Parbleu ! qu'ils ne disent rien s'ils veulent ne rien dire... J'en trouverai qui parleront. »

Puis, poussant le journaliste dans un coin et changeant de voix, d'un air victorieux :

« Hein ! c'est pour demain... J'en suis, mon brave !

— Ah ! murmura Fauchery, étonné.

— Vous ne saviez pas... Oh ! j'ai eu un mal pour la trouver chez elle ! Avec ça, Mignon ne me lâchait plus.

— Mais ils en sont, les Mignon.

— Oui, elle me l'a dit... Enfin, elle m'a donc reçu, et elle m'a invité... Minuit précis, après le théâtre. »

Le banquier était rayonnant. Il cligna les yeux, il ajouta, en donnant aux mots une valeur particulière :

« Ça y est, vous ?

— Quoi donc ? dit Fauchery, qui affecta de ne pas comprendre. Elle a voulu me remercier de mon article. Alors, elle est venue chez moi.

— Oui, oui... Vous êtes heureux, vous autres. On vous récompense... A propos, qui est-ce qui paie demain ? »

Le journaliste ouvrit les bras, comme pour déclarer qu'on n'avait jamais pu savoir. Mais Vandeuvres appelait Steiner, qui connaissait M. de Bismarck. Madame Du Joncquoy était presque convaincue. Elle conclut par ces mots :

« Il m'a fait une mauvaise impression, je lui trouve le visage méchant... Mais je veux bien croire qu'il a beaucoup d'esprit. Cela explique ses succès.

— Sans doute », dit avec un pâle sourire le banquier, un juif de Francfort.

Cependant, la Faloise osait cette fois interroger son cousin, le poursuivant, lui glissant dans le cou :

« On soupe donc chez une femme, demain soir ?... Chez qui, hein ? Chez qui ? »

Fauchery fit signe qu'on les écoutait, il fallait être convenable. De nouveau, la porte venait de s'ouvrir, et une vieille dame entrait, suivie d'un jeune homme, dans lequel le journaliste reconnut l'échappé de collège,

qui, le soir de la *Blonde Vénus*, avait lancé le fameux
« très chic ! » dont on causait encore. L'arrivée de cette
dame remuait le salon. Vivement, la comtesse Sabine
s'était levée, pour s'avancer à sa rencontre ; et elle lui
avait pris les deux mains, elle la nommait sa « chère
madame Hugon ». Voyant son cousin regarder curieu-
sement cette scène, la Faloise, afin de le toucher, le mit
au courant, en quelques mots brefs : madame Hugon,
veuve d'un notaire retirée aux Fondettes, une ancienne
propriété de sa famille, près d'Orléans, conservait un
pied-à-terre à Paris, dans une maison qu'elle possédait,
rue de Richelieu ; y passait en ce moment quelques
semaines pour installer son plus jeune fils, qui faisait
sa première année de droit ; était autrefois une grande
amie de la marquise de Chouard et avait vu naître la
comtesse, qu'elle gardait des mois entiers chez elle,
avant son mariage, et qu'elle tutoyait même encore.

« Je t'ai amené Georges, disait madame Hugon à
Sabine. Il a grandi, j'espère ! »

Le jeune homme, avec ses yeux clairs et ses frisures
blondes de fille déguisée en garçon, saluait la comtesse
sans embarras, lui rappelait une partie de volant qu'ils
avaient faite ensemble, deux ans plus tôt, aux Fon-
dettes.

« Philippe n'est pas à Paris ? demanda le comte Muf-
fat.

— Oh ! non, répondit la vieille dame. Il est toujours
en garnison à Bourges. »

Elle s'était assise, elle parlait orgueilleusement de
son fils aîné, un grand gaillard qui, après s'être engagé
dans un coup de tête, venait d'arriver très vite au grade
de lieutenant. Toutes ces dames l'entouraient d'une res-
pectueuse sympathie. La conversation reprit, plus
aimable et plus délicate. Et Fauchery, à voir là cette
respectable madame Hugon, cette figure maternelle
éclairée d'un si bon sourire, entre ses larges bandeaux
de cheveux blancs, se trouva ridicule d'avoir soupçonné
un instant la comtesse Sabine.

Pourtant, la grande chaise de soie rouge capitonnée,
où la comtesse s'asseyait, venait d'attirer son attention.
Il la trouvait d'un ton brutal, d'une fantaisie troublante,

dans ce salon enfumé. A coup sûr, ce n'était pas le comte qui avait introduit ce meuble de voluptueuse paresse. On aurait dit un essai, le commencement d'un désir et d'une jouissance. Alors, il s'oublia, rêvant, revenant quand même à cette confidence vague, reçue un soir dans le cabinet d'un restaurant. Il avait désiré s'introduire chez les Muffat, poussé par une curiosité sensuelle ; puisque son ami était resté au Mexique, qui sait ? Il fallait voir. C'était une bêtise sans doute ; seulement, l'idée le tourmentait, il se sentait attiré, son vice mis en éveil. La grande chaise avait une mine chiffonnée, un renversement de dossier qui l'amusaient, maintenant.

« Eh bien, partons-nous ? demanda la Faloise, en se promettant d'obtenir dehors le nom de la femme chez qui on soupait.

— Tout à l'heure », répondit Fauchery.

Et il ne se pressa plus, il se donna pour prétexte l'invitation qu'on l'avait chargé de faire et qui n'était pas commode à présenter. Les dames causaient d'une prise de voile, une cérémonie très touchante, dont le Paris mondain restait tout ému depuis trois jours. C'était la fille aînée de la baronne de Fougeray qui venait d'entrer aux Carmélites, par une vocation irrésistible. Madame Chantereau, un peu cousine des Fougeray, racontait que la baronne avait dû se mettre au lit, le lendemain, tellement les larmes l'étouffaient.

« Moi, j'étais très bien placée, déclara Léonide. J'ai trouvé ça curieux. »

Cependant, madame Hugon plaignait la pauvre mère. Quelle douleur de perdre ainsi sa fille !

« On m'accuse d'être dévote, dit-elle avec sa tranquille franchise ; cela ne m'empêche pas de trouver bien cruelles les enfants qui s'entêtent dans un pareil suicide.

— Oui, c'est une terrible chose », murmura la comtesse, avec un petit grelottement de frileuse, en se pelotonnant davantage au fond de sa grande chaise, devant le feu.

Alors, ces dames discutèrent. Mais leurs voix demeuraient discrètes, de légers rires par moments coupaient

la gravité de la conversation. Les deux lampes de la cheminée, recouvertes d'une dentelle rose, les éclairaient faiblement ; et il n'y avait, sur des meubles éloignés, que trois autres lampes, qui laissaient le vaste salon dans une ombre douce.

Steiner s'ennuyait. Il racontait à Fauchery une aventure de cette petite dame de Chezelles, qu'il appelait Léonide tout court ; une bougresse, disait-il en baissant la voix, derrière les fauteuils des dames. Fauchery la regardait, dans sa grande robe de satin bleu pâle, drôlement posée sur un coin de son fauteuil, mince et hardie comme un garçon, et il finissait par être surpris de la voir là ; on se tenait mieux chez Caroline Héquet, dont la mère avait sérieusement monté la maison. C'était tout un sujet d'article. Quel singulier monde que ce monde parisien ! Les salons les plus rigides se trouvaient envahis. Évidemment, ce silencieux Théophile Venot, qui se contentait de sourire en montrant ses dents mauvaises, devait être un legs de la défunte comtesse, ainsi que les dames d'âge mûr, madame Chantereau, madame Du Joncquoy, et quatre ou cinq vieillards, immobiles dans les angles. Le comte Muffat amenait des fonctionnaires ayant cette correction de tenue qu'on aimait chez les hommes aux Tuileries ; entre autres, le chef de bureau, toujours seul au milieu de la pièce, la face rasée et les regards éteints, sanglé dans son habit, au point de ne pouvoir risquer un geste. Presque tous les jeunes gens et quelques personnages de hautes manières venaient du marquis de Chouard, qui avait gardé des relations suivies dans le parti légitimiste, après s'être rallié en entrant au Conseil d'État. Restaient Léonide de Chezelles, Steiner, tout un coin louche, sur lequel madame Hugon tranchait avec sa sérénité de vieille femme aimable. Et Fauchery, qui voyait son article, appelait ça le coin de la comtesse Sabine.

« Une autre fois, continuait Steiner tout bas, Léonide a fait venir son ténor à Montauban. Elle habitait le château de Beaurecueil, deux lieues plus loin, et elle arrivait tous les jours, dans une calèche attelée de deux chevaux, pour le voir au Lion-d'Or, où il était des-

cendu... La voiture attendait à la porte, Léonide restait des heures, pendant que le monde se rassemblait et regardait les chevaux. »

Un silence s'était fait, quelques secondes solennelles passèrent sous le haut plafond. Deux jeunes gens chuchotaient, mais ils se turent à leur tour; et l'on n'entendit plus que le pas étouffé du comte Muffat, qui traversait la pièce. Les lampes semblaient avoir pâli, le feu s'éteignait, une ombre sévère noyait les vieux amis de la maison dans les fauteuils qu'ils occupaient là depuis quarante ans. Ce fut comme si, entre deux phrases échangées, les invités eussent senti venir la mère du comte, avec son grand air glacial. Déjà la comtesse Sabine reprenait :

« Enfin, le bruit en a couru... Le jeune homme serait mort, et cela expliquerait l'entrée en religion de cette pauvre enfant. On dit, d'ailleurs, que jamais monsieur de Fougeray n'aurait consenti au mariage.

— On dit bien d'autres choses », s'écria Léonide étourdiment.

Elle se mit à rire, tout en refusant de parler. Sabine, gagnée par cette gaieté, porta son mouchoir à ses lèvres. Et ces rires, dans la solennité de la vaste pièce, prenaient un son dont Fauchery resta frappé; ils sonnaient le cristal qui se brise. Certainement, il y avait là un commencement de fêlure. Toutes les voix repartirent; madame Du Joncquoy protestait, madame Chantereau savait qu'on avait projeté un mariage, mais que les choses en étaient restées là; les hommes eux-mêmes risquaient leur avis. Ce fut, pendant quelques minutes, une confusion de jugements où les divers éléments du salon, les bonapartistes et les légitimistes, mêlés aux sceptiques mondains, donnaient à la fois et se coudoyaient. Estelle avait sonné pour qu'on mît du bois au feu, le valet remontait les lampes, on eût dit un réveil. Fauchery souriait, comme mis à l'aise.

« Parbleu! elles épousent Dieu, lorsqu'elles n'ont pu épouser leur cousin, dit entre ses dents Vandeuvres, que cette question ennuyait, et qui venait rejoindre Fauchery. Mon cher, avez-vous jamais vu une femme aimée se faire religieuse? »

Il n'attendit pas la réponse, il en avait assez ; et, à demi-voix :

« Dites donc, combien serons-nous demain ?... Il y aura les Mignon, Steiner, vous, Blanche et moi... Qui encore ?

— Caroline, je pense... Simonne... Gaga sans doute... On ne sait jamais au juste, n'est-ce pas ? Dans ces occasions, on croit être vingt et l'on est trente. »

Vandeuvres, qui regardait les dames, sauta brusquement à un autre sujet.

« Elle a dû être très bien, cette dame Du Joncquoy, il y a quinze ans... La pauvre Estelle s'est encore allongée. En voilà une jolie planche à mettre dans un lit ! »

Mais il s'interrompit, il revint au souper du lendemain.

« Ce qu'il y a d'ennuyeux, dans ces machines-là, c'est que ce sont toujours les mêmes femmes... Il faudrait du nouveau. Tâchez donc d'en inviter une... Tiens ! une idée ! Je vais prier ce gros homme d'amener la femme qu'il promenait, l'autre soir, aux Variétés. »

Il parlait du chef de bureau, ensommeillé au milieu du salon. Fauchery s'amusa de loin à suivre cette négociation délicate. Vandeuvres s'était assis près du gros homme, qui restait très digne. Tous deux parurent un instant discuter avec mesure la question pendante, celle de savoir quel sentiment véritable poussait la jeune fille à entrer en religion. Puis, le comte revint, disant :

« Ce n'est pas possible. Il jure qu'elle est sage. Elle refuserait... J'aurais pourtant parié l'avoir vue chez Laure.

— Comment ! Vous allez chez Laure ! murmura Fauchery en riant. Vous vous risquez dans des endroits pareils !... Je croyais qu'il n'y avait que nous autres, pauvres diables...

— Eh ! mon cher, il faut bien tout connaître. »

Alors, ils ricanèrent, les yeux luisants, se donnant des détails sur la table d'hôte de la rue des Martyrs, où la grosse Laure Piédefer, pour trois francs, faisait manger les petites femmes dans l'embarras. Un joli trou ! Toutes les petites femmes baisaient Laure sur la

bouche. Et, comme la comtesse Sabine tournait la tête, ayant saisi un mot au passage, ils se reculèrent, se frottant l'un contre l'autre, égayés, allumés. Près d'eux, ils n'avaient pas remarqué Georges Hugon qui les écoutait, en rougissant si fort qu'un flot rose allait de ses oreilles à son cou de fille. Ce bébé était plein de honte et de ravissement. Depuis que sa mère l'avait lâché dans le salon, il tournait derrière madame de Chezelles, la seule femme qui lui parût chic. Et encore Nana l'enfonçait joliment !

« Hier soir, disait madame Hugon, Georges m'a menée au théâtre. Oui, aux Variétés, où je n'avais certainement plus mis les pieds depuis dix ans. Cet enfant adore la musique... Moi, ça ne m'a guère amusée, mais il était si heureux !... On fait des pièces singulières, aujourd'hui. D'ailleurs la musique me passionne peu, je l'avoue.

— Comment ! madame, vous n'aimez pas la musique ! s'écria madame Du Joncquoy en levant les yeux au ciel. Est-il possible qu'on n'aime pas la musique ! »

Ce fut une exclamation générale. Personne n'ouvrit la bouche sur cette pièce des Variétés, à laquelle la bonne madame Hugon n'avait rien compris ; ces dames la connaissaient, mais elles n'en parlaient pas. Tout de suite, on se jeta dans le sentiment, dans une admiration raffinée et extatique des maîtres. Madame Du Joncquoy n'aimait que Weber, madame Chantereau tenait pour les Italiens. Les voix de ces dames s'étaient faites molles et languissantes. On eût dit, devant la cheminée, un recueillement d'église, le cantique discret et pâmé d'une petite chapelle.

« Voyons, murmura Vandeuvres en ramenant Fauchery au milieu du salon, il faut pourtant que nous inventions une femme pour demain. Si nous demandions à Steiner ?

— Oh ! Steiner, dit le journaliste, quand il a une femme, c'est que Paris n'en veut plus. »

Vandeuvres, cependant, cherchait autour de lui.

« Attendez, reprit-il. J'ai rencontré l'autre jour Foucarmont avec une blonde charmante. Je vais lui dire qu'il l'amène. »

Et il appela Foucarmont. Rapidement, ils échangèrent quelques mots. Une complication dut se présenter, car tous deux, marchant avec précaution, enjambant les jupes des dames, s'en allèrent trouver un autre jeune homme avec lequel ils continuèrent l'entretien, dans l'embrasure d'une fenêtre. Fauchery, resté seul, se décidait à s'approcher de la cheminée, au moment où madame Du Joncquoy déclarait qu'elle ne pouvait entendre jouer du Weber sans voir aussitôt des lacs, des forêts, des levers de soleil sur des campagnes trempées de rosée ; mais une main le toucha à l'épaule, tandis qu'une voix disait derrière lui :

« Ce n'est pas gentil.

— Quoi donc ? demanda-t-il en se tournant et en reconnaissant la Faloise.

— Ce souper pour demain... Tu aurais bien pu me faire inviter. »

Fauchery allait enfin répondre, lorsque Vandeuvres revint lui dire :

« Il paraît que ce n'est pas une femme à Foucarmont ; c'est le collage de ce monsieur, là-bas... Elle ne pourra pas venir. Quelle déveine !... Mais j'ai racolé tout de même Foucarmont. Il tâchera d'avoir Louise, du Palais-Royal.

— Monsieur de Vandeuvres, demanda madame Chantereau qui haussait la voix, n'est-ce pas qu'on a sifflé Wagner, dimanche ?

— Oh ! atrocement, madame », répondit-il en s'avançant avec son exquise politesse.

Puis, comme on ne le retenait pas, il s'éloigna, il continua à l'oreille du journaliste :

« Je vais encore en racoler... Ces jeunes gens doivent connaître des petites filles. »

Alors, on le vit, aimable, souriant, aborder les hommes et causer aux quatre coins du salon. Il se mêlait aux groupes, glissait une phrase dans le cou de chacun, se retournait avec des clignements d'yeux et des signes d'intelligence. C'était comme un mot d'ordre qu'il distribuait, de son air aisé. La phrase courait, on prenait rendez-vous ; pendant que les dissertations sentimentales des dames sur la musique couvraient le petit bruit fiévreux de cet embauchage.

« Non, ne parlez pas de vos Allemands, répétait madame Chantereau. Le chant, c'est la gaieté, c'est la lumière... Avez-vous entendu la Patti dans le *Barbier* ?

— Délicieuse ! » murmura Léonide, qui ne tapait que des airs d'opérette sur son piano.

La comtesse Sabine, cependant, avait sonné. Lorsque les visiteurs étaient peu nombreux, le mardi, on servait le thé dans le salon même. Tout en faisant débarrasser le guéridon par un valet, la comtesse suivait des yeux le comte de Vandeuvres. Elle gardait ce sourire vague qui montrait un peu de la blancheur de ses dents. Et, comme le comte passait, elle le questionna.

« Que complotez-vous donc, monsieur de Vandeuvres ?

— Moi, madame ? répondit-il tranquillement, je ne complote rien.

— Ah !... Je vous voyais si affairé... Tenez, vous allez vous rendre utile. »

Elle lui mit dans les mains un album, en le priant de le porter sur le piano. Mais il trouva moyen d'apprendre tout bas à Faucnery qu'on aurait Tatan Néné, la plus belle gorge de l'hiver, et Maria Blond, celle qui venait de débuter aux Folies-Dramatiques. Cependant, la Faloise l'arrêtait à chaque pas, attendant une invitation. Il finit par s'offrir. Vandeuvres l'engagea tout de suite ; seulement, il lui fit promettre d'amener Clarisse ; et comme la Faloise affectait de montrer des scrupules, il le tranquillisa en disant :

« Puisque je vous invite ! Ça suffit. »

La Faloise aurait pourtant bien voulu savoir le nom de la femme. Mais la comtesse avait rappelé Vandeuvres, qu'elle interrogeait sur la façon dont les Anglais faisaient le thé. Il se rendait souvent en Angleterre, où ses chevaux couraient. Selon lui, les Russes seuls savaient faire le thé ; et il indiqua leur recette. Puis, comme s'il eût continué tout un travail intérieur pendant qu'il parlait, il s'interrompit pour demander :

« A propos, et le marquis ? Est-ce que nous ne devions pas le voir ?

— Mais si, mon père m'avait promis formellement, répondit la comtesse. Je commence à être inquiète... Ses travaux l'auront retenu. »

Vandeuvres eut un sourire discret. Lui aussi paraissait se douter de quelle nature étaient les travaux du marquis de Chouard. Il avait songé à une belle personne que le marquis menait parfois à la campagne. Peut-être pourrait-on l'avoir.

Cependant, Fauchery jugea que le moment était arrivé de risquer l'invitation au comte Muffat. La soirée s'avançait.

« Sérieusement ? demanda Vandeuvres, qui croyait à une plaisanterie.

— Très sérieusement... Si je ne fais pas ma commission, elle m'arrachera les yeux. Une toquade, vous savez.

— Alors, je vais vous aider, mon cher. »

Onze heures sonnaient. La comtesse, aidée de sa fille, servait le thé. Comme il n'était guère venu que des intimes, les tasses et les assiettes de petits gâteaux circulaient familièrement. Même les dames ne quittaient pas leurs fauteuils, devant le feu, buvant à légères gorgées, croquant les gâteaux du bout des doigts. De la musique, la causerie était tombée aux fournisseurs. Il n'y avait que Boissier pour les fondants et que Catherine pour les glaces ; cependant, madame Chantereau soutenait Latinville. Les paroles se faisaient plus lentes, une lassitude endormait le salon. Steiner s'était remis à travailler sourdement le député, qu'il tenait bloqué dans le coin d'une causeuse. M. Venot, dont les sucreries devaient avoir gâté les dents, mangeait des gâteaux secs, coup sur coup, avec un petit bruit de souris ; tandis que le chef de bureau, le nez dans une tasse, n'en finissait plus. Et la comtesse, sans hâte, allait de l'un à l'autre, n'insistant pas, restant là quelques secondes à regarder les hommes d'un air d'interrogation muette, puis souriant et passant. Le grand feu l'avait rendue toute rose, elle semblait être la sœur de sa fille, si sèche et si gauche auprès d'elle. Comme elle s'approchait de Fauchery, qui causait avec son mari et Vandeuvres, elle remarqua qu'on se taisait ; et elle ne s'arrêta pas, elle donna plus loin, à Georges Hugon, la tasse de thé qu'elle offrait.

« C'est une dame qui désire vous avoir à souper »,

reprit gaiement le journaliste, en s'adressant au comte Muffat.

Celui-ci, dont la face était restée grise toute la soirée, parut très surpris. Quelle dame ?

« Eh ! Nana ! » dit Vandeuvres, pour brusquer l'invitation.

Le comte devint plus grave. Il eut à peine un battement de paupières, pendant qu'un malaise, comme une ombre de migraine, passait sur son front.

« Mais je ne connais pas cette dame, murmura-t-il.

— Voyons, vous êtes allé chez elle, fit remarquer Vandeuvres.

— Comment ? Je suis allé chez elle... Ah ! oui, l'autre jour, pour le bureau de bienfaisance. Je n'y songeais plus... N'importe, je ne la connais pas, je ne puis accepter. »

Il avait pris un air glacé, pour leur faire entendre que cette plaisanterie lui semblait de mauvais goût. La place d'un homme de son rang n'était pas à la table d'une de ces femmes. Vandeuvres se récria : il s'agissait d'un souper d'artistes, le talent excusait tout. Mais, sans écouter davantage les arguments de Fauchery qui racontait un dîner où le prince d'Écosse, un fils de reine, s'était assis à côté d'une ancienne chanteuse de café-concert, le comte accentua son refus. Même, il laissa échapper un geste d'irritation, malgré sa grande politesse.

Georges et la Faloise, en train de boire leur tasse de thé, debout l'un devant l'autre, avaient entendu les quelques paroles échangées près d'eux.

« Tiens ! c'est donc chez Nana, murmura la Faloise, j'aurais dû m'en douter ! »

Georges ne disait rien, mais il flambait, ses cheveux blonds envolés, ses yeux bleus luisant comme des chandelles, tant le vice où il marchait depuis quelques jours l'allumait et le soulevait. Enfin, il entrait donc dans tout ce qu'il avait rêvé !

« C'est que je ne sais pas l'adresse, reprit la Faloise.

— Boulevard Haussmann, entre la rue de l'Arcade et la rue Pasquier, au troisième étage », dit Georges tout d'un trait.

Et, comme l'autre le regardait avec étonnement, il ajouta, très rouge, crevant de fatuité et d'embarras :

« J'en suis, elle m'a invité ce matin. »

Mais un grand mouvement avait lieu dans le salon. Vandeuvres et Fauchery ne purent insister davantage auprès du comte. Le marquis de Chouard venait d'entrer, chacun s'empressait. Il s'était avancé péniblement, les jambes molles ; et il restait au milieu de la pièce, blême, les yeux clignotants, comme s'il sortait de quelque ruelle sombre, aveuglé par la clarté des lampes.

« Je n'espérais plus vous voir, mon père, dit la comtesse. J'aurais été inquiète jusqu'à demain. »

Il la regarda sans répondre, de l'air d'un homme qui ne comprend pas. Son nez, très gros dans sa face rasée, semblait la boursouflure d'un mal blanc ; tandis que sa lèvre inférieure pendait. Madame Hugon, en le voyant si accablé, le plaignit, pleine de charité.

« Vous travaillez trop. Vous devriez vous reposer... A nos âges, il faut laisser le travail aux jeunes gens.

— Le travail, ah ! oui, le travail, bégaya-t-il enfin. Toujours beaucoup de travail... »

Il se remettait, il redressait sa taille voûtée, passant la main, d'un geste qui lui était familier, sur ses cheveux blancs, dont les rares boucles flottaient derrière ses oreilles.

« A quoi travaillez-vous donc si tard ? demanda madame Du Joncquoy. Je vous croyais à la réception du ministre des Finances. »

Mais la comtesse intervint.

« Mon père avait à étudier un projet de loi.

— Oui, un projet de loi, dit-il, un projet de loi, précisément... Je m'étais enfermé... C'est au sujet des fabriques, je voudrais qu'on observât le repos dominical. Il est vraiment honteux que le gouvernement ne veuille pas agir avec vigueur. Les églises se vident, nous allons à des catastrophes. »

Vandeuvres avait regardé Fauchery. Tous deux se trouvaient derrière le marquis, et ils le flairaient. Lorsque Vandeuvres put le prendre à part, pour lui parler de cette belle personne qu'il menait à la campagne,

le vieillard affecta une grande surprise. Peut-être l'avait-on vu avec la baronne Decker, chez laquelle il passait parfois quelques jours, à Viroflay. Vandeuvres, pour seule vengeance, lui demanda brusquement :

« Dites donc, où êtes-vous passé ? Votre coude est plein de toiles d'araignée et de plâtre.

— Mon coude, murmura-t-il légèrement troublé. Tiens, c'est vrai... Un peu de saleté... J'aurais attrapé ça en descendant de chez moi. »

Plusieurs personnes s'en allaient. Il était près de minuit. Deux valets enlevaient sans bruit les tasses vides et les assiettes de gâteaux. Devant la cheminée, ces dames avaient reformé et rétréci leur cercle, causant avec plus d'abandon dans la langueur de cette fin de soirée. Le salon lui-même s'ensommeillait, des ombres lentes tombaient des murs. Alors, Fauchery parla de se retirer. Pourtant, il s'oubliait de nouveau à regarder la comtesse Sabine. Elle se reposait de ses soins de maîtresse de maison, à sa place accoutumée, muette, les yeux sur un tison qui se consumait en braise, le visage si blanc et si fermé, qu'il était repris de doute. Dans la lueur du foyer, les poils noirs du signe qu'elle avait au coin des lèvres blondissaient. Absolument le signe de Nana, jusqu'à la couleur. Il ne put s'empêcher d'en dire un mot à l'oreille de Vandeuvres. C'était ma foi vrai ; jamais celui-ci ne l'avait remarqué. Et tous les deux continuèrent le parallèle entre Nana et la comtesse. Ils leur trouvaient une vague ressemblance dans le menton et dans la bouche ; mais les yeux n'étaient pas du tout pareils. Puis, Nana avait l'air bonne fille ; tandis qu'on ne savait pas avec la comtesse, on aurait dit une chatte qui dormait, les griffes rentrées, les pattes à peine agitées d'un frisson nerveux.

« Tout de même on coucherait avec », déclara Fauchery.

Vandeuvres la déshabillait du regard.

« Oui, tout de même, dit-il. Mais, vous savez, je me défie des cuisses. Elle n'a pas de cuisses, voulez-vous parier ! »

Il se tut. Fauchery lui touchait vivement le coude, en montrant d'un signe Estelle, assise sur son tabouret,

devant eux. Ils venaient de hausser le ton sans le remarquer, et elle devait les avoir entendus. Cependant, elle restait raide, immobile, avec son cou maigre de fille poussée trop vite, où pas un petit cheveu n'avait bougé. Alors, ils s'éloignèrent de trois ou quatre pas. Vandeuvres jurait que la comtesse était une très honnête femme.

A ce moment, les voix s'élevèrent devant la cheminée. Madame Du Joncquoy disait :

« Je vous ai accordé que monsieur de Bismarck était peut-être un homme d'esprit... Seulement, si vous allez jusqu'au génie... »

Ces dames en étaient revenues à leur premier sujet de conversation.

« Comment, encore monsieur de Bismarck ! murmura Fauchery. Cette fois, je me sauve pour tout de bon.

— Attendez, dit Vandeuvres, il nous faut un non définitif du comte. »

Le comte Muffat causait avec son beau-père et quelques hommes graves. Vandeuvres l'emmena, renouvela l'invitation, en l'appuyant, disant qu'il était lui-même du souper. Un homme pouvait aller partout ; personne ne songerait à voir du mal où il y aurait au plus de la curiosité. Le comte écoutait ces arguments, les yeux baissés, la face muette. Vandeuvres sentait en lui une hésitation, lorsque le marquis de Chouard s'approcha d'un air interrogateur. Et quand ce dernier sut de quoi il s'agissait, quand Fauchery l'invita à son tour, il regarda furtivement son gendre. Il y eut un silence, une gêne ; mais tous deux s'encourageaient, ils auraient sans doute fini par accepter, si le comte Muffat n'avait aperçu M. Venot, qui le regardait fixement. Le petit vieillard ne souriait plus, il avait un visage terreux, des yeux d'acier, clairs et aigus.

« Non », répondit le comte aussitôt, d'un ton si net, qu'il n'y avait pas à insister.

Alors, le marquis refusa avec plus de sévérité encore. Il parla de morale. Les hautes classes devaient l'exemple. Fauchery eut un sourire et donna une poignée de main à Vandeuvres, Il ne l'attendait pas, il partait tout de suite, car il devait passer à son journal.

« Chez Nana, à minuit, n'est-ce pas ? »

La Faloise se retirait également. Steiner venait de saluer la comtesse. D'autres hommes les suivaient. Et les mêmes mots couraient, chacun répétait : « A minuit, chez Nana », en allant prendre son paletot dans l'antichambre. Georges, qui ne devait partir qu'avec sa mère, s'était placé sur le seuil, où il indiquait l'adresse exacte, troisième étage, la porte à gauche. Cependant, avant de sortir, Fauchery jeta un dernier coup d'œil. Vandeuvres avait repris sa place au milieu des dames, plaisantant avec Léonide de Chezelles. Le comte Muffat et le marquis de Chouard se mêlaient à la conversation, pendant que la bonne madame Hugon s'endormait les yeux ouverts. Perdu derrière les jupes, M. Venot, redevenu tout petit, avait retrouvé son sourire. Minuit sonna lentement dans la vaste pièce solennelle.

« Comment ! comment ! reprenait madame Du Joncquoy, vous supposez que monsieur de Bismarck nous fera la guerre et nous battra... Oh ! celle-là dépasse tout ! »

On riait, en effet, autour de madame Chantereau, qui venait de répéter ce propos, entendu par elle en Alsace, où son mari possédait une usine.

« L'empereur est là, heureusement », dit le comte Muffat avec sa gravité officielle.

Ce fut le dernier mot que Fauchery put entendre. Il refermait la porte, après avoir regardé une fois encore la comtesse Sabine. Elle causait posément avec le chef de bureau et semblait s'intéresser à l'entretien de ce gros homme. Décidément, il devait s'être trompé, il n'y avait point de fêlure. C'était dommage.

« Eh bien, tu ne descends pas ? » lui cria la Faloise du vestibule.

Et, sur le trottoir, en se séparant, on répéta encore : « A demain, chez Nana. »

IV

Depuis le matin, Zoé avait livré l'appartement à un maître d'hôtel, venu de chez Brébant avec un personnel d'aides et de garçons. C'était Brébant qui devait tout fournir, le souper, la vaisselle, les cristaux, le linge, les fleurs, jusqu'à des sièges et à des tabourets. Nana n'aurait pas trouvé une douzaine de serviettes au fond de ses armoires ; et, n'ayant pas encore eu le temps de se montrer dans son nouveau lançage, dédaignant d'aller au restaurant, elle avait préféré faire venir le restaurant chez elle. Ça lui semblait plus chic. Elle voulait fêter son grand succès d'actrice par un souper, dont on parlerait. Comme la salle à manger était trop petite, le maître d'hôtel avait dressé la table dans le salon, une table où tenaient vingt-cinq couverts, un peu serrés.

« Tout est prêt ? demanda Nana, en rentrant, à minuit.

— Ah ! je ne sais pas, répondit brutalement Zoé, qui paraissait hors d'elle. Dieu merci ! je ne m'occupe de rien. Ils en font un massacre dans la cuisine et dans tout l'appartement !... Avec ça, il a fallu me disputer. Les deux autres sont encore venus. Ma foi, je les ai flanqués à la porte. »

Elle parlait des deux anciens messieurs de madame, du négociant et du Valaque, que Nana s'était décidée à congédier, certaine de l'avenir, désirant faire peau neuve, comme elle disait.

« En voilà des crampons ! murmura-t-elle. S'ils reviennent, menacez-les d'aller chez le commissaire. »

Puis, elle appela Daguenet et Georges, restés en arrière dans l'antichambre, où ils accrochaient leurs paletots. Tous deux s'étaient rencontrés à la sortie des artistes, passage des Panoramas, et elle les avait amenés en fiacre. Comme il n'y avait personne encore, elle leur criait d'entrer dans le cabinet de toilette, pendant que Zoé l'arrangerait. En hâte, sans changer de robe, elle se fit relever les cheveux, piqua des roses blanches à son chignon et à son corsage. Le cabinet se trouvait encombré des meubles du salon, qu'on avait dû rouler là, un tas de guéridons, de canapés, de fauteuils, les pieds en l'air; et elle était prête lorsque sa jupe se prit dans une roulette et se fendit. Alors, elle jura, furieuse; ces choses n'arrivaient qu'à elle. Rageusement, elle ôta sa robe, une robe de foulard blanc, très simple, si souple et si fine, qu'elle l'habillait d'une longue chemise. Mais aussitôt elle la remit, n'en trouvant pas d'autre à son goût, pleurant presque, se disant faite comme une chiffonnière. Daguenet et Georges durent rentrer la déchirure avec des épingles, tandis que Zoé la recoiffait. Tous trois se hâtaient autour d'elle, le petit surtout, à genoux par terre, les mains dans les jupes. Elle finit par se calmer, lorsque Daguenet lui assura qu'il devait être au plus minuit un quart, tellement elle avait dépêché le troisième acte de la *Blonde Vénus*, mangeant les répliques, sautant des couplets.

« C'est toujours trop bon pour ce tas d'imbéciles, dit-elle. Avez-vous vu? Il y avait des têtes, ce soir!... Zoé, ma fille, vous attendrez ici. Ne vous couchez pas, j'aurai peut-être besoin de vous... Bigre, il était temps! Voilà du monde. »

Elle s'échappa. Georges restait à terre, la queue de son habit balayant le sol. Il rougit en voyant Daguenet le regarder. Cependant, ils s'étaient pris de tendresse l'un pour l'autre. Ils refirent le nœud de leur cravate devant la grande psyché, et se donnèrent mutuellement un coup de brosse, tout blancs de s'être frottés à Nana.

« On dirait du sucre », murmura Georges, avec son rire de bébé gourmand.

Un laquais, loué à la nuit, introduisait les invités dans le petit salon, une pièce étroite où l'on avait laissé

quatre fauteuils seulement pour y entasser le monde. Du grand salon voisin, venait un bruit de vaisselle et d'argenterie remuées, tandis que, sous la porte, une raie de vive clarté luisait. Nana, en entrant, trouva, déjà installée dans un des fauteuils, Clarisse Besnus, que la Faloise avait amenée.

« Comment! tu es la première! dit Nana, qui la traitait familièrement depuis son succès.

— Eh! c'est lui, répondit Clarisse. Il a toujours peur de ne pas arriver... Si je l'avais cru, je n'aurais pas pris le temps d'ôter mon rouge et ma perruque. »

Le jeune homme, qui voyait Nana pour la première fois, s'inclinait et la complimentait, parlant de son cousin, cachant son trouble sous une exagération de politesse. Mais Nana, sans l'écouter, sans le connaître, lui serra la main, puis s'avança vivement vers Rose Mignon. Du coup, elle devint très distinguée.

« Ah! chère madame, que vous êtes gentille!... Je tenais tant à vous avoir!

— C'est moi qui suis ravie, je vous assure, dit Rose également pleine d'amabilité.

— Asseyez-vous donc... Vous n'avez besoin de rien?

— Non, merci... Ah! j'ai oublié mon éventail dans ma pelisse. Steiner, voyez dans la poche droite. »

Steiner et Mignon étaient entrés derrière Rose. Le banquier retourna, reparut avec l'éventail, pendant que Mignon, fraternellement, embrassait Nana et forçait Rose à l'embrasser aussi. Est-ce qu'on n'était pas tous de la même famille, au théâtre? Puis, il cligna des yeux, comme pour encourager Steiner; mais celui-ci, troublé par le regard clair de Rose, se contenta de mettre un baiser sur la main de Nana.

A ce moment, le comte de Vandeuvres parut avec Blanche de Sivry. Il y eut de grandes révérences. Nana, tout à fait cérémonieuse, mena Blanche à un fauteuil. Cependant, Vandeuvres racontait en riant que Fauchery se disputait en bas, parce que le concierge avait refusé de laisser entrer la voiture de Lucy Stewart. Dans l'antichambre, on entendit Lucy qui traitait le concierge de sale mufle. Mais, quand le laquais eut ouvert la porte, elle s'avança avec sa grâce rieuse, se

nomma elle-même, prit les deux mains de Nana, en lui disant qu'elle l'avait aimée tout de suite et qu'elle lui trouvait un fier talent. Nana, gonflée de son rôle nouveau de maîtresse de maison, remerciait, vraiment confuse. Pourtant, elle semblait préoccupée depuis l'arrivée de Fauchery. Dès qu'elle put s'approcher de lui, elle demanda tout bas :

« Viendra-t-il ?

— Non, il n'a pas voulu », répondit brutalement le journaliste pris à l'improviste, bien qu'il eût préparé une histoire pour expliquer le refus du comte Muffat.

Il eut conscience de sa bêtise, en voyant la pâleur de la jeune femme, et tâcha de rattraper sa phrase.

« Il n'a pas pu, il mène ce soir la comtesse au bal du ministère de l'Intérieur.

— C'est bon, murmura Nana, qui le soupçonnait de mauvaise volonté. Tu me paieras ça, mon petit.

— Ah ! dis donc, reprit-il, blessé de la menace, je n'aime pas ces commissions-là. Adresse-toi à Labordette. »

Ils se tournèrent le dos, ils étaient fâchés. Justement, Mignon poussait Steiner contre Nana. Lorsque celle-ci fut seule, il lui dit à voix basse, avec un cynisme bon enfant de compère qui veut le plaisir d'un ami :

« Vous savez qu'il en meurt... Seulement, il a peur de ma femme. N'est-ce pas que vous le défendrez ? »

Nana n'eut pas l'air de comprendre. Elle souriait, elle regardait Rose, son mari et le banquier ; puis, elle dit à ce dernier :

« Monsieur Steiner, vous vous mettrez à côté de moi. »

Mais des rires vinrent de l'antichambre, des chuchotements, une bouffée de voix gaies et bavardes, comme si tout un couvent échappé se fût trouvé là. Et Labordette parut, traînant cinq femmes derrière lui, son pensionnat, selon le mot méchant de Lucy Stewart. Il y avait Gaga, majestueuse dans une robe de velours bleu qui la sanglait, Caroline Héquet, toujours en faille noire garnie de chantilly, puis Léa de Horn, fagotée comme à son habitude, la grosse Tatan Néné, une blonde bon enfant à poitrine de nourrice dont on se

moquait, enfin la petite Maria Blond, une fillette de quinze ans, d'une maigreur et d'un vice de gamin, que lançait son début aux Folies. Labordette avait amené tout ça dans une seule voiture; et elles riaient encore d'avoir été serrées, Maria Blond sur les genoux des autres. Mais elles pincèrent les lèvres, échangeant des poignées de main et des saluts, toutes très comme il faut. Gaga faisait l'enfant, zézayait par excès de bonne tenue. Seule, Tatan Néné, à qui l'on avait raconté en chemin que six nègres, absolument nus, serviraient le souper de Nana, s'inquiétait, demandant à les voir. Labordette la traita de dinde, en la priant de se taire.

« Et Bordenave? demanda Faucherry.

— Oh! figurez-vous, je suis désolée, s'écria Nana, il ne pourra pas être des nôtres.

— Oui, dit Rose Mignon, son pied s'est pris dans une trappe, il a une entorse abominable... Si vous l'entendiez jurer, la jambe ficelée et allongée sur une chaise! »

Alors, tout le monde regretta Bordenave. On ne donnait pas un bon souper sans Bordenave. Enfin, on tâcherait de se passer de lui. Et l'on causait déjà d'autre chose, lorsqu'une grosse voix s'éleva.

« Quoi donc! quoi donc! C'est comme ça qu'on m'enterre! »

Il y eut un cri, chacun tourna la tête. C'était Bordenave, énorme et très rouge, la jambe raide, debout sur le seuil, où il s'appuyait à l'épaule de Simonne Cabiroche. Pour l'instant, il couchait avec Simonne. Cette petite, qui avait reçu de l'éducation, jouant du piano, parlant anglais, était une blonde toute mignonne, si délicate qu'elle pliait sous le rude poids de Bordenave, souriante et soumise pourtant. Il posa quelques secondes, sentant qu'ils faisaient tableau tous les deux.

« Hein? Il faut vous aimer, continua-t-il. Ma foi, j'ai eu peur de m'embêter, je me suis dit : J'y vais... »

Mais il s'interrompit pour lâcher un juron.

« Cré nom de Dieu! »

Simonne avait fait un pas trop vite, son pied venait de porter. Il la bouscula. Elle, sans cesser de sourire, baissant son joli visage comme une bête qui a peur d'être battue, le soutenait de toutes ses forces de petite

blonde potelée. D'ailleurs, au milieu des exclamations, on s'empressait. Nana et Rose Mignon roulaient un fauteuil, dans lequel Bordenave se laissa aller, pendant que les autres femmes lui glissaient un second fauteuil sous la jambe. Et toutes les actrices qui étaient là l'embrassèrent naturellement. Il grognait, il soupirait.

« Cré nom de Dieu! cré nom de Dieu!... Enfin, l'estomac est solide, vous verrez ça. »

D'autres convives étaient arrivés. On ne pouvait plus remuer dans la pièce. Les bruits de vaisselle et d'argenterie avaient cessé; maintenant, une querelle venait du grand salon, où grondait la voix furieuse du maître d'hôtel. Nana s'impatientait, n'attendant plus d'invités, s'étonnant qu'on ne servît pas. Elle avait envoyé Georges demander ce qui se passait, lorsqu'elle resta très surprise de voir encore entrer du monde, des hommes, des femmes. Ceux-là, elle ne les connaissait pas du tout. Alors, un peu embarrassée, elle interrogea Bordenave, Mignon, Labordette. Ils ne les connaissaient pas non plus. Quand elle s'adressa au comte de Vandeuvres, il se souvint brusquement; c'étaient les jeunes gens qu'il avait racolés chez le comte Muffat. Nana le remercia. Très bien, très bien. Seulement, on serait joliment serré; et elle pria Labordette d'aller faire ajouter sept couverts. A peine était-il sorti, que le valet introduisit de nouveau trois personnes. Non, cette fois, ça devenait ridicule; on ne tiendrait pas, pour sûr. Nana, qui commençait à se fâcher, disait de son grand air que ce n'était guère convenable. Mais en en voyant arriver encore deux, elle se mit à rire, elle trouvait ça trop drôle. Tant pis, on tiendrait comme on tiendrait. Tous étaient debout, il n'y avait que Gaga et Rose Mignon assises, Bordenave accaparant à lui seul deux fauteuils. Les voix bourdonnaient, on parlait bas, en étouffant de légers bâillements.

« Dis donc, ma fille, demanda Bordenave, si on se mettait à table tout de même?... Nous sommes au complet, n'est-ce pas?

— Ah! oui, par exemple, nous sommes au complet! » répondit-elle en riant.

Elle promenait ses regards. Mais elle devint sérieuse,

comme étonnée de ne pas trouver quelqu'un là. Sans doute il manquait un convive dont elle ne parlait point. Il fallait attendre. Quelques minutes plus tard, les invités aperçurent au milieu d'eux un grand monsieur, à figure noble et à belle barbe blanche. Et le plus surprenant était que personne ne l'avait vu entrer ; il devait s'être glissé dans le petit salon par une porte de la chambre à coucher, restée entrouverte. Un silence régna, des chuchotements couraient. Le comte de Vandeuvres savait certainement qui était le monsieur, car ils avaient tous deux échangé une discrète poignée de main ; mais il répondit par un sourire aux questions des femmes. Alors, Caroline Héquet, à demi-voix, paria pour un lord anglais, qui retournait le lendemain se marier à Londres ; elle le connaissait bien, elle l'avait eu. Et cette histoire fit le tour des dames ; seulement, Maria Blond prétendait, de son côté, reconnaître un ambassadeur allemand, à preuve qu'il couchait souvent avec une de ses amies. Parmi les hommes, en phrases rapides, on le jugeait. Une tête de monsieur sérieux. Peut-être qu'il payait le souper. Probable. Ça sentait ça. Bah ! pourvu que le souper fût bon ! Enfin, on resta dans le doute, on oubliait déjà le vieillard à barbe blanche, lorsque le maître d'hôtel ouvrit la porte du grand salon.

« Madame est servie. »

Nana avait accepté le bras de Steiner, sans paraître remarquer un mouvement du vieillard, qui se mit à marcher derrière elle, tout seul. D'ailleurs, le défilé ne put s'organiser. Les hommes et les femmes entrèrent débandés, plaisantant avec une bonhomie bourgeoise sur ce manque de cérémonie. Une longue table allait d'un bout à l'autre de la vaste pièce, vide de meubles ; et cette table se trouvait encore trop petite, car les assiettes se touchaient. Quatre candélabres à dix bougies éclairaient le couvert, un surtout en plaqué, avec des gerbes de fleurs à droite et à gauche. C'était un luxe de restaurant, de la porcelaine à filets dorés, sans chiffre, de l'argenterie usée et ternie par les continuels lavages, des cristaux dont on pouvait compléter les douzaines dépareillées dans tous les bazars. Cela sen-

tait une crémaillère pendue trop vite, au milieu d'une fortune subite, et lorsque rien n'était encore en place. Un lustre manquait ; les candélabres, dont les bougies très hautes s'éméchaient à peine, faisaient un jour pâle et jaune au-dessus des compotiers, des assiettes montées, des jattes, où les fruits, les petits fours, les confitures, alternaient symétriquement.

« Vous savez, dit Nana, on se place comme on veut... C'est plus amusant. »

Elle se tenait debout, au milieu de la table. Le vieux monsieur, qu'on ne connaissait pas, s'était mis à sa droite pendant qu'elle gardait Steiner à sa gauche. Des convives s'asseyaient déjà, quand des jurons partirent du petit salon. C'était Bordenave qu'on oubliait et qui avait toutes les peines du monde pour se relever de ses deux fauteuils, gueulant, appelant cette rosse de Simonne, filée avec les autres. Les femmes coururent, pleines d'apitoiement. Bordenave apparut, soutenu, porté par Caroline, Clarisse, Tatan Néné, Maria Blond. Et ce fut toute une affaire pour l'installer.

« Au milieu de la table en face de Nana ! criait-on. Bordenave au milieu ! Il nous présidera ! »

Alors, ces dames l'assirent au milieu. Mais il fallut une seconde chaise pour sa jambe. Deux femmes soulevèrent sa jambe, l'allongèrent délicatement. Ça ne faisait rien, il mangerait de côté.

« Cré nom de Dieu. grognait-il, est-on empoté tout de même !... Ah ! mes petites chattes, papa se recommande à vous. »

Il avait Rose Mignon à sa droite et Lucy Stewart à sa gauche. Elles promirent d'avoir bien soin de lui. Tout le monde, maintenant, se casait. Le comte de Vandeuvres se plaça entre Lucy et Clarisse ; Fauchery, entre Rose Mignon et Caroline Héquet. De l'autre côté, Hector de la Faloise s'était précipité pour se mettre près de Gaga, malgré les appels de Clarisse, en face ; tandis que Mignon, qui ne lâchait pas Steiner, n'était séparé de lui que par Blanche, et avait à sa gauche Tatan Néné. Puis, venait Labordette. Enfin, aux deux bouts, se trouvaient des jeunes gens, des femmes. Simonne, Léa de Horn, Maria Blond sans ordre, en tas. C'était là que Daguenet

et Georges Hugon sympathisaient de plus en plus en regardant Nana avec des sourires.

Cependant, comme deux personnes restaient debout, on plaisanta. Les hommes offraient leurs genoux. Clarisse, qui ne pouvait remuer les coudes, disait à Vandeuvres qu'elle comptait sur lui pour la faire manger. Aussi ce Bordenave tenait une place, avec ses chaises! Il y eut un dernier effort, tout le monde put s'asseoir; mais, par exemple, cria Mignon, on était comme des harengs dans un baquet.

« Purée d'asperges comtesse, consommé à la Deslignac », murmuraient les garçons, en promenant des assiettes pleines derrière les convives.

Bordenave conseillait tout haut le consommé, lorsqu'un cri s'éleva. On protestait, on se fâchait. La porte s'était ouverte, trois retardataires, une femme et deux hommes venaient d'entrer. Ah! non, ceux-là étaient de trop! Nana, pourtant, sans quitter sa chaise, pinçait les yeux, tâchait de voir si elle les connaissait. La femme était Louise Violaine. Mais elle n'avait jamais vu les hommes.

« Ma chère, dit Vandeuvres, monsieur est un officier de marine de mes amis, monsieur de Foucarmont, que j'ai invité. »

Foucarmont salua, très à l'aise, ajoutant :

« Et je me suis permis d'amener un de mes amis.

— Ah! parfait, parfait, dit Nana. Asseyez-vous... Voyons, Clarisse, recule-toi un peu. Vous êtes très au large, là-bas... Là, avec de la bonne volonté... »

On se serra encore, Foucarmont et Louise obtinrent pour eux deux un petit bout de la table; mais l'ami dut rester à distance de son couvert; il mangeait, les bras allongés entre les épaules de ses voisins. Les garçons enlevaient les assiettes à potage, des crépinettes de lapereaux aux truffes et des gnocchis au parmesan circulaient. Bordenave ameuta toute la table, en racontant qu'il avait eu un instant l'idée d'amener Prullière, Fontan et le vieux Bosc. Nana était devenue digne, elle dit sèchement qu'elle les aurait joliment reçus. Si elle avait voulu avoir ses camarades, elle se serait bien chargée de les inviter elle-même. Non, non,

pas de cabotins. Le vieux Bosc était toujours gris ; Prullière se gobait trop ; quant à Fontan, il se rendait insupportable en société, avec ses éclats de voix et ses bêtises. Puis, voyez-vous, les cabotins étaient toujours déplacés lorsqu'ils se trouvaient parmi ces messieurs.

« Oui, oui, c'est vrai », déclara Mignon.

Autour de la table, ces messieurs, en habit et en cravate blanche étaient très corrects, avec leurs visages blêmes, d'une distinction que la fatigue affinait encore. Le vieux monsieur avait des gestes lents, un sourire fin, comme s'il eût présidé un congrès de diplomates. Vandeuvres semblait être chez la comtesse Muffat, d'une exquise politesse pour ses voisines. Le matin encore, Nana le disait à sa tante : en hommes, on ne pouvait pas avoir mieux ; tous nobles ou tous riches ; enfin, des hommes chics. Et, quant aux dames, elles se tenaient très bien. Quelques-unes, Blanche, Léa, Louise, étaient venues décolletées ; seule Gaga en montrait peut-être un peu trop, d'autant plus qu'à son âge, elle aurait mieux fait de n'en pas montrer du tout. Maintenant qu'on finissait par se caser, les rires et les plaisanteries tombaient. Georges songeait qu'il avait assisté à des dîners plus gais, chez des bourgeois d'Orléans. On causait à peine, les hommes qui ne se connaissaient pas se regardaient, les femmes restaient tranquilles ; et c'était surtout là le grand étonnement de Georges. Il les trouvait « popotes », il avait cru qu'on allait s'embrasser tout de suite.

On servait les relevés, une carpe du Rhin à la chambord et une selle de chevreuil à l'anglaise, lorsque Blanche dit tout haut :

« Lucy, ma chère, j'ai rencontré votre Olivier, dimanche... Comme il a grandi !

— Dame ! il a dix-huit ans, répondit Lucy ; ça ne me rajeunit guère... Il est reparti hier pour son école. »

Son fils Olivier, dont elle parlait avec fierté, était élève à l'école de marine. Alors, on causa des enfants. Toutes ces dames s'attendrissaient. Nana dit ses grandes joies : son bébé, le petit Louis, était maintenant chez sa tante, qui l'amenait chaque matin, vers onze heures ; et elle le prenait dans son lit, où il jouait avec

Lulu, son griffon. C'était à mourir de rire de les voir tous les deux se fourrer sous la couverture, au fond. On n'avait pas idée comme Louiset était déjà futé.

« Oh ! hier, j'ai passé une journée ! raconta à son tour Rose Mignon. Imaginez-vous que j'étais allée chercher Charles et Henri à leur pensionnat ; et il a fallu absolument les mener le soir au théâtre... Ils sautaient, ils tapaient leurs petites mains : « Nous verrons jouer maman ! nous verrons jouer maman !... Oh ! un train, un train ! »

Mignon souriait complaisamment, les yeux humides de tendresse paternelle.

« Et, à la représentation, continua-t-il, ils étaient si drôles, sérieux comme des hommes, mangeant Rose du regard, me demandant pourquoi maman avait comme ça les jambes nues... »

Toute la table se mit à rire. Mignon triomphait, flatté dans son orgueil de père. Il adorait les petits, une seule préoccupation le tenait, grossir leur fortune en administrant, avec une rigidité d'intendant fidèle, l'argent que gagnait Rose au théâtre et ailleurs. Quand il l'avait épousée, chef d'orchestre dans le café-concert où elle chantait, ils s'aimaient passionnément. Aujourd'hui, ils restaient bons amis. C'était réglé entre eux : elle, travaillait le plus qu'elle pouvait, de tout son talent et de toute sa beauté ; lui, avait lâché son violon pour mieux veiller sur ses succès d'artiste et de femme. On n'aurait pas trouvé un ménage plus bourgeois ni plus uni.

« Quel âge a l'aîné ? demanda Vandeuvres.

— Henri a neuf ans, répondit Mignon. Oh ! mais c'est un gaillard ! »

Puis, il plaisanta Steiner, qui n'aimait pas les enfants ; et il lui disait d'un air de tranquille audace, que, s'il était père, il gâcherait moins bêtement sa fortune. Tout en parlant, il guettait le banquier par-dessus les épaules de Blanche, pour voir si ça se faisait avec Nana. Mais, depuis quelques minutes, Rose et Fauchery, qui causaient de très près, l'agaçaient. Rose, peut-être, n'allait pas perdre son temps à une pareille sottise. Dans ces cas-là, par exemple, il se mettait en travers. Et, les mains belles, un diamant au petit doigt, il achevait un filet de chevreuil.

D'ailleurs, la conversation sur les enfants continuait. La Faloise, empli de trouble par le voisinage de Gaga, lui demandait des nouvelles de sa fille, qu'il avait eu le plaisir d'apercevoir avec elle aux Variétés. Lili se portait bien, mais elle était encore si gamine ! Il resta surpris en apprenant que Lili entrait dans sa dix-neuvième année. Gaga devint à ses yeux plus imposante. Et, comme il cherchait à savoir pourquoi elle n'avait pas amené Lili :

« Oh ! non, non, jamais ! dit-elle d'un air pincé. Il n'y a pas trois mois qu'elle a voulu absolument sortir du pensionnat... Moi je rêvais de la marier tout de suite... Mais elle m'aime tant, j'ai dû la reprendre, ah ! bien contre mon gré. »

Ses paupières bleuies, aux cils brûlés, clignotaient, tandis qu'elle parlait de l'établissement de sa demoiselle. Si, à son âge, elle n'avait pas mis un sou de côté, travaillant toujours, ayant encore des hommes, surtout de très jeunes dont elle aurait pu être la grand-mère, c'était vraiment qu'un bon mariage valait mieux. Elle se pencha vers la Faloise, qui rougit sous l'énorme épaule nue et plâtrée dont elle l'écrasait.

« Vous savez, murmura-t-elle, si elle y passe, ce ne sera pas ma faute... Mais on est si drôle, quand on est jeune ! »

Un grand mouvement avait lieu autour de la table. Les garçons s'empressaient. Après les relevés, les entrées venaient de paraître : des poulardes à la maréchale, des filets de sole sauce ravigote et des escalopes de foie gras. Le maître d'hôtel, qui avait fait verser jusque-là du meursault, offrait du chambertin et du léoville. Dans le léger brouhaha du changement de service, Georges, de plus en plus étonné, demanda à Daguenet si toutes ces dames avaient comme ça des enfants ; et celui-ci, amusé par cette question, lui donna des détails. Lucy Stewart était fille d'un graisseur d'origine anglaise, employé à la gare du Nord ; trente-neuf ans, une tête de cheval, mais adorable, phtisique et ne mourant jamais ; la plus chic de ces dames, trois princes et un duc. Caroline Héquet, née à Bordeaux, d'un petit employé mort de honte, avait la bonne

chance de posséder pour mère une femme de tête, qui, après l'avoir maudite, s'était remise avec elle, au bout d'un an de réflexion, voulant au moins lui sauver une fortune ; la fille, âgée de vingt-cinq ans, très froide, passait pour une des plus belles femmes qu'on pût avoir à un prix qui ne variait pas ; la mère, pleine d'ordre, tenait les livres, une comptabilité sévère des recettes et des dépenses, menait toute la maison de l'étroit logement qu'elle habitait deux étages plus haut, et où elle avait installé un atelier de couturières, pour les robes et le linge. Quant à Blanche de Sivry, de son vrai nom Jacqueline Baudu, elle venait d'un village près d'Amiens ; magnifique personne, bête et menteuse, se disant petite-fille d'un général et n'avouant pas ses trente-deux ans ; très goûtée des Russes, à cause de son embonpoint. Puis, rapidement, Daguenet ajouta un mot sur les autres : Clarisse Besnus, ramenée comme bonne de Saint-Aubin-sur-Mer par une dame dont le mari l'avait lancée ; Simonne Cabiroche, fille d'un marchand de meubles du faubourg Saint-Antoine, élevée dans un grand pensionnat pour être institutrice ; et Maria Blond, et Louise Violaine, et Léa de Horn, toutes poussées sur le pavé parisien, sans compter Tatan Néné, qui avait gardé les vaches jusqu'à vingt ans, dans sa Champagne pouilleuse. Georges écoutait, regardant ces dames, étourdi et excité par ce déballage brutal, fait crûment à son oreille ; pendant que, derrière lui, les garçons, répétaient d'une voix respectueuse :

« Poulardes à la maréchale... Filets de sole sauce ravigote...

— Mon cher, dit Daguenet qui lui imposait son expérience, ne prenez pas de ce poisson, ça ne vaut rien à cette heure-ci... Et contentez-vous du léoville, il est moins traître. »

Une chaleur montait des candélabres, des plats promenés, de la table entière où trente-huit personnes s'étouffaient ; et les garçons, s'oubliant, couraient sur le tapis, qui se tachait de graisse. Pourtant, le souper ne s'égayait guère. Ces dames chipotaient, laissant la moitié des viandes. Tatan Néné seule mangeait de tout, gloutonnement. A cette heure avancée de la nuit, il n'y

avait là que des faims nerveuses, des caprices d'estomacs détraqués. Près de Nana, le vieux monsieur refusait tous les plats qu'on lui présentait; il avait seulement pris une cuillerée de potage; et, silencieux devant son assiette vide, il regardait. On bâillait avec discrétion. Par moments, des paupières se fermaient, des visages devenaient terreux; c'était crevant, comme toujours, selon le mot de Vandeuvres. Ces soupers-là, pour être drôles, ne devaient pas être propres. Autrement, si on le faisait à la vertu, au bon genre, autant manger dans le monde, où l'on ne s'ennuyait pas davantage. Sans Bordenave qui gueulait toujours, on se serait endormi. Cet animal de Bordenave, la jambe bien allongée, se laissait servir avec des airs de sultan par ses voisines Lucy et Rose. Elles n'étaient occupées que de lui, le soignant, le dorlotant, veillant à son verre et à son assiette; ce qui ne l'empêchait pas de se plaindre.

« Qui est-ce qui va me couper ma viande?... Je ne peux pas, la table est à une lieue. »

A chaque instant, Simonne se levait, se tenait derrière son dos, pour couper sa viande et son pain. Toutes les femmes s'intéressaient à ce qu'il mangeait. On rappelait les garçons, on lui en fourrait à l'étouffer. Simonne lui ayant essuyé la bouche, pendant que Rose et Lucy changeaient son couvert, il trouva cela très gentil; et, daignant enfin se montrer content :

« Voilà! Tu es dans le vrai, ma fille... Une femme, ce n'est fait que pour ça. »

On se réveilla un peu, la conversation devint générale. On achevait des sorbets aux mandarines. Le rôti chaud était un filet aux truffes, et le rôti froid, une galantine de pintade à la gelée. Nana, que fâchait le manque d'entrain de ses convives, s'était mise à parler très haut.

« Vous savez que le prince d'Écosse a déjà fait retenir une avant-scène pour voir la *Blonde Vénus*, quand il viendra visiter l'Exposition.

— J'espère bien que tous les princes y passeront, déclara Bordenave, la bouche pleine.

— On attend le shah de Perse dimanche », dit Lucy Stewart.

Alors, Rose Mignon parla des diamants du shah. Il portait une tunique entièrement couverte de pierreries, une merveille, un astre flambant, qui représentait des millions. Et ces dames, pâles, les yeux luisants de convoitise, allongeaient la tête, citaient les autres rois, les autres empereurs qu'on attendait. Toutes rêvaient de quelque caprice royal, d'une nuit payée d'une fortune.

« Dites donc, mon cher, demanda Caroline Héquet à Vandeuvres, en se penchant, quel âge a l'empereur de Russie ?

— Oh ! il n'a pas d'âge, répondit le comte qui riait. Rien à faire, je vous en préviens. »

Nana affecta de paraître blessée. Le mot semblait trop raide, on protesta par un murmure. Mais Blanche donnait des détails sur le roi d'Italie, qu'elle avait vu une fois à Milan ; il n'était guère beau, ce qui ne l'empêchait pas d'avoir toutes les femmes ; et elle resta ennuyée, lorsque Fauchery assura que Victor-Emmanuel ne pourrait venir. Louise Violaine et Léa en tenaient pour l'empereur d'Autriche. Tout d'un coup, on entendit la petite Maria Blond qui disait :

« En voilà un vieux sécot que le roi de Prusse !... J'étais à Bade, l'année dernière. On le rencontrait toujours avec le comte de Bismarck.

— Tiens ! Bismarck, interrompit Simonne, je l'ai connu, moi... Un homme charmant.

— C'est ce que je disais hier, s'écria Vandeuvres ; on ne voulait pas me croire. »

Et, comme chez la comtesse Sabine, on s'occupa longuement du comte de Bismarck. Vandeuvres répéta les mêmes phrases. Un instant, on fut de nouveau dans le salon des Muffat ; seules, les dames étaient changées. Justement, on passa à la musique. Puis, Foucarmont ayant laissé échapper un mot de la prise de voile dont Paris causait, Nana, intéressée, voulut absolument avoir des détails sur mademoiselle de Fougeray. Oh ! la pauvre petite, s'enterrer comme ça vivante ! Enfin, quand la vocation avait parlé ! Autour de la table, les femmes étaient très touchées. Et Georges, ennuyé d'entendre ces choses une seconde fois, interrogeait

Daguenet sur les habitudes intimes de Nana, lorsque la conversation revint fatalement au comte de Bismarck. Tatan Néné se penchait à l'oreille de Labordette pour demander qui était ce Bismarck, qu'elle ne connaissait pas. Alors, Labordette, froidement, lui conta des histoires énormes : ce Bismarck mangeait de la viande crue ; quand il rencontrait une femme près de son repaire, il l'emportait sur son dos ; il avait déjà eu de cette manière trente-deux enfants, à quarante ans.

« A quarante ans, trente-deux enfants ! s'écria Tatan Néné, stupéfaite et convaincue. Il doit être joliment fatigué pour son âge. »

On éclata de rire, elle comprit qu'on se moquait d'elle.

« Êtes-vous bête ! Est-ce que je sais, moi, si vous plaisantez ! »

Cependant, Gaga en était restée à l'Exposition. Comme toutes ces dames, elle se réjouissait, elle s'apprêtait. Une bonne saison, la province et l'étranger se ruant dans Paris. Enfin, peut-être, après l'Exposition, si les affaires avaient bien marché, pourrait-elle se retirer à Juvisy, dans une petite maison qu'elle guettait depuis longtemps.

« Que voulez-vous ? dit-elle à la Faloise, on n'arrive à rien... Si l'on était aimée encore ! »

Gaga se faisait tendre parce qu'elle avait senti le genou du jeune homme se poser contre le sien. Il était très rouge. Elle, tout en zézayant, le pesait d'un coup d'œil. Un petit monsieur pas lourd ; mais elle n'était plus difficile. La Faloise obtint son adresse.

« Regardez donc, murmura Vandeuvres à Clarisse, je crois que Gaga vous fait votre Hector.

— Je m'en fiche pas mal ! répondit l'actrice. Il est idiot ce garçon... Je l'ai déjà flanqué trois fois à la porte... Moi, vous savez, quand les gamins donnent dans les vieilles, ça me dégoûte. »

Elle s'interrompit pour indiquer d'un léger signe Blanche, qui, depuis le commencement du dîner, se tenait penchée dans une position très incommode, se rengorgeant, voulant montrer ses épaules au vieux monsieur distingué, assis à trois places de distance.

« On vous lâche aussi, mon cher », reprit-elle.

Vandeuvres sourit finement, avec un geste d'insouciance. Certes, ce n'était pas lui qui aurait empêché cette pauvre Blanche d'avoir un succès. Le spectacle que donnait Steiner à toute la table l'intéressait davantage. On connaissait le banquier pour ses coups de cœur; ce terrible juif allemand, ce brasseur d'affaires dont les mains fondaient les millions, devenait imbécile, lorsqu'il se toquait d'une femme; et il les voulait toutes, il n'en pouvait paraître une au théâtre sans qu'il l'achetât, si chère qu'elle fût. On citait des sommes. A deux reprises, son furieux appétit des filles l'avait ruiné. Comme disait Vandeuvres, les filles vengeaient la morale, en nettoyant sa caisse. Une grande opération sur les Salines des Landes lui ayant rendu sa puissance à la Bourse, les Mignon, depuis six semaines, mordaient fortement dans les Salines. Mais des paris s'ouvraient, ce n'étaient pas les Mignon qui achèveraient le morceau, Nana montrait ses dents blanches. Une fois encore, Steiner était pris, et si rudement que, près de Nana, il restait comme assommé, mangeant sans faim, la lèvre pendante, la face marbrée de taches. Elle n'avait qu'à dire un chiffre. Pourtant, elle ne se pressait pas, jouant avec lui, soufflant des rires dans son oreille velue, s'amusant des frissons qui passaient sur son épaisse figure. Il serait toujours temps de bâcler ça, si décidément ce pignouf de comte Muffat faisait son Joseph.

« Léoville ou chambertin? murmura un garçon, en allongeant la tête entre Nana et Steiner, au moment où celui-ci parlait bas à la jeune femme.

— Hein? quoi? bégaya-t-il, la tête perdue. Ce que vous voudrez, ça m'est égal. »

Vandeuvres poussait légèrement du coude Lucy Stewart, une très méchante langue, d'un esprit féroce, lorsqu'elle était lancée. Mignon, ce soir-là, l'exaspérait.

« Vous savez qu'il tiendrait la chandelle, disait-elle au comte. Il espère refaire le coup du petit Jonquier... Vous vous rappelez, Jonquier, qui était avec Rose et qui avait un béguin pour la grande Laure... Mignon a procuré Laure à Jonquier, puis il l'a ramené bras dessus,

bras dessous chez Rose, comme un mari auquel on vient de permettre une fredaine... Mais, cette fois, ça va rater. Nana ne doit pas rendre les hommes qu'on lui prête.

— Qu'a-t-il donc, Mignon, à regarder sévèrement sa femme? » demanda Vandeuvres.

Il se pencha, il aperçut Rose qui devenait tout à fait tendre pour Faucherie. Cela lui expliqua la colère de sa voisine. Il reprit en riant :

« Diable! est-ce que vous êtes jalouse?

— Jalouse! dit Lucy furieuse. Ah bien! si Rose a envie de Léon, je le lui donne volontiers. Pour ce qu'il vaut!... Un bouquet par semaine et encore!... Voyez-vous, mon cher, ces filles de théâtre sont toutes les mêmes. Rose a pleuré de rage en lisant l'article de Léon sur Nana; je le sais. Alors, vous comprenez, il lui faut aussi un article, et elle le gagne... Moi, je vais flanquer Léon à la porte, vous verrez ça! »

Elle s'arrêta pour dire au garçon debout derrière elle avec ses deux bouteilles :

« Léoville. »

Puis, elle repartit, baissant la voix :

« Je ne veux pas crier, ce n'est pas mon genre... Mais c'est une fière salope tout de même. A la place de son mari, je lui allongerais une danse fameuse... Oh! ça ne lui portera pas bonheur. Elle ne connaît pas mon Faucherie, un monsieur malpropre encore, celui-là, qui se colle aux femmes, pour faire sa position... Du joli monde! »

Vandeuvres tâcha de la calmer. Bordenave, délaissé par Rose et par Lucy se fâchait, en criant qu'on laissait mourir papa de faim et de soif. Cela produisit une heureuse diversion. Le souper traînait, personne ne mangeait plus; on gâchait dans les assiettes des cèpes à l'italienne et des croustades d'ananas Pompadour. Mais le champagne, qu'on buvait depuis le potage, animait peu à peu les convives d'une ivresse nerveuse. On finissait par se moins bien tenir. Les femmes s'accoudaient en face de la débandade du couvert; les hommes, pour respirer, reculaient leur chaise, et des habits noirs s'enfonçaient entre des corsages clairs, des épaules

nues à demi tournées prenaient un luisant de soie. Il faisait trop chaud, la clarté des bougies jaunissait encore, épaissie, au-dessus de la table. Par instants, lorsqu'une nuque dorée se penchait sous une pluie de frisures, les feux d'une boucle de diamants allumaient un haut chignon. Des gaietés jetaient une flamme, des yeux rieurs, des dents blanches entrevues, le reflet des candélabres brûlant dans un verre de champagne. On plaisantait très haut, on gesticulait, au milieu des questions restées sans réponse, des appels jetés d'un bout de la pièce à l'autre. Mais c'étaient les garçons qui faisaient le plus de bruit, croyant être dans les corridors de leur restaurant, se bousculant, servant les glaces et le dessert avec des exclamations gutturales.

« Mes enfants, cria Bordenave, vous savez que nous jouons demain... Méfiez-vous, pas trop de champagne !

— Moi, disait Foucarmont, j'ai bu de tous les vins imaginables dans les cinq parties du monde... Oh ! des liquides extraordinaires, des alcools à vous tuer un homme raide... Eh bien ! ça ne m'a jamais rien fait. Je ne peux pas me griser. J'ai essayé, je ne peux pas. »

Il était très pâle, très froid, renversé contre le dossier de sa chaise, et buvant toujours.

« N'importe, murmura Louise Violaine, finis, tu en as assez... Ce serait drôle, s'il me fallait te soigner le reste de la nuit. »

Une griserie mettait aux joues de Lucy Stewart les flammes rouges des poitrinaires, tandis que Rose Mignon se faisait tendre, les yeux humides. Tatan Néné, étourdie d'avoir trop mangé, riait vaguement à sa bêtise. Les autres, Blanche, Caroline, Simonne, Maria parlaient toutes ensemble, racontant leurs affaires, une dispute avec leur cocher, un projet de partie à la campagne, des histoires compliquées d'amants volés et rendus. Mais un jeune homme, près de Georges, ayant voulu embrasser Léa de Horn, reçut une tape avec un : « Dites donc, vous ! lâchez-moi ! » plein d'une belle indignation ; et Georges, très gris, très excité par la vue de Nana, hésita devant une idée qu'il mûrissait gravement, celle de se mettre à quatre pattes, sous la table, et d'aller se blottir à ses pieds, ainsi qu'un

petit chien. Personne ne l'aurait vu, il y serait resté bien sage. Puis, sur la prière de Léa, Daguenet ayant dit au jeune homme de se tenir tranquille, Georges, tout d'un coup, éprouva un gros chagrin, comme si l'on venait de le gronder lui-même; c'était bête, c'était triste, il n'y avait plus rien de bon. Daguenet pourtant plaisantait, le forçait à avaler un grand verre d'eau, en lui demandant ce qu'il ferait, s'il se trouvait seul avec une femme, puisque trois verres de champagne le flanquaient par terre.

« Tenez, reprit Foucarmont, à La Havane, ils font une eau-de-vie avec une baie sauvage; on croirait avaler du feu... Eh bien, j'en ai bu un soir plus d'un litre. Ça ne m'a rien fait... Plus fort que ça, un autre jour, sur les côtes de Coromandel, des sauvages nous ont donné je ne sais quel mélange de poivre et de vitriol; ça ne m'a rien fait... Je ne peux pas me griser. »

Depuis un instant, la figure de la Faloise, en face, lui déplaisait. Il ricanait, il lançait des mots désagréables. La Faloise, dont la tête tournait, se remuait beaucoup, en se serrant contre Gaga. Mais une inquiétude avait achevé de l'agiter : on venait de lui prendre son mouchoir, il réclamait son mouchoir avec l'entêtement de l'ivresse, interrogeant ses voisins, se baissant pour regarder sous les sièges et sous les pieds. Et, comme Gaga tâchait de le tranquilliser :

« C'est stupide, murmura-t-il; il y a, au coin, mes initiales et ma couronne. Ça peut me compromettre.

— Dites donc, monsieur Falamoise, Lamafoise, Mafaloise! » cria Foucarmont, qui trouva très spirituel de défigurer ainsi à l'infini le nom du jeune homme.

Mais la Faloise se fâcha. Il parla de ses ancêtres en bégayant. Il menaça d'envoyer une carafe à la tête de Foucarmont. Le comte de Vandeuvres dut intervenir pour lui assurer que Foucarmont était très drôle. Tout le monde riait, en effet. Cela ébranla le jeune homme ahuri, qui voulut bien se rasseoir; et il mangeait avec une obéissance d'enfant, lorsque son cousin lui ordonnait de manger, en grossissant la voix. Gaga l'avait repris contre elle; seulement, de temps à autre, il jetait sur les convives des regards sournois et anxieux, cherchant toujours son mouchoir.

Alors, Foucarmont, en veine d'esprit, attaqua Labordette, à travers toute la table. Louise Violaine tâchait de le faire taire, parce que, disait-elle, quand il était comme ça taquin avec les autres, ça finissait toujours mal pour elle. Il avait trouvé une plaisanterie qui consistait à appeler Labordette « madame » ; elle devait l'amuser beaucoup, il la répétait, tandis que Labordette, tranquillement, haussait les épaules, en disant chaque fois :

« Taisez-vous donc, mon cher, c'est bête. »

Mais comme Foucarmont continuait et arrivait aux insultes, sans qu'on sût pourquoi, il cessa de lui répondre, il s'adressa au comte de Vandeuvres.

« Monsieur, faites taire votre ami... Je ne veux pas me fâcher. »

A deux reprises, il s'était battu. On le saluait, on l'admettait partout. Ce fut un soulèvement général contre Foucarmont. La table s'égayait, le trouvant très spirituel ; mais ce n'était pas une raison pour gâter la nuit. Vandeuvres, dont le fin visage se cuivrait, exigea qu'il rendît son sexe à Labordette. Les autres hommes, Mignon, Steiner, Bordenave, très lancés, intervinrent aussi, criant, couvrant sa voix. Et seul, le vieux monsieur, qu'on oubliait près de Nana, gardait son grand air, son sourire las et muet, en suivant de ses yeux pâles cette débâcle du dessert.

« Mon petit chat, si nous prenions le café ici ? dit Bordenave. On est très bien. »

Nana ne répondit pas tout de suite. Depuis le commencement du souper, elle ne semblait plus chez elle. Tout ce monde l'avait noyée et étourdie, appelant les garçons, parlant haut, se mettant à l'aise, comme si l'on était au restaurant. Elle-même oubliait son rôle de maîtresse de maison, ne s'occupait que du gros Steiner, qui crevait d'apoplexie à son côté. Elle l'écoutait, refusant encore de la tête, avec son rire provocant de blonde grasse. Le champagne qu'elle avait bu la faisait toute rose, la bouche humide, les yeux luisants ; et le banquier offrait davantage, à chaque mouvement câlin de ses épaules, aux légers renflements voluptueux de son cou, lorsqu'elle tournait la tête. Il voyait là, près de

l'oreille, un petit coin délicat, un satin qui le rendait fou. Par moments, Nana, dérangée, se rappelait ses convives, cherchant à être aimable, pour montrer qu'elle savait recevoir. Vers la fin du souper, elle était très grise ; ça la désolait, le champagne la grisait tout de suite. Alors, une idée l'exaspéra. C'était une saleté que ces dames voulaient lui faire en se conduisant mal chez elle. Oh, elle voyait clair ! Lucy avait cligné de l'œil pour pousser Foucarmont contre Labordette, tandis que Rose, Caroline et les autres excitaient ces messieurs. Maintenant, le bousin était à ne pas s'entendre, histoire de dire qu'on pouvait tout se permettre, quand on soupait chez Nana. Eh bien ! ils allaient voir. Elle avait beau être grise, elle était encore la plus chic et la plus comme il faut.

« Mon petit chat, reprit Bordenave, dis donc de servir le café ici... J'aime mieux ça, à cause de ma jambe. »

Mais Nana s'était levée brutalement, en murmurant aux oreilles de Steiner et du vieux monsieur stupéfaits :

« C'est bien fait, ça m'apprendra à inviter du sale monde. »

Puis, elle indiqua du geste la porte de la salle à manger et ajouta tout haut :

« Vous savez, si vous voulez du café, il y en a là. »

On quitta la table, on se poussa vers la salle à manger, sans remarquer la colère de Nana. Et il ne resta bientôt plus dans le salon que Bordenave, se tenant aux murs, avançant avec précaution, pestant contre ces sacrées femmes, qui se fichaient de papa, maintenant qu'elles étaient pleines. Derrière lui, les garçons enlevaient déjà le couvert, sous les ordres du maître d'hôtel, lancés à voix haute. Ils se précipitaient, se bousculaient, faisant disparaître la table comme un décor de féerie, au coup de sifflet du maître machiniste. Ces dames et ces messieurs devaient revenir au salon, après avoir pris le café.

« Fichtre ! il fait moins chaud ici », dit Gaga avec un léger frisson en entrant dans la salle à manger.

La fenêtre de cette pièce était restée ouverte. Deux lampes éclairaient la table, où le café se trouvait servi, avec des liqueurs. Il n'y avait pas de chaises, on but le

café debout, pendant que le brouhaha des garçons, à côté, augmentait encore. Nana avait disparu. Mais personne ne s'inquiétait de son absence. On se passait parfaitement d'elle, chacun se servant, fouillant dans les tiroirs du buffet, pour chercher des petites cuillers, qui manquaient. Plusieurs groupes s'étaient formés ; les personnes, séparées durant le souper, se rapprochaient ; et l'on échangeait des regards, des rires significatifs, des mots qui résumaient les situations.

« N'est-ce pas. Auguste, dit Rose Mignon, que monsieur Fauchery devrait venir déjeuner un de ces jours ? »

Mignon, qui jouait avec la chaîne de sa montre, couva une seconde le journaliste de ses yeux sévères. Rose était folle. En bon administrateur, il mettrait ordre à ce gaspillage. Pour un article, soit ; mais ensuite porte close. Cependant, comme il connaissait la mauvaise tête de sa femme, et qu'il avait pour règle de lui permettre paternellement une bêtise, lorsqu'il le fallait, il répondit en se faisant aimable :

« Certainement, je serai très heureux... Venez donc demain, monsieur Fauchery. »

Lucy Stewart, en train de causer avec Steiner et Blanche, entendit cette invitation. Elle haussa la voix, disant au banquier :

« C'est une rage qu'elles ont toutes. Il y en a une qui m'a volé jusqu'à mon chien... Voyons, mon cher, est-ce ma faute si vous la lâchez ? »

Rose tourna la tête. Elle buvait son café à petites gorgées, elle regardait Steiner fixement, très pâle ; et toute la colère contenue de son abandon passa dans ses yeux comme une flamme. Elle voyait plus clair que Mignon ; c'était bête d'avoir voulu recommencer l'affaire de Jonquier, ces machines-là ne réussissaient pas deux fois. Tant pis ! Elle aurait Fauchery, elle s'en toquait depuis le souper ; et si Mignon n'était pas content, ça lui apprendrait.

« Vous n'allez pas vous battre ? vint dire Vandeuvres à Lucy Stewart.

— Non, n'ayez pas peur. Seulement, qu'elle se tienne tranquille, ou je lui lâche son paquet. »

Et, appelant Fauchery d'un geste impérieux :

« Mon petit, j'ai tes pantoufles à la maison. Je te ferai mettre ça demain chez ton concierge. »

Il voulut plaisanter. Elle s'éloigna d'un air de reine. Clarisse, qui s'était adossée contre un mur afin de boire tranquillement un verre de kirsch, haussait les épaules. En voilà des affaires pour un homme ! Est-ce que, du moment où deux femmes se trouvaient ensemble avec leurs amants, la première idée n'était pas de se les faire ? C'était réglé, ça. Elle, par exemple, si elle avait voulu, aurait arraché les yeux de Gaga, à cause d'Hector. Ah ! ouiche ! elle s'en moquait. Puis, comme la Faloise passait, elle se contenta de lui dire :

« Écoute donc, tu les aimes avancées, toi ! Ce n'est pas mûres, c'est blettes qu'il te les faut. »

La Faloise parut très vexé. Il restait inquiet... En voyant Clarisse se moquer de lui, il la soupçonna.

« Pas de blague, murmura-t-il. Tu m'as pris mon mouchoir, rends-moi mon mouchoir.

— Nous rase-t-il assez avec son mouchoir ! cria-t-elle. Voyons, idiot, pourquoi te l'aurais-je pris ?

— Tiens ! dit-il avec méfiance, pour l'envoyer à ma famille, pour me compromettre. »

Cependant Foucarmont s'attaquait aux liqueurs. Il continuait à ricaner en regardant Labordette, qui buvait son café, au milieu de ces dames. Et il lâchait des bouts de phrase : le fils d'un marchand de chevaux, d'autres disaient le bâtard d'une comtesse ; aucun revenu, et toujours vingt-cinq louis dans la poche ; le domestique des filles, un gaillard qui ne couchait jamais.

« Jamais ! jamais ! répétait-il en se fâchant. Non, voyez-vous, il faut que je le gifle. »

Il vida un petit verre de chartreuse. La chartreuse ne le dérangeait aucunement ; pas ça, disait-il ; et il faisait claquer l'ongle de son pouce au bord de ses dents. Mais, tout d'un coup, au moment où il s'avançait sur Labordette, il devint blême et s'abattit devant le buffet, comme une masse. Il était ivre mort. Louise Violaine se désola. Elle le disait bien que ça finirait mal ; maintenant, elle en avait pour le reste de sa nuit à le soigner.

Gaga la rassurait, examinant l'officier d'un œil de femme expérimentée, déclarant que ce ne serait rien, que ce monsieur allait dormir comme ça douze à quinze heures, sans accident. On emporta Foucarmont.

« Tiens, où donc a passé Nana ? » demanda Vandeuvres.

Oui, au fait, elle s'était envolée en quittant la table. On se souvenait d'elle, tout le monde la réclamait. Steiner, inquiet depuis un instant, questionna Vandeuvres au sujet du vieux monsieur, disparu lui aussi. Mais le comte le rassura, il venait de reconduire le vieillard ; un personnage étranger dont il était inutile de dire le nom, un homme très riche qui se contentait de payer les soupers. Puis, comme on oubliait de nouveau Nana, Vandeuvres aperçut Daguenet, la tête à une porte, l'appelant d'un signe. Et, dans la chambre à coucher, il trouva la maîtresse de maison assise, raidie, les lèvres blanches, tandis que Daguenet et Georges, debout, la regardaient d'un air consterné.

« Qu'avez-vous donc ? » demanda-t-il surpris.

Elle ne répondit pas, elle ne tourna pas la tête. Il répéta sa question.

« J'ai, cria-t-elle enfin, que je ne veux pas qu'on se foute de moi ! »

Alors, elle lâcha ce qui lui venait à la bouche. Oui, oui, elle n'était pas une bête, elle voyait clair. On s'était fichu d'elle pendant le souper, on avait dit des horreurs pour montrer qu'on la méprisait. Un tas de salopes qui ne lui allaient pas à la cheville ! Plus souvent qu'elle se donnerait encore du tintouin, histoire de se faire bêcher ensuite ! Elle ne savait pas ce qui la retenait de flanquer tout ce sale monde à la porte. Et, la rage l'étranglant, sa voix se brisa dans les sanglots.

« Voyons, ma fille, tu es grise, dit Vandeuvres, qui se mit à la tutoyer. Il faut être raisonnable. »

Non, elle refusait d'avance, elle resterait là.

« Je suis grise, c'est possible. Mais je veux qu'on me respecte. »

Depuis un quart d'heure, Daguenet et Georges la suppliaient vainement de revenir dans la salle à manger. Elle s'entêtait, ses invités pouvaient bien faire ce qu'ils

voudraient ; elle les méprisait trop pour retourner avec eux. Jamais ! jamais ! On l'aurait coupée en morceaux, qu'elle serait restée dans sa chambre.

« J'aurais dû me méfier, reprit-elle. C'est ce chameau de Rose qui a monté le complot. Ainsi, cette femme honnête que j'attendais ce soir, bien sûr Rose l'aura empêchée. »

Elle parlait de madame Robert. Vandeuvres lui donna sa parole d'honneur que madame Robert avait refusé d'elle-même. Il écoutait et discutait sans rire, habitué à de pareilles scènes, sachant comment il fallait prendre les femmes, quand elles se trouvaient dans cet état. Mais, dès qu'il cherchait à lui saisir les mains, pour la lever de sa chaise et l'entraîner, elle se débattait, avec un redoublement de colère. Par exemple, on ne lui ferait jamais croire que Fauchery n'avait pas détourné le comte Muffat de venir. Un vrai serpent, ce Fauchery ; un envieux, un homme capable de s'acharner après une femme et de détruire son bonheur. Car, enfin elle le savait, le comte s'était pris d'un béguin pour elle. Elle aurait pu l'avoir.

« Lui, ma chère, jamais ! s'écria Vandeuvres, s'oubliant et riant.

— Pourquoi donc ? demanda-t-elle, sérieuse, un peu dégrisée.

— Parce qu'il donne dans les curés, et que, s'il vous touchait du bout des doigts, il irait s'en confesser le lendemain... Écoutez un bon conseil. Ne laissez pas échapper l'autre. »

Un instant, elle resta silencieuse, réfléchissant. Puis, elle se leva, alla se baigner les yeux. Pourtant, lorsqu'on voulait l'emmener dans la salle à manger, elle criait toujours non, furieusement. Vandeuvres quitta la chambre avec un sourire, sans insister davantage. Et, dès qu'il ne fut plus là, elle eut une crise d'attendrissement, se jetant dans les bras de Daguenet, répétant :

« Ah ! mon Mimi, il n'y a que toi... Je t'aime, va ! je t'aime bien !... Ce serait trop bon, si l'on pouvait vivre toujours ensemble. Mon Dieu ! que les femmes sont malheureuses ! »

Puis, apercevant Georges qui devenait très rouge, à

les voir s'embrasser, elle l'embrassa également. Mimi ne pouvait être jaloux d'un bébé. Elle voulait que Paul et Georges fussent toujours d'accord, parce que ce serait gentil de rester comme ça, tous les trois, en sachant qu'on s'aimait bien. Mais un bruit singulier les dérangea, quelqu'un ronflait dans la chambre. Alors, ayant cherché, ils aperçurent Bordenave qui, après avoir pris son café, devait s'être installé là, commodément. Il dormait sur deux chaises, la tête appuyée au bord du lit, la jambe allongée. Nana le trouva si drôle, la bouche ouverte, le nez remuant à chaque ronflement, qu'elle fut secouée d'un fou rire. Elle sortit de la chambre, suivie de Daguenet et de Georges, traversa la salle à manger, entra dans le salon, riant de plus en plus fort.

« Oh ! ma chère, dit-elle en se jetant presque dans les bras de Rose, vous n'avez pas idée, venez voir ça. »

Toutes les femmes durent l'accompagner. Elle leur prenait les mains avec des caresses, les emmenait de force, dans un élan de gaieté si franc, que toutes riaient déjà de confiance. La bande disparut, puis revint, après être restée une minute, l'haleine suspendue, autour de Bordenave, étalé magistralement. Et les rires éclatèrent. Quand une d'elles commandait le silence, on entendait au loin les ronflements de Bordenave.

Il était près de quatre heures. Dans la salle à manger, on venait de dresser une table de jeu, où s'étaient assis Vandeuvres, Steiner, Mignon et Labordette. Debout, derrière eux, Lucy et Caroline pariaient ; tandis que Blanche, ensommeillée, mécontente de sa nuit, demandait toutes les cinq minutes à Vandeuvres s'ils n'allaient pas bientôt partir. Dans le salon, on essayait de danser. Daguenet était au piano, « à la commode », comme disait Nana ; elle ne voulait pas de « tapeur », Mimi jouait des valses et des polkas, tant qu'on en demandait. Mais la danse languissait, ces dames causaient entre elles, assoupies au fond des canapés. Tout à coup, il y eut un vacarme. Onze jeunes gens, qui arrivaient en bande, riaient très haut dans l'antichambre, se poussaient à la porte du salon ; ils sortaient du bal du ministère de l'Intérieur, en habit et en cravate blanche, avec

des brochettes de croix inconnues. Nana, fâchée de cette entrée tapageuse, appela les garçons restés à la cuisine, en leur ordonnant de jeter ces messieurs dehors ; et elle jurait qu'elle ne les avait jamais vus. Fauchery, Labordette, Daguenet, tous les hommes s'étaient avancés, pour faire respecter la maîtresse de maison. De gros mots volaient, des bras s'allongeaient. Un instant, on put craindre un échange général de claques. Pourtant, un petit blond, l'air maladif, répétait avec insistance :

« Voyons, Nana, l'autre soir, chez Peters, dans le grand salon rouge... Rappelez-vous donc ! Vous nous avez invités. »

L'autre soir, chez Peters ? Elle ne se souvenait pas du tout. Quel soir, d'abord ? Et quand le petit blond lui eut dit le jour, le mercredi, elle se rappela bien avoir soupé chez Peters le mercredi ; mais elle n'avait invité personne, elle en était à peu près sûre.

« Cependant, ma fille, si tu les as invités, murmura Labordette, qui commençait à être pris de doute. Tu étais peut-être un peu gaie. »

Alors, Nana se mit à rire. C'était possible, elle ne savait plus. Enfin, puisque ces messieurs étaient là, ils pouvaient entrer. Tout s'arrangea, plusieurs des nouveaux venus retrouvaient des amis dans le salon, l'esclandre finissait par des poignées de main. Le petit blond à l'air maladif portait un des grands noms de France. D'ailleurs, ils annoncèrent que d'autres devaient les suivre ; et, en effet, à chaque instant la porte s'ouvrait, des hommes se présentaient, gantés de blanc, dans une tenue officielle. C'était toujours la sortie du bal du ministère. Fauchery demanda en plaisantant si le ministre n'allait pas venir. Mais Nana, vexée, répondit que le ministre allait chez des gens qui ne la valaient certainement pas. Ce qu'elle ne disait point, c'était une espérance dont elle était prise : celle de voir entrer le comte Muffat, parmi cette queue de monde. Il pouvait s'être ravisé. Tout en causant avec Rose, elle guettait la porte.

Cinq heures sonnèrent. On ne dansait plus. Les joueurs seuls s'entêtaient. Labordette avait cédé sa

place, les femmes étaient revenues dans le salon. Une somnolence de veille prolongée s'y alourdissait, sous la lumière trouble des lampes, dont les mèches charbonnées rougissaient les globes. Ces dames en étaient à l'heure de mélancolie vague où elles éprouvaient le besoin de raconter leur histoire. Blanche de Sivry parlait de son grand-père, le général, tandis que Clarisse inventait un roman, un duc qui l'avait séduite chez son oncle, où il venait chasser le sanglier; et toutes deux, le dos tourné, haussaient les épaules, en demandant s'il était Dieu possible de conter des blagues pareilles. Quant à Lucy Stewart, elle avouait tranquillement son origine, elle parlait volontiers de sa jeunesse, lorsque son père, le graisseur du chemin de fer du Nord, la régalait le dimanche d'un chausson aux pommes.

« Oh! que je vous dise! cria brusquement la petite Maria Blond. Il y a, en face de chez moi, un monsieur, un Russe, enfin un homme excessivement riche. Voilà qu'hier je reçois un panier de fruits, mais un panier de fruits! des pêches énormes, des raisins gros comme ça, enfin quelque chose d'extraordinaire dans cette saison... Et au milieu six billets de mille... C'était le Russe... Naturellement, j'ai tout renvoyé. Mais ça m'a fait un peu mal au cœur, pour les fruits! »

Ces dames se regardèrent en pinçant les lèvres. A son âge, la petite Maria Blond avait un joli toupet. Avec ça que de pareilles histoires arrivaient à des traînées de son espèce! C'étaient, entre elles, des mépris profonds. Elles jalousaient surtout Lucy, furieuses de ses trois princes. Depuis que Lucy, chaque matin, faisait à cheval une promenade au Bois, ce qui l'avait lancée, toutes montaient à cheval, une rage les tenait.

Le jour allait paraître. Nana détourna les yeux de la porte, perdant espoir. On s'ennuyait à crever. Rose Mignon avait refusé de chanter la *Pantoufle*, pelotonnée sur un capané, où elle causait bas avec Fauchery, en attendant Mignon qui gagnait déjà une cinquantaine de louis à Vandeuvres. Un monsieur gras, décoré et de mine sérieuse, venait bien de réciter le *Sacrifice d'Abraham*, en patois d'Alsace; quand Dieu jure, il dit : « Sacré nom de moi! » et Isaac répond toujours : « Oui,

papa ! » Seulement, personne n'ayant compris, le morceau avait paru stupide. On ne savait que faire pour être gai, pour finir follement la nuit. Un instant, Labordette imagina de dénoncer les femmes à l'oreille de la Faloise, qui allait rôder autour de chacune, regardant si elle n'avait pas son mouchoir dans le cou. Puis, comme des bouteilles de champagne restaient dans le buffet, les jeunes gens s'étaient remis à boire. Ils s'appelaient, s'excitaient ; mais une ivresse morne, d'une bêtise à pleurer, envahissait le salon, invinciblement. Alors, le petit blondin, celui qui portait un des grands noms de France, à bout d'invention, désespéré de ne rien trouver de drôle, eut une idée : il emporta sa bouteille de champagne et acheva de la vider dans le piano. Tous les autres se tordirent.

« Tiens ! demanda avec étonnement Tatan Néné qui l'avait aperçu, pourquoi donc met-il du champagne dans le piano ?

— Comment ! ma fille, tu ne sais pas ça ! répondit Labordette gravement. Il n'y a rien de bon comme le champagne pour les pianos. Ça leur donne du son.

— Ah ! » murmura Tatan Néné, convaincue.

Et, comme on riait, elle se fâcha. Est-ce qu'elle savait ! On l'embrouillait toujours.

Ça se gâtait, décidément. La nuit menaçait de finir d'une façon malpropre. Dans un coin, Maria Blond s'était empoignée avec Léa de Horn qu'elle accusait de coucher avec des gens pas assez riches ; et elles en venaient aux gros mots, en s'attrapant sur leurs figures. Lucy, qui était laide, les fit taire. Ça ne signifiait rien, la figure, il fallait être bien faite. Plus loin, sur un canapé, un attaché d'ambassade avait passé un bras à la taille de Simonne, qu'il tâchait de baiser au cou ; mais Simonne, éreintée, maussade, le repoussait chaque fois avec des « Tu m'embêtes ! » et de grands coups d'éventail sur la figure. Aucune, d'ailleurs, ne voulait qu'on la touchât. Est-ce qu'on les prenait pour des filles ? Cependant, Gaga, qui avait rattrapé la Faloise, le tenait presque sur ses genoux ; tandis que Clarisse, entre deux messieurs, disparaissait, secouée d'un rire nerveux de femme qu'on chatouille. Autour du piano, le petit jeu

continuait, dans un coup de folie bête; on se poussait, chacun voulant y verser son fond de bouteille. C'était simple et gentil.

« Tiens! mon vieux, bois un coup... Diantre! il a soif, ce piano!... Attention! en voici encore une; il ne faut rien perdre. »

Nana, le dos tourné, ne les voyait pas. Elle se rabattait décidément sur le gros Steiner, assis près d'elle. Tant pis! c'était la faute de ce Muffat, qui n'avait pas voulu. Dans sa robe de foulard blanc, légère et chiffonnée comme une chemise, avec sa pointe d'ivresse qui la pâlissait, les yeux battus, elle s'offrait de son air tranquille de bonne fille. Les roses de son chignon et de son corsage s'étaient effeuillées; il ne restait que les queues. Mais Steiner retira vivement la main de ses jupes, où il venait de rencontrer les épingles mises par Georges. Quelques gouttes de sang parurent. Une tomba sur la robe et la tacha.

« Maintenant, c'est signé », dit Nana sérieusement.

Le jour grandissait. Une lueur louche, d'une affreuse tristesse, entrait par les fenêtres. Alors, le départ commença, une débandade pleine de malaise et d'aigreur. Caroline Héquet, fâchée d'avoir perdu sa nuit, dit qu'il était temps de s'en aller, si l'on ne voulait pas assister à de jolies choses. Rose faisait une moue de femme compromise. C'était toujours ainsi, avec ces filles; elles ne savaient pas se tenir, elles se montraient dégoûtantes à leurs débuts. Et Mignon ayant nettoyé Vandeuvres, le ménage partit sans s'inquiéter de Steiner, après avoir invité de nouveau Fauchery pour le lendemain. Lucy, alors, refusa de se laisser reconduire par le journaliste, qu'elle renvoya tout haut à sa cabotine. Du coup, Rose, qui s'était retournée, répondit par un « Sale grue! » entre les dents. Mais, déjà, Mignon, paternel dans les querelles de femmes, expérimenté et supérieur, l'avait poussée dehors, en la priant de finir. Derrière eux, Lucy, toute seule, descendit royalement l'escalier. Puis ce fut la Faloise que Gaga dut emmener, malade, sanglotant comme une enfant, appelant Clarisse, filée depuis longtemps avec ses deux messieurs. Simonne aussi avait disparu. Il ne restait plus que

Tatan, Léa et Maria, dont Labordette voulut bien se charger, complaisamment.

« C'est que je n'ai pas du tout envie de dormir ! répétait Nana. Il faudrait faire quelque chose. »

Elle regardait le ciel à travers les vitres, un ciel livide où couraient des nuages couleur de suie. Il était six heures. En face, de l'autre côté du boulevard Haussmann, les maisons, encore endormies, découpaient leurs toitures humides dans le petit jour ; tandis que, sur la chaussée déserte, une troupe de balayeurs passaient avec le bruit de leurs sabots. Et, devant ce réveil navré de Paris, elle se trouvait prise d'un attendrissement de jeune fille, d'un besoin de campagne, d'idylle, de quelque chose de doux et de blanc.

« Oh ! vous ne savez pas ? dit-elle en revenant à Steiner, vous allez me mener au bois de Boulogne, et nous boirons du lait. »

Une joie d'enfant la faisait battre des mains. Sans attendre la réponse du banquier, qui consentait naturellement, ennuyé au fond et rêvant autre chose, elle courut jeter une pelisse sur ses épaules. Dans le salon, il n'y avait plus, avec Steiner, que la bande des jeunes gens ; mais ayant égoutté dans le piano jusqu'au fond des verres, ils parlaient de s'en aller, lorsqu'un d'eux accourut triomphalement, tenant à la main une dernière bouteille, qu'il rapportait de l'office.

« Attendez ! attendez ! cria-t-il, une bouteille de chartreuse !... Là, il avait besoin de chartreuse ; ça va le remettre... Et maintenant, mes enfants, filons. Nous sommes idiots. »

Dans le cabinet de toilette, Nana dut réveiller Zoé qui s'était assoupie sur une chaise. Le gaz brûlait. Zoé frissonna, aida madame à mettre son chapeau et sa pelisse.

« Enfin, ça y est, j'ai fait ce que tu voulais, dit Nana qui la tutoya, dans un élan d'expansion, soulagée d'avoir pris un parti. Tu avais raison, autant le banquier qu'un autre. »

La bonne était maussade, engourdie encore. Elle grogna que madame aurait dû se décider le premier soir. Puis, comme elle la suivait dans la chambre, elle lui

demanda ce qu'elle devait faire de ces deux-là. Borde-
nave ronflait toujours. Georges, qui était venu sour-
noisement enfoncer la tête dans un oreiller, avait fini
par s'y endormir, avec son léger souffle de chérubin.
Nana répondit qu'on les laissât dormir. Mais elle
s'attendrit de nouveau, en voyant entrer Daguenet ; il la
guettait de la cuisine, il avait l'air bien triste.

« Voyons, mon Mimi, sois raisonnable, dit-elle en le
prenant dans ses bras, en le baisant avec toutes sortes
de câlineries. Il n'y a rien de changé, tu sais que c'est
toujours mon Mimi que j'adore... N'est-ce pas ? Il le fal-
lait... Je te jure, ce sera encore plus gentil. Viens
demain, nous conviendrons des heures... Vite,
embrasse-moi comme tu m'aimes... Oh ! plus fort, plus
fort que ça ! »

Et elle s'échappa, elle rejoignit Steiner, heureuse,
reprise par son idée de boire du lait. Dans l'apparte-
ment vide, le comte de Vandeuvres demeurait seul avec
l'homme décoré qui avait récité le *Sacrifice d'Abraham*,
tous deux cloués à la table de jeu, ne sachant plus où ils
étaient, ne voyant pas le plein jour ; tandis que Blanche
avait pris le parti de se coucher sur un canapé, pour
tâcher de dormir.

« Ah ! Blanche en est ! cria Nana : Nous allons boire
du lait, ma chère... Venez donc, vous retrouverez Van-
deuvres ici. »

Blanche se leva paresseusement. Cette fois, la face
congestionnée du banquier blêmit de contrariété, à
l'idée d'emmener cette grosse fille qui allait le gêner.
Mais les deux femmes le tenaient déjà, répétant :

« Vous savez, nous voulons qu'on le tire devant
nous. »

V

On donnait, aux Variétés, la trente-quatrième repré-
sentation de la *Blonde Vénus*. Le premier acte venait de
finir. Dans le foyer des artistes, Simonne, en petite
blanchisseuse, était debout devant la console surmon-
tée d'une glace, entre les deux portes d'angle, s'ouvrant
en pan coupé sur le couloir des loges. Toute seule, elle
s'étudiait et se passait un doigt sous les yeux, pour cor-
riger son maquillage ; tandis que des becs de gaz, aux
deux côtés de la glace, la chauffaient d'un coup de
lumière crue.

« Est-ce qu'il est arrivé ? demanda Prullière, qui
entra, dans son costume d'amiral suisse, avec son
grand sabre, ses bottes énormes, son plumet immense.

— Qui ça ? dit Simonne sans se déranger, riant à la
glace, pour voir ses lèvres.

— Le prince.

— Je ne sais pas, je descends... Ah ! il doit venir. Il
vient donc tous les jours ! »

Prullière s'était approché de la cheminée, qui faisait
face à la console, et où brûlait un feu de coke ; deux
autres becs de gaz y flambaient, largement. Il leva les
yeux, regarda l'horloge et le baromètre, à gauche et à
droite, que des sphinx dorés, de style Empire,
accompagnaient. Puis, il s'allongea dans un vaste fau-
teuil à oreillettes dont le velours vert, usé par quatre
générations de comédiens, avait pris des tons jaunes ; et

il resta là, immobile, les yeux vagues, dans l'attitude lasse et résignée des artistes habitués aux attentes de leur entrée en scène.

Le vieux Bosc venait de paraître à son tour, traînant les pieds, toussant, enveloppé d'un ancien carrick jaune, dont un pan, glissé d'une épaule, laissait voir la casaque lamée d'or du roi Dagobert. Un instant, après avoir posé sa couronne sur le piano, sans dire une parole, il piétina, maussade, l'air brave homme pourtant, avec ses mains qu'un commencement d'alcoolisme agitait; tandis qu'une longue barbe blanche donnait un aspect vénérable à sa face enflammée d'ivrogne. Puis, dans le silence, comme une giboulée fouettait les vitres de la grande fenêtre carrée, qui s'ouvrait sur la cour, il eut un geste dégoûté.

« Quel cochon de temps! » grogna-t-il.

Simonne et Prullière ne bougèrent pas. Quatre ou cinq tableaux, des paysages, un portrait de l'acteur Vernet, jaunissaient à la chaleur du gaz. Sur un fût de colonne, un buste de Potier, une des anciennes gloires des Variétés, regardait de ses yeux vides. Mais il y eut un éclat de voix. C'était Fontan, dans son costume du second acte, un garçon chic, tout habillé de jaune, ganté de jaune.

« Dites donc! cria-t-il en gesticulant, vous ne savez pas? C'est ma fête, aujourd'hui.

— Tiens! demanda Simonne, qui s'approcha avec un sourire, comme attirée par son grand nez et sa bouche largement fendue de comique, tu t'appelles donc Achille?

— Juste!... Et je vais faire dire à madame Bron de monter du champagne, après le deux. »

Depuis un moment, une sonnette au loin tintait. Le son prolongé s'affaiblit, puis revint; et, quand la sonnette eut cessé, un cri courut, monta et descendit l'escalier, se perdit dans les couloirs : « En scène pour le deux!... En scène pour le deux!... » Ce cri se rapprochait, un petit homme blafard passa devant les portes du foyer, où il jeta de toute la puissance de sa voix grêle : « En scène pour le deux! »

« Fichtre! du champagne! dit Prullière, sans paraître avoir entendu ce vacarme, tu vas bien!

— Moi, à ta place, je ferais venir du café », déclara lentement le vieux Bosc, qui s'était assis sur une banquette de velours vert, la tête appuyée au mur.

Mais Simonne disait qu'il fallait respecter les petits bénéfices de madame Bron. Elle tapait des mains, allumée, mangeant du regard Fontan, dont le masque en museau de chèvre remuait, dans un jeu continuel des yeux, du nez et de la bouche.

« Oh! ce Fontan! murmurait-elle, il n'y a que lui, il n'y a que lui! »

Les deux portes du foyer restaient grandes ouvertes sur le corridor menant aux coulisses. Le long du mur jaune vivement éclairé par une lanterne à gaz qu'on ne voyait pas, des silhouettes rapides filaient, des hommes costumés, des femmes à demi nues, enveloppées dans des châles, toute la figuration du second acte, les chienlits du bastringue de la *Boule-Noire*; et l'on entendait, au bout du corridor, la dégringolade des pieds tapant les cinq marches de bois qui descendaient sur la scène. Comme la grande Clarisse passait en courant, Simonne l'appela; mais elle répondit qu'elle revenait tout de suite. Et elle reparut presque aussitôt, en effet, grelottante sous la mince tunique et l'écharpe d'Iris.

« Sapristi! dit-elle, il ne fait pas chaud; et moi qui ai laissé ma fourrure dans ma loge! »

Puis, debout devant la cheminée, grillant ses jambes, dont le maillot se moirait de rose vif, elle reprit :

« Le prince est arrivé.

— Ah! crièrent les autres curieusement.

— Oui, je courais pour ça, je voulais voir... Il est dans la première avant-scène de droite, la même que jeudi. Hein? C'est la troisième fois qu'il vient en huit jours. A-t-elle une chance, cette Nana!... Moi, je pariais qu'il ne viendrait plus. »

Simonne ouvrait la bouche. Mais ses paroles furent couvertes par un nouveau cri, qui éclata près du foyer. La voix aiguë de l'avertisseur lançait dans le couloir, à toute volée : « C'est frappé! »

« Ça commence à être joli, trois fois, dit Simonne, lorsqu'elle put parler. Vous savez qu'il ne veut pas aller chez elle; il l'emmène chez lui. Et il paraît que ça lui coûte bon.

— Parbleu! quand on va en ville! murmura méchamment Prullière, en se levant pour jeter dans la glace un coup d'œil de bel homme adoré des loges.

— C'est frappé! c'est frappé! » répétait la voix de plus en plus perdue de l'avertisseur, courant les étages et les corridors.

Alors, Fontan, qui savait comment ça s'était passé la première fois entre le prince et Nana, raconta l'histoire aux deux femmes serrées contre lui, riant très haut, quand il se baissait, pour donner certains détails. Le vieux Bosc n'avait pas remué, plein d'indifférence. Ces machines-là ne l'intéressaient plus. Il caressait un gros chat rouge, couché en rond sur la banquette, béatement; et il finit par le prendre entre ses bras, avec la bonhomie tendre d'un roi gâteux. Le chat faisait le gros dos; puis, après avoir flairé longuement la grande barbe blanche, répugné sans doute par l'odeur de colle, il retourna dormir en rond sur la banquette. Bosc restait grave et absorbé.

« Ça ne fait rien, moi, à ta place, je prendrais le champagne au café, il est meilleur, dit-il tout d'un coup à Fontan, comme celui-ci finissait son histoire.

— C'est commencé! jeta la voix longue et déchirée de l'avertisseur. C'est commencé! c'est commencé! »

Le cri roula un instant. Un bruit de pas rapides avait couru. Par la porte du couloir brusquement ouverte, il vint une bouffée de musique, une lointaine rumeur; et la porte retomba, on entendit le coup sourd du battant rembourré.

De nouveau, une paix lourde régnait dans le foyer des artistes, comme à cent lieues de cette salle, où toute une foule applaudissait. Simonne et Clarisse en étaient toujours sur Nana. En voilà une qui ne se pressait guère! La veille encore elle avait manqué son entrée. Mais tous se turent, une grande fille venait d'allonger la tête, puis, voyant qu'elle se trompait, avait filé au fond du couloir. C'était Satin, avec un chapeau et une voilette, prenant des airs de dame en visite. « Une jolie roulure! » murmura Prullière qui la rencontrait depuis un an au café des Variétés. Et Simonne conta comment Nana, ayant reconnu Satin, une ancienne amie de pen-

sion, s'était toquée d'elle et tannait Bordenave pour qu'il la fît débuter.

« Tiens! bonsoir », dit Fontan en donnant des poignées de main à Mignon et à Fauchery qui entraient.

Le vieux Bosc lui-même tendit les doigts, pendant que les deux femmes embrassaient Mignon.

« Une belle salle, ce soir? demanda Fauchery.

— Oh! superbe! répondit Prullière. Il faut voir comme ils gobent!

— Dites donc, mes enfants, fit remarquer Mignon, ça doit être à vous. »

Oui, tout à l'heure. Ils n'étaient que de la quatrième scène. Seul Bosc se leva avec l'instinct du vieux brûleur de planches qui sent venir sa réplique. Justement, l'avertisseur paraissait à la porte.

« Monsieur Bosc! mademoiselle Simonne! » appela-t-il.

Vivement, Simonne jeta une pelisse fourrée sur ses épaules et sortit. Bosc, sans se hâter, alla chercher sa couronne, qu'il se posa au front, d'une tape; puis, traînant son manteau, mal d'aplomb sur ses jambes, il s'en alla, grognant, de l'air fâché d'un homme qu'on dérange.

« Vous avez été bien aimable dans votre dernière chronique, reprit Fontan en s'adressant à Fauchery. Seulement, pourquoi dites-vous que les comédiens sont vaniteux?

— Oui, mon petit, pourquoi dis-tu ça? » s'écria Mignon qui abattit ses mains énormes sur les épaules grêles du journaliste, dont la taille plia.

Prullière et Clarisse retinrent un éclat de rire. Depuis quelque temps, tout le théâtre s'amusait d'une comédie qui se jouait dans les coulisses. Mignon, furieux du caprice de sa femme, vexé de voir ce Fauchery n'apporter au ménage qu'une publicité discutable, avait imaginé de se venger en le comblant de marques d'amitié; chaque soir, quand il le rencontrait sur la scène, il le bourrait de coups, comme emporté par un excès de tendresse; et Fauchery, chétif à côté de ce colosse, devait accepter les tapes en souriant d'un air contraint, pour ne pas se fâcher avec le mari de Rose.

« Ah ! mon gaillard, vous insultez Fontan, reprit Mignon, poussant la farce. En garde ! Une, deux, et v'lan dans la poitrine ! »

Il s'était fendu, il avait porté une si belle botte au jeune homme, que celui-ci resta un instant très pâle, la parole coupée. Mais, d'un clignement de paupières, Clarisse montrait aux autres Rose Mignon, debout sur le seuil du foyer. Rose avait vu la scène. Elle marcha droit vers le journaliste, comme si elle n'apercevait pas son mari ; et, se haussant, les bras nus, dans son costume de Bébé, elle présenta le front, comme une moue de câlinerie enfantine.

« Bonsoir, bébé », dit Fauchery, qui, familièrement, la baisa.

C'étaient là ses dédommagements. Mignon ne parut même pas remarquer ce baiser ; tout le monde embrassait sa femme au théâtre. Mais il eut un rire, en jetant un mince coup d'œil sur le journaliste ; sûrement celui-ci allait payer cher la bravade de Rose.

Dans le couloir, la porte rembourrée s'ouvrit et retomba, soufflant jusqu'au foyer une tempête d'applaudissements. Simonne revenait après sa scène.

« Oh ! le père Bosc a fait un effet ! cria-t-elle. Le prince se tortillait de rire, et il applaudissait avec les autres, comme si on l'avait payé... Dites donc, connaissez-vous le grand monsieur qui est à côté du prince, dans l'avant-scène ? Un bel homme, l'air très digne, des favoris superbes.

— C'est le comte Muffat, répondit Fauchery. Je sais que le prince, avant-hier, chez l'impératrice, l'avait invité à dîner pour ce soir... Il l'aura débauché ensuite.

— Tiens ! le comte Muffat, nous connaissons son beau-père, n'est-ce pas, Auguste ? dit Rose en s'adressant à Mignon. Tu sais, le marquis de Chouard, chez qui je suis allée chanter ?... Justement, il est aussi dans la salle. Je l'ai aperçu au fond de la loge. En voilà un vieux... »

Prullière, qui venait de coiffer son immense plumet, se retourna, pour l'appeler.

« Eh ! Rose, allons-y ! »

Elle le suivit en courant, sans achever sa phrase. A ce

moment, la concierge du théâtre, madame Bron, passait devant la porte, avec un énorme bouquet entre les bras. Simonne demanda plaisamment si c'était pour elle ; mais la concierge, sans répondre, désigna du menton la loge de Nana, au fond du couloir. Cette Nana ! on la couvrait de fleurs. Puis, comme madame Bron revenait, elle remit une lettre à Clarisse, qui laissa échapper un juron étouffé. Encore ce raseur de la Faloise ! En voilà un homme qui ne voulait pas la lâcher ! Et lorsqu'elle apprit que le monsieur attendait chez la concierge, elle cria :

« Dites-lui que je descends après l'acte... Je vais lui coller ma main sur la figure. »

Fontan s'était précipité, répétant :

« Madame Bron, écoutez... Écoutez donc, madame Bron... Montez, à l'entracte, six bouteilles de champagne. »

Mais l'avertisseur avait reparu, essoufflé, la voix chantante.

« Tout le monde en scène !... A vous, monsieur Fontan ! Dépêchez ! Dépêchez !

— Oui, oui, on y va, père Barillot », répondit Fontan, ahuri.

Et, courant derrière madame Bron, il reprenait :

« Hein ? c'est entendu, six bouteilles de champagne, dans le foyer, à l'entracte... C'est ma fête, c'est moi qui paie. »

Simonne et Clarisse s'en étaient allées, avec un grand bruit de jupes. Tout s'engouffra ; et, lorsque la porte du couloir fut retombée sourdement, on entendit, dans le silence du foyer, une nouvelle giboulée qui battait la fenêtre. Barillot, un petit vieillard blême, garçon de théâtre depuis trente ans, s'était familièrement approché de Mignon, en présentant sa tabatière ouverte. Cette prise offerte et acceptée lui donnait une minute de repos, dans ses continuelles courses à travers l'escalier et les couloirs des loges. Il y avait bien encore madame Nana, comme il la nommait ; mais celle-là n'en faisait qu'à sa tête et se fichait des amendes ; quand elle voulait manquer son entrée, elle la manquait. Il s'arrêta, étonné, murmurant :

« Tiens ! elle est prête, la voici... Elle doit savoir que le prince est arrivé. »

Nana, en effet, parut dans le corridor, vêtue en Poissarde, les bras et le visage blancs, avec deux plaques roses sous les yeux. Elle n'entra pas, elle envoya simplement un signe de tête à Mignon et à Fauchery.

« Bonjour, ça va bien ? »

Mignon seul serra la main qu'elle tendait. Et Nana continua son chemin, royalement, suivie par son habilleuse qui, tout en lui marchant sur les talons, se penchait pour arranger les plis de sa jupe. Puis, derrière l'habilleuse, fermant le cortège, venait Satin, tâchant d'avoir un air comme il faut et s'ennuyant déjà à crever.

« Et Steiner ? demanda brusquement Mignon.

— Monsieur Steiner est parti hier pour le Loiret, dit Barillot, qui retournait sur la scène. Je crois qu'il va acheter là-bas une campagne.

— Ah ! oui, je sais, la campagne de Nana. »

Mignon était devenu grave. Ce Steiner qui avait promis un hôtel à Rose, autrefois ! Enfin, il fallait ne se fâcher avec personne, c'était une occasion à retrouver. Pris de rêverie, mais supérieur toujours, Mignon se promenait de la cheminée à la console. Il n'y avait plus que lui et Fauchery dans le foyer. Le journaliste, fatigué, venait de s'allonger sur le grand fauteuil ; et il restait bien tranquille, les paupières demi-closes, sous les regards que l'autre jetait en passant. Quand ils étaient seuls, Mignon dédaignait de le bourrer de tapes ; à quoi bon ? puisque personne n'aurait joui de la scène. Il se désintéressait trop pour s'amuser de lui-même à ses farces de mari goguenard. Fauchery, heureux de ce répit de quelques minutes, allongeait languissamment les pieds devant le feu, les yeux en l'air, voyageant du baromètre à la pendule. Dans sa marche, Mignon se planta en face du buste de Potier, le regarda sans le voir, puis retourna devant la fenêtre où le trou sombre de la cour se creusait. La pluie avait cessé, un silence profond s'était fait, alourdi encore par la grosse chaleur du coke et le flamboiement des becs de gaz. Plus un bruit ne montait des coulisses. L'escalier et les couloirs semblaient morts. C'était une de ces paix étouffées de

fin d'acte, lorsque toute la troupe enlève sur la scène le vacarme assourdissant de quelque finale, tandis que le foyer vide s'endort dans un bourdonnement d'asphyxie.

« Ah, les chameaux ! » s'écria tout à coup Bordenave, la voix enrouée.

Il arrivait seulement, et il gueulait déjà contre deux figurantes, qui avaient failli s'étaler en scène, parce qu'elles faisaient les imbéciles. Quand il aperçut Mignon et Fauchery, il les appela, pour leur montrer quelque chose : le prince venait de demander à complimenter Nana dans sa loge, pendant l'entracte. Mais, comme il les emmenait sur le théâtre, le régisseur passa.

« Collez donc une amende à ces rosses de Fernande et de Maria ! » dit furieusement Bordenave.

Puis, se calmant, tâchant d'attraper une dignité de père noble, après s'être passé son mouchoir sur la face, il ajouta :

« Je vais recevoir Son Altesse. »

La toile tombait, au milieu d'une salve prolongée d'applaudissements. Aussitôt, il y eut une débandade, dans la semi-obscurité de la scène, que la rampe n'éclairait plus ; les acteurs et les figurants se hâtaient de regagner leurs loges, tandis que les machinistes enlevaient rapidement le décor. Cependant, Simonne et Clarisse étaient restées au fond, causant à voix basse. En scène, entre deux répliques, elles venaient d'arranger une affaire. Clarisse, tout bien examiné, préférait ne pas voir la Faloise, qui ne se décidait plus à le lâcher pour se mettre avec Gaga. Simonne irait simplement lui expliquer qu'on ne se collait pas à une femme de cette façon. Enfin, elle l'exécuterait.

Alors, Simonne, en blanchisseuse d'opéra-comique, les épaules couvertes de sa fourrure, descendit l'étroit escalier tournant, aux marches grasses, aux murailles humides, qui menait à la loge de la concierge. Cette loge, placée entre l'escalier des artistes et l'escalier de l'administration, fermée à droite et à gauche par de larges cloisons vitrées, était comme une grande lanterne transparente, où brûlaient violemment deux flammes de gaz. Dans un casier, des lettres, des jour-

naux s'empilaient. Sur la table, il y avait des bouquets de fleurs, qui attendaient à côté d'assiettes sales oubliées et d'un vieux corsage dont la concierge refaisait les boutonnières. Et, au milieu de ce désordre de soupente mal tenue, des messieurs du monde, gantés, corrects, occupaient les quatre vieilles chaises de paille, l'air patient et soumis, tournant vivement la tête, chaque fois que madame Bron redescendait du théâtre avec des réponses. Elle venait justement de remettre une lettre à un jeune homme, qui s'était hâté de l'ouvrir dans le vestibule, sous le bec de gaz, et qui avait légèrement pâli, en trouvant cette phrase classique, lue tant de fois à cette place : « Pas possible ce soir, mon chéri, je suis prise. » La Faloise était sur une des chaises, au fond, entre la table et le poêle ; il semblait décidé à passer la soirée là, inquiet pourtant, rentrant ses longues jambes parce que toute une portée de petits chats noirs s'acharnaient autour de lui, tandis que la chatte, assise sur son derrière, le regardait fixement de ses yeux jaunes.

« Tiens, c'est vous, mademoiselle Simonne, que voulez-vous donc ? » demanda la concierge.

Simonne la pria de faire sortir la Faloise. Mais Madame Bron ne put la contenter tout de suite. Elle tenait sous l'escalier, dans une sorte d'armoire profonde, une buvette où les figurants descendaient boire pendant les entractes, et comme elle avait là cinq ou six grands diables, encore vêtus en chienlits de la *Boule-Noire*, crevant de soif et pressés, elle perdait un peu la tête. Un gaz flambait dans l'armoire ; on y voyait une table recouverte d'une feuille d'étain et des planches garnies de bouteilles entamées. Quand on ouvrait la porte de ce trou à charbon, un souffle violent d'alcool en sortait, qui se mêlait à l'odeur de graillon de la loge et au parfum pénétrant des bouquets laissés sur la table.

« Alors, reprit la concierge quand elle eut servi les figurants, c'est ce petit brun, là-bas, que vous voulez ?

— Mais non, pas de bêtise ! dit Simonne. C'est le maigre, à côté du poêle, celui dont votre chatte sent le pantalon. »

Et elle emmena la Faloise dans le vestibule, pendant que les autres messieurs se résignaient, étouffant, pris à la gorge, et que les chienlits buvaient le long des marches de l'escalier, en s'allongeant des claques, avec des gaietés enrouées de soûlards.

En haut, sur la scène, Bordenave s'emportait contre les machinistes, qui n'en finissaient pas d'enlever le décor. C'était fait exprès, le prince allait recevoir quelque ferme sur la tête.

« Appuyez ! Appuyez ! » criait le chef d'équipe.

Enfin, la toile de fond monta, la scène était libre. Mignon, qui guettait Fauchery, saisit l'occasion pour recommencer ses bourrades. Il l'empoigna dans ses grands bras, en criant :

« Prenez donc garde, ce mât a failli vous écraser ! »

Et il l'emportait, et il le secouait, avant de le remettre par terre. Devant les rires exagérés des machinistes, Fauchery devint pâle ; ses lèvres tremblaient, il fut sur le point de se révolter, pendant que Mignon se faisait bonhomme, lui donnant sur l'épaule des tapes affectueuses à le casser en deux, répétant :

« C'est que je tiens à votre santé, moi !... Fichtre ! Je serais joli, s'il vous arrivait malheur ! »

Mais un murmure courut : « Le prince ! Le prince ! » Et chacun tourna les yeux vers la petite porte de la salle. On n'apercevait encore que le dos rond de Bordenave, avec son cou de boucher, qui se pliait et se renflait dans une série de saluts obséquieux. Puis, le prince parut, grand, fort, la barbe blonde, la peau rose, d'une distinction de viveur solide, dont les membres carrés s'indiquaient sous la coupe irréprochable de la redingote. Derrière lui, marchaient le comte Muffat et le marquis de Chouard. Ce coin du théâtre était obscur, le groupe s'y noyait, au milieu de grandes ombres mouvantes. Pour parler à un fils de reine, au futur héritier d'un trône, Bordenave avait pris une voix de montreur d'ours, tremblante d'une fausse émotion. Il répétait :

« Si Son Altesse veut bien me suivre... Son Altesse daignerait-elle passer par ici... Que Son Altesse prenne garde... »

Le prince ne se hâtait nullement, très intéressé,

s'attardant au contraire à regarder la manœuvre des machinistes. On venait de descendre une herse, et cette rampe de gaz, suspendue dans ses mailles de fer, éclairait la scène d'une raie large de clarté. Muffat surtout, qui n'avait jamais visité les coulisses d'un théâtre, s'étonnait, pris d'un malaise, d'une répugnance vague mêlée de peur. Il levait les yeux vers le cintre, où d'autres herses, dont les becs étaient baissés, mettaient des constellations de petites étoiles bleuâtres, dans le chaos du gril et des fils de toutes grosseurs, des ponts volants, des toiles de fond étalées en l'air, comme d'immenses linges qui séchaient.

« Chargez ! » cria tout à coup le chef des machinistes.

Et il fallut que le prince lui-même prévînt le comte. Une toile descendait. On posait le décor du troisième acte, la grotte du mont Etna. Des hommes plantaient des mâts dans les costières, d'autres allaient prendre les châssis, contre les murs de la scène, et venaient les attacher aux mâts, avec de fortes cordes. Au fond, pour produire le coup de lumière que jetait la forge ardente de Vulcain, un lampiste avait fixé un portant, dont il allumait les becs garnis de verres rouges. C'était une confusion, une apparente bousculade, où les moindres mouvements étaient réglés ; tandis que, dans cette hâte, le souffleur, pour délasser ses jambes, se promenait à petits pas.

« Son Altesse me comble, disait Bordenave en s'inclinant toujours. Le théâtre n'est pas grand, nous faisons ce que nous pouvons... Maintenant, si Son Altesse daigne me suivre... »

Déjà le comte Muffat se dirigeait vers le couloir des loges. La pente assez rapide de la scène l'avait surpris, et son inquiétude venait beaucoup de ce plancher qu'il sentait mobile sous ses pieds ; par les costières ouvertes, on apercevait les gaz brûlant dans les dessous ; c'était une vie souterraine, avec des profondeurs d'obscurité, des voix d'hommes, des souffles de cave. Mais, comme il remontait, un incident l'arrêta. Deux petites femmes, en costume pour le troisième acte, causaient devant l'œil du rideau. L'une d'elles, les reins tendus, élargissant le trou avec ses doigts, pour mieux voir, cherchait dans la salle.

« Je le vois, dit-elle brusquement. Oh ! cette gueule ! »

Bordenave, scandalisé, se retint pour ne pas lui lancer un coup de pied dans le derrière. Mais le prince souriait, l'air heureux et excité d'avoir entendu ça, couvant du regard la petite femme qui se fichait de Son Altesse. Elle riait effrontément. Cependant, Bordenave décida le prince à le suivre. Le comte Muffat, pris de sueur, venait de retirer son chapeau ; ce qui l'incommodait surtout, c'était l'étouffement de l'air, épaissi, surchauffé, où traînait une odeur forte, cette odeur de coulisses, puant le gaz, la colle des décors, la saleté des coins sombres, les dessous douteux des figurantes. Dans le couloir, la suffocation augmentait encore ; des aigreurs d'eaux de toilette, des parfums de savons descendus des loges, y coupaient par instants l'empoisonnement des haleines. En passant, le comte leva la tête, jeta un coup d'œil dans la cage de l'escalier, saisi du brusque flot de lumière et de chaleur qui lui tombait sur la nuque. Il y avait, en haut, des bruits de cuvette, des rires et des appels, un vacarme de portes dont les continuels battements lâchaient des senteurs de femme, le musc des fards mêlé à la rudesse fauve des chevelures. Et il ne s'arrêta pas, hâtant sa marche, fuyant presque, en emportant à fleur de peau le frisson de cette trouée ardente sur un monde qu'il ignorait.

« Hein ! c'est curieux, un théâtre », disait le marquis de Chouard, de l'air enchanté d'un homme qui se retrouve chez lui.

Mais Bordenave venait d'arriver enfin à la loge de Nana, au fond du couloir. Il tourna tranquillement le bouton de la porte ; puis, s'effaçant :

« Si Son Altesse veut bien entrer... »

Un cri de femme surprise se fit entendre, et l'on vit Nana, nue jusqu'à la ceinture, qui se sauvait derrière un rideau, tandis que son habilleuse, en train de l'essuyer, demeurait avec la serviette en l'air.

« Oh ! c'est bête d'entrer comme ça ! criait Nana cachée. N'entrez pas, vous voyez bien qu'on ne peut pas entrer. »

Bordenave parut mécontent de cette fuite.

« Restez donc, ma chère, ça ne fait rien, dit-il. C'est Son Altesse. Allons, ne soyez pas enfant. »

Et, comme elle refusait de paraître, secouée encore, riant déjà pourtant, il ajouta d'une voix bourrue et paternelle :

« Mon Dieu ! ces messieurs savent bien comment une femme est faite. Ils ne vous mangeront pas.

— Mais ce n'est pas sûr », dit finement le prince.

Tout le monde se mit à rire, d'une façon exagérée, pour faire sa cour. Un mot exquis, tout à fait parisien, comme le remarqua Bordenave. Nana ne répondait plus, le rideau remuait, elle se décidait sans doute. Alors, le comte Muffat, le sang aux joues, examina la loge. C'était une pièce carrée, très basse de plafond, tendue entièrement d'une étoffe havane clair. Le rideau de même étoffe, porté par une tringle de cuivre, ménageait au fond une sorte de cabinet. Deux larges fenêtres ouvraient sur la cour du théâtre, à trois mètres au plus d'une muraille lépreuse, contre laquelle, dans le noir de la nuit, les vitres jetaient des carrés jaunes. Une grande psyché faisait face à une toilette de marbre blanc, garnie d'une débandade de flacons et de boîtes de cristal, pour les huiles, les essences et les poudres. Le comte s'approcha de la psyché, se vit très rouge, de fines gouttes de sueur au front ; il baissa les yeux, il vint se planter devant la toilette, où la cuvette pleine d'eau savonneuse, les petits outils d'ivoire épars, les éponges humides, parurent l'absorber un instant. Ce sentiment de vertige qu'il avait éprouvé à sa première visite chez Nana, boulevard Haussmann, l'envahissait de nouveau. Sous ses pieds, il sentait mollir le tapis épais de la loge ; les becs de gaz, qui brûlaient à la toilette et à la psyché, mettaient des sifflements de flamme autour de ses tempes. Un moment, craignant de défaillir dans cette odeur de femme qu'il retrouvait, chauffée, décuplée sous le plafond bas, il s'assit au bord du divan capitonné, entre les deux fenêtres. Mais il se releva tout de suite, retourna près de la toilette, ne regarda plus rien, les yeux vagues, songeant à un bouquet de tubéreuses, qui s'était fané dans sa chambre autrefois, et dont il avait failli mourir. Quand les tubéreuses se décomposent, elles ont une odeur humaine.

« Dépêche-toi donc ! » souffla Bordenave, en passant la tête derrière le rideau.

Le prince, d'ailleurs, écoutait complaisamment le marquis de Chouard, qui, prenant sur la toilette la patte-de-lièvre, expliquait comment on étalait le blanc gras. Dans un coin, Satin, avec son visage pur de vierge, dévisageait les messieurs ; tandis que l'habilleuse, madame Jules, préparait le maillot et la tunique de Vénus. Madame Jules n'avait plus d'âge, le visage parcheminé, avec ces traits immobiles des vieilles filles que personne n'a connues jeunes. Celle-là s'était desséchée dans l'air embrasé des loges, au milieu des cuisses et des gorges les plus célèbres de Paris. Elle portait une éternelle robe noire déteinte, et sur son corsage plat et sans sexe, une forêt d'épingles étaient piquées, à la place du cœur.

« Je vous demande pardon, messieurs, dit Nana en écartant le rideau, mais j'ai été surprise... »

Tous se tournèrent. Elle ne s'était pas couverte du tout, elle venait simplement de boutonner un petit corsage de percale, qui lui cachait à demi la gorge. Lorsque ces messieurs l'avaient mise en fuite, elle se déshabillait à peine, ôtant vivement son costume de Poissarde. Par-derrière, son pantalon laissait passer encore un bout de chemise. Et les bras nus, les épaules nues, la pointe des seins à l'air, dans son adorable jeunesse de blonde grasse, elle tenait toujours le rideau d'une main, comme pour le tirer de nouveau, au moindre effarouchement.

« Oui, j'ai été surprise, jamais je n'oserai..., balbutiat-elle, en jouant la confusion, avec des tons roses sur le cou et des sourires embarrassés.

— Allez donc, puisqu'on vous trouve très bien ! » cria Bordenave.

Elle risqua encore des mines hésitantes d'ingénue, se remuant comme chatouillée, répétant :

« Son Altesse me fait trop d'honneur... Je prie Son Altesse de m'excuser, si je la reçois ainsi...

— C'est moi qui suis importun, dit le prince ; mais je n'ai pu, madame, résister au désir de vous complimenter... »

Alors, tranquillement, pour aller à la toilette, elle passa en pantalon au milieu de ces messieurs, qui

s'écartèrent. Elle avait les hanches très fortes, le pantalon ballonnait, pendant que, la poitrine en avant, elle saluait encore avec son fin sourire. Tout d'un coup, elle parut reconnaître le comte Muffat, et elle lui tendit la main, en amie. Puis, elle le gronda de n'être pas venu à son souper. Son Altesse daignait plaisanter Muffat, qui bégayait, frissonnant d'avoir tenu une seconde, dans sa main brûlante, cette petite main, fraîche des eaux de toilette. Le comte avait fortement dîné chez le prince, grand mangeur et beau buveur. Tous deux étaient même un peu gris. Mais ils se tenaient très bien. Muffat, pour cacher son trouble, ne trouva qu'une phrase sur la chaleur.

« Mon Dieu ! qu'il fait chaud ici, dit-il. Comment faites-vous, madame, pour vivre dans une pareille température ? »

Et la conversation allait partir de là, lorsque des voix bruyantes s'élevèrent à la porte de la loge. Bordenave tira la planchette d'un judas grillé de couvent. C'était Fontan, suivi de Prullière et de Bosc, ayant tous les trois des bouteilles sous les bras, et les mains chargées de verres. Il frappait, il criait que c'était sa fête, qu'il payait du champagne. Nana, d'un regard, avait consulté le prince. Comment donc ! Son Altesse ne voulait gêner personne, elle serait trop heureuse. Mais, sans attendre la permission, Fontan entrait, zézayant, répétant :

« Moi pas pignouf, moi payer du champagne... »

Brusquement, il aperçut le prince, qu'il ne savait pas là. Il s'arrêta court, il prit un air de bouffonne solennité, en disant :

« Le roi Dagobert est dans le corridor, qui demande à trinquer avec Son Altesse Royale. »

Le prince ayant souri, on trouva ça charmant. Cependant, la loge était trop petite pour tout ce monde. Il fallut s'entasser, Satin et madame Jules au fond, contre le rideau, les hommes serrés autour de Nana demi-nue. Les trois acteurs avaient encore leurs costumes du second acte. Tandis que Prullière ôtait son chapeau d'amiral suisse, dont l'immense plumet n'aurait pas tenu sous le plafond, Bosc, avec sa casaque de pourpre

et sa couronne de fer-blanc, se raffermissait sur ses jambes d'ivrogne et saluait le prince, en monarque qui reçoit le fils d'un puissant voisin. Les verres étaient pleins, on trinqua.

« Je bois à Votre Altesse! dit royalement le vieux Bosc.

— A l'armée! ajouta Prullière.

— A Vénus! » cria Fontan.

Complaisamment, le prince balançait son verre. Il attendit, il salua trois fois, en murmurant :

« Madame... amiral... sire... »

Et il but d'un trait. Le comte Muffat et le marquis de Chouard l'avaient imité. On ne plaisantait plus, on était à la cour. Ce monde du théâtre prolongeait le monde réel, dans une farce grave, sous la buée ardente du gaz. Nana, oubliant qu'elle était en pantalon, avec son bout de chemise, jouait la grande dame, la reine Vénus, ouvrant ses petits appartements aux personnages de l'État. A chaque phrase, elle lâchait les mots d'« Altesse Royale », elle faisait des révérences convaincues, traitait ses chienlits de Bosc et de Prullière en souverain que son ministre accompagne. Et personne ne souriait de cet étrange mélange, de ce vrai prince, héritier d'un trône, qui buvait le champagne d'un cabotin, très à l'aise dans ce carnaval des dieux, dans cette mascarade de la royauté, au milieu d'un peuple d'habilleuses et de filles, de rouleurs de planches et de montreurs de femmes. Bordenave, enlevé par cette mise en scène, songeait aux recettes qu'il ferait, si Son Altesse avait consenti à paraître comme ça, au second acte de la *Blonde Vénus*.

« Dites donc, cria-t-il, devenant familier, nous allons faire descendre mes petites femmes. »

Nana ne voulut pas. Elle-même pourtant se lâchait. Fontan l'attirait, avec son masque de grotesque. Se frottant contre lui, le couvant d'un regard de femme enceinte qui a envie de manger quelque chose de malpropre, elle le tutoya tout à coup.

« Voyons, verse, grande bête! »

Fontan remplit de nouveau les verres, et l'on but, en répétant les mêmes toasts.

« A Son Altesse !

— A l'armée !

— A Vénus ! »

Mais Nana réclamait le silence du geste. Elle leva son verre très haut, elle dit :

« Non, non, à Fontan !... C'est la fête de Fontan, à Fontan ! à Fontan ! »

Alors, on trinqua une troisième fois, on acclama Fontan. Le prince, qui avait regardé la jeune femme manger le comique des yeux, salua celui-ci.

« Monsieur Fontan, dit-il avec sa haute politesse, je bois à vos succès. »

Cependant, la redingote de Son Altesse essuyait, derrière elle, le marbre de la toilette. C'était comme un fond d'alcôve, comme une étroite chambre de bain, avec la vapeur de la cuvette et des éponges, le violent parfum des essences, mêlé à la pointe d'ivresse aigrelette du vin de champagne. Le prince et le comte Muffat, entre lesquels Nana se trouvait prise, devaient lever les mains, pour ne pas lui frôler les hanches ou la gorge, au moindre geste. Et, sans une goutte de sueur, madame Jules attendait de son air raide, tandis que Satin, étonnée dans son vice de voir un prince et des messieurs en habit se mettre avec des déguisés après une femme nue, songeait tout bas que les gens chic n'étaient déjà pas si propres.

Mais, dans le couloir, le tintement de la sonnette du père Barillot approchait. Quand il parut à la porte de la loge, il resta saisi, en apercevant les trois acteurs encore dans leurs costumes du second acte.

« Oh ! messieurs, messieurs, bégaya-t-il, dépêchez-vous... On vient de sonner au foyer du public.

— Bah ! dit tranquillement Bordenave, le public attendra. »

Toutefois, après de nouveaux saluts, comme les bouteilles étaient vides, les comédiens montèrent s'habiller. Bosc, ayant trempé sa barbe de champagne, venait de l'ôter, et sous cette barbe vénérable l'ivrogne avait brusquement reparu, avec sa face ravagée et bleuie de vieil acteur tombé dans le vin. On l'entendit, au pied de l'escalier, qui disait à Fontan, de sa voix de rogomme, en parlant du prince :

« Hein ? je l'ai épaté ! »

Il ne restait dans la loge de Nana que Son Altesse, le comte et le marquis. Bordenave s'était éloigné avec Barillot, auquel il recommandait de ne pas frapper sans avertir madame.

« Messieurs, vous permettez », demanda Nana, qui se mit à refaire ses bras et sa figure, qu'elle soignait surtout pour le nu du troisième acte.

Le prince prit place sur le divan, avec le marquis de Chouard. Seul le comte Muffat demeurait debout. Les deux verres de champagne, dans cette chaleur suffocante, avaient augmenté leur ivresse. Satin, en voyant les messieurs s'enfermer avec son amie, avait cru discret de disparaître derrière le rideau ; et elle attendait là, sur une malle, embêtée de poser, pendant que madame Jules allait et venait tranquillement, sans un mot, sans un regard.

« Vous avez merveilleusement chanté votre ronde », dit le prince.

Alors, la conversation s'établit, mais par courtes phrases, coupées de silences. Nana ne pouvait toujours répondre. Après s'être passé du cold-cream avec la main sur les bras et sur la figure, elle étalait le blanc gras, à l'aide d'un coin de serviette. Un instant, elle cessa de se regarder dans la glace, elle sourit en glissant un regard vers le prince, sans lâcher le blanc gras.

« Son Altesse me gâte », murmura-t-elle.

C'était toute une besogne compliquée, que le marquis de Chouard suivait d'un air de jouissance béate. Il parla à son tour.

« L'orchestre, dit-il, ne pourrait-il pas vous accompagner plus en sourdine ? Il couvre votre voix, c'est un crime impardonnable. »

Cette fois, Nana ne se retourna point. Elle avait pris la patte-de-lièvre, elle la promenait légèrement, très attentive, si cambrée au-dessus de la toilette, que la rondeur blanche de son pantalon saillait et se tendait, avec le petit bout de chemise. Mais elle voulut se montrer sensible au compliment du vieillard, elle s'agita en balançant les hanches.

Un silence régna. Madame Jules avait remarqué une

déchirure à la jambe droite du pantalon. Elle prit une épingle sur son cœur, elle resta un moment par terre, à genoux, occupée autour de la cuisse de Nana, pendant que la jeune femme, sans paraître la savoir là, se couvrait de poudre de riz, en évitant soigneusement d'en mettre sur les pommettes. Mais, comme le prince disait que, si elle venait chanter à Londres, toute l'Angleterre voudrait l'applaudir, elle eut un rire aimable, elle se tourna une seconde, la joue gauche très blanche, au milieu d'un nuage de poudre. Puis, elle devint subitement sérieuse ; il s'agissait de mettre le rouge. De nouveau, le visage près de la glace, elle trempait son doigt dans un pot, elle appliquait le rouge sous les yeux, l'étalait doucement, jusqu'à la tempe. Ces messieurs se taisaient, respectueux.

Le comte Muffat n'avait pas encore ouvert les lèvres. Il songeait invinciblement à sa jeunesse. Sa chambre d'enfant était toute froide. Plus tard, à seize ans, lorsqu'il embrassait sa mère, chaque soir, il emportait jusque dans son sommeil la glace de ce baiser. Un jour, en passant, il avait aperçu, par une porte entrebâillée, une servante qui se débarbouillait ; et c'était l'unique souvenir qui l'eût troublé, de la puberté à son mariage. Puis, il avait trouvé chez sa femme une stricte obéissance aux devoirs conjugaux ; lui-même éprouvait une sorte de répugnance dévote. Il grandissait, il vieillissait, ignorant de la chair, plié à de rigides pratiques religieuses, ayant réglé sa vie sur des préceptes et des lois. Et, brusquement, on le jetait dans cette loge d'actrice, devant cette fille nue. Lui qui n'avait jamais vu la comtesse Muffat mettre ses jarretières, il assistait aux détails intimes d'une toilette de femme, dans la débandade des pots et des cuvettes, au milieu de cette odeur si forte et si douce. Tout son être se révoltait, la lente possession dont Nana l'envahissait depuis quelque temps l'effrayait, en lui rappelant ses lectures de piété, les possessions diaboliques qui avaient bercé son enfance. Il croyait au diable. Nana, confusément, était le diable, avec ses rires, avec sa gorge et sa croupe, gonflées de vices. Mais il se promettait d'être fort. Il saurait se défendre.

« Alors, c'est convenu, disait le prince, très à l'aise sur le divan, vous venez l'année prochaine à Londres, et nous vous recevrons si bien, que jamais plus vous ne retournerez en France... Ah! voilà, mon cher comte, vous ne faites pas un assez grand cas de vos jolies femmes. Nous vous les prendrons toutes.

— Ça ne le gênera guère, murmura méchamment le marquis de Chouard, qui se risquait dans l'intimité. Le comte est la vertu même. »

En entendant parler de sa vertu, Nana le regarda si drôlement, que Muffat éprouva une vive contrariété. Ensuite, ce mouvement le surprit et le fâcha contre lui-même. Pourquoi l'idée d'être vertueux le gênait-il devant cette fille? Il l'aurait battue. Mais Nana, en voulant prendre un pinceau, venait de le laisser tomber; et, comme elle se baissait, il se précipita, leurs souffles se rencontrèrent, les cheveux dénoués de Vénus lui roulèrent sur les mains. Ce fut une jouissance mêlée de remords, une de ces jouissances de catholique que la peur de l'enfer aiguillonne dans le péché.

A ce moment, la voix du père Barillot s'éleva derrière la porte.

« Madame, puis-je frapper? On s'impatiente dans la salle.

— Tout à l'heure », répondit tranquillement Nana.

Elle avait trempé le pinceau dans un pot de noir; puis, le nez sur la glace, fermant l'œil gauche, elle le passa délicatement entre les cils. Muffat, derrière elle, regardait. Il la voyait dans la glace, avec ses épaules rondes et sa gorge noyée d'une ombre rose. Et il ne pouvait, malgré son effort, se détourner de ce visage que l'œil fermé rendait si provocant, troué de fossettes, comme pâmé de désirs. Lorsqu'elle ferma l'œil droit et qu'elle passa le pinceau, il comprit qu'il lui appartenait.

« Madame, cria de nouveau la voix essoufflée de l'avertisseur, ils tapent des pieds, ils vont finir par casser les banquettes... Puis-je frapper?

— Et zut, dit Nana impatientée. Frappez, je m'en fiche! Si je ne suis pas prête, eh bien! ils m'attendront. »

Elle se calma, elle ajouta avec un sourire, en se tournant vers ces messieurs:

« C'est vrai, on ne peut seulement causer une minute. »

Maintenant, sa figure et ses bras étaient faits. Elle ajouta, avec le doigt, deux larges traits de carmin sur ses lèvres. Le comte Muffat se sentait plus troublé encore, séduit par la perversion des poudres et des fards, pris du désir déréglé de cette jeunesse peinte, la bouche trop rouge dans la face trop blanche, les yeux agrandis, cerclés de noir, brûlants, et comme meurtris d'amour. Cependant, Nana passa un instant derrière le rideau pour enfiler le maillot de Vénus, après avoir ôté son pantalon. Puis, tranquille d'impudeur, elle vint déboutonner son petit corsage de percale, en tendant les bras à madame Jules, qui lui passa les courtes manches de la tunique.

« Vite, puisqu'ils se fâchent! » murmura-t elle.

Le prince, les yeux à demi clos, suivit en connaisseur les lignes renflées de sa gorge, tandis que le marquis de Chouard eut un hochement de tête involontaire. Muffat, pour ne plus voir, regarda le tapis. D'ailleurs, Vénus était prête, elle portait simplement cette gaze aux épaules. Madame Jules tournait autour d'elle, de son air de petite vieille en bois, aux yeux vides et clairs : et, vivement, elle prenait des épingles sur la pelote inépuisable de son cœur, elle épinglait la tunique de Vénus, frôlant toutes ces grasses nudités de ses mains séchées, sans un souvenir et comme désintéressée de son sexe.

« Voilà! » dit la jeune femme, en se donnant un dernier coup d'œil dans la glace.

Bordenave revenait, inquiet, disant que le troisième acte était commencé.

« Eh bien! j'y vais, reprit-elle. En voilà des affaires! C'est toujours moi qui attends les autres. »

Ces messieurs sortirent de la loge. Mais ils ne prirent pas congé, le prince avait témoigné le désir d'assister au troisième acte, dans les coulisses. Restée seule, Nana s'étonna, promenant ses regards.

« Où est-elle donc? » demanda-t-elle.

Elle cherchait Satin. Lorsqu'elle l'eut retrouvée derrière le rideau, attendant sur la malle, Satin lui répondit tranquillement :

« Bien sûr que je ne voulais pas te gêner, avec tous ces hommes ! »

Et elle ajouta que, maintenant, elle s'en allait. Mais Nana la retint. Était-elle bête ! Puisque Bordenave consentait à la prendre ! On terminerait l'affaire après le spectacle. Satin hésitait. Il y avait trop de machines, ce n'était plus son monde. Pourtant, elle resta.

Comme le prince descendait le petit escalier de bois, un bruit étrange, des jurons étouffés, des piétinements de lutte, éclataient de l'autre côté du théâtre. C'était toute une histoire qui effarait les artistes attendant leur réplique. Depuis un instant, Mignon plaisantait de nouveau, en bourrant Fauchery de caresses. Il venait d'inventer un petit jeu, il lui appliquait des pichenettes sur le nez, pour le garantir des mouches, disait-il. Naturellement, ce jeu divertissait fort les artistes. Mais, tout à coup, Mignon, emporté par son succès, se lançant dans la fantaisie, avait allongé au journaliste un soufflet, un véritable et vigoureux soufflet. Cette fois, il allait trop loin, Fauchery ne pouvait, devant le monde, accepter en riant une pareille gifle. Et les deux hommes, cessant la comédie, livides et le visage crevant de haine, s'étaient sauté à la gorge. Ils se roulaient par terre, derrière un portant, en se traitant de maquereaux.

« Monsieur Bordenave ! monsieur Bordenave ! » vint dire le régisseur effaré.

Bordenave le suivit, après avoir demandé pardon au prince. Quand il eut reconnu par terre Fauchery et Mignon, il laissa échapper un geste d'homme contrarié. Vraiment, ils prenaient bien leur temps, avec Son Altesse de l'autre côté du décor, et toute cette salle qui pouvait entendre ! Pour comble d'ennui, Rose Mignon arrivait, essoufflée, juste à la minute de son entrée en scène. Vulcain lui jetait sa réplique. Mais Rose resta stupéfaite, en voyant à ses pieds son mari et son amant qui se vautraient, s'étranglant, ruant, les cheveux arrachés, la redingote blanche de poussière. Ils lui barraient le passage ; même un machiniste avait arrêté le chapeau de Fauchery, au moment où ce diable de chapeau, dans la lutte, allait rebondir sur la scène. Cepen-

dant, Vulcain, qui inventait des phrases pour amuser le public, donnait de nouveau la réplique. Rose, immobile, regardait toujours les deux hommes.

« Mais ne regarde donc pas ! lui souffla furieusement Bordenave dans le cou. Va donc ! va donc !... Ce n'est pas ton affaire ! Tu manques ton entrée ! »

Et, poussée par lui, Rose, enjambant les corps, se trouva en scène, dans le flamboiement de la rampe devant le public. Elle n'avait pas compris pourquoi ils étaient par terre, à se battre. Tremblante, la tête emplie d'un bourdonnement, elle descendit vers la rampe avec son beau sourire de Diane amoureuse, et elle attaqua la première phrase de son duo, d'une voix si chaude, que le public lui fit une ovation. Derrière le décor, elle entendait les coups sourds des deux hommes. Ils avaient roulé jusqu'au manteau d'arlequin. Heureusement, la musique couvrait le bruit des ruades qu'ils donnaient dans les châssis.

« Nom de Dieu ! cria Bordenave exaspéré, lorsqu'il eut enfin réussi à les séparer, est-ce que vous ne pourriez pas vous battre chez vous ? Vous savez pourtant bien que je n'aime pas ça... Toi, Mignon, tu vas me faire le plaisir de rester ici, côté cour ; et vous, Fauchery, je vous flanque à la porte du théâtre, si vous quittez le côté jardin... Hein ? c'est entendu, côté cour et côté jardin, ou je défends à Rose de vous amener. »

Quand il revint vers le prince, celui-ci s'informa.

« Oh ! rien du tout », murmura-t-il d'un air calme.

Nana, debout, enveloppée dans une fourrure, attendait son entrée en causant avec ces messieurs. Comme le comte Muffat remontait pour jeter un regard sur la scène, entre deux châssis, il comprit, à un geste du régisseur, qu'il devait marcher doucement. Une paix chaude tombait du cintre. Dans les coulisses, éclairées de violentes nappes de lumière, de rares personnes parlant à voix basse, stationnaient, s'en allaient sur la pointe des pieds. Le gazier était à son poste, près du jeu compliqué des robinets ; un pompier, appuyé contre un portant, tâchait de voir, en allongeant la tête ; pendant que, tout en haut, sur son banc, l'homme du rideau veillait, l'air résigné, ignorant la pièce, toujours dans

l'attente du coup de sonnette pour la manœuvre de ses cordages. Et, au milieu de cet air étouffé, de ces piétinements et de ces chuchotements, la voix des acteurs en scène arrivait étrange, assourdie, une voix dont la fausseté surprenait. Puis, c'était, plus loin, au-delà des bruits confus de l'orchestre, comme une immense haleine, la salle qui respirait et dont le souffle se gonflait parfois, éclatant en rumeurs, en rires, en applaudissements. On sentait le public sans le voir, même dans ses silences.

« Mais il y a quelque chose d'ouvert, dit brusquement Nana, en ramenant les coins de sa fourrure. Voyez donc, Barillot. Je parie qu'on vient d'ouvrir une fenêtre... Vrai, on peut crever ici ! »

Barillot jura qu'il avait tout fermé lui-même. Peutêtre y avait il des carreaux cassés. Les artistes se plaignaient toujours des courants d'air. Dans la chaleur lourde du gaz, des coups de froid passaient, un vrai nid à fluxions de poitrine, comme disait Fontan.

« Je voudrais vous voir décolleté, continua Nana, qui se fâchait.

— Chut ! » murmura Bordenave.

En scène, Rose détaillait si finement une phrase de son duo, que des bravos couvrirent l'orchestre. Nana se tut, la face sérieuse. Cependant, le comte se risquait dans une rue, lorsque Barillot l'arrêta, en l'avertissant qu'il y avait là une découverte. Il voyait le décor à l'envers et de biais, le derrière des châssis consolidés par une épaisse couche de vieilles affiches, puis un coin de la scène, la caverne de l'Etna creusée dans une mine d'argent, avec la forge de Vulcain, au fond. Les herses descendues incendiaient le paillon appliqué à larges coups de pinceau. Des portants à verres bleus et à verres rouges, par une opposition calculée, ménageaient un flamboiement de brasier ; tandis que, par terre, au troisième plan, des traînées de gaz couraient, pour détacher une barre de roches noires. Et là, sur un praticable incliné en pente douce, au milieu de ces gouttes de lumière pareilles à des lampions posés dans l'herbe, un soir de fête publique, la vieille madame Drouard, qui jouait Junon, était assise, aveuglée et somnolente, attendant son entrée.

Mais il y eut un mouvement. Simonne, en train d'écouter une histoire de Clarisse, laissa échapper :

« Tiens ! la Tricon ! »

C'était la Tricon, en effet, avec ses anglaises et sa tournure de comtesse qui court les avoués. Quand elle aperçut Nana, elle marcha droit à elle.

« Non, dit celle-ci, après un échange rapide de paroles. Pas maintenant. »

La vieille dame resta grave. Prullière, en passant, lui donna une poignée de main. Deux petites figurantes la contemplaient avec émotion. Elle, un moment, parut hésitante. Puis, elle appela Simonne d'un geste. Et l'échange rapide des paroles recommença.

« Oui, dit enfin Simonne. Dans une demi-heure. »

Mais, comme elle remontait à sa loge, madame Bron, qui se promenait à nouveau avec des lettres, lui en remit une. Bordenave, baissant la voix, reprochait furieusement à la concierge d'avoir laissé passer la Tricon ; cette femme ! juste ce soir-là ! ça l'indignait, à cause de Son Altesse. Madame Bron, depuis trente ans dans le théâtre, répondit sur un ton d'aigreur. Est-ce qu'elle savait ? La Tricon faisait des affaires avec toutes ces dames ; vingt fois monsieur le directeur l'avait rencontrée sans rien dire. Et, pendant que Bordenave mâchait de gros mots, la Tricon, tranquille, examinait fixement le prince, en femme qui pèse un homme d'un regard. Un sourire éclaira son visage jaune. Puis, elle s'en alla, d'un pas lent, au milieu des petites femmes respectueuses.

« Tout de suite, n'est-ce pas ? » dit-elle en se retournant vers Simonne.

Simonne semblait fort ennuyée. La lettre était d'un jeune homme auquel elle avait promis pour le soir. Elle remit à madame Bron un billet griffonné : « Pas possible ce soir, mon chéri, je suis prise. » Mais elle restait inquiète ; ce jeune homme allait peut-être l'attendre quand même. Comme elle n'était pas du troisième acte, elle voulait partir tout de suite. Alors, elle pria Clarisse d'aller voir. Celle-ci entrait seulement en scène vers la fin de l'acte. Elle descendit, pendant que Simonne remontait un instant à la loge qu'elles occupaient en commun.

146

En bas, dans la buvette de madame Bron, un figurant, chargé du rôle de Pluton, buvait seul, drapé d'une grande robe rouge à flammes d'or. Le petit commerce de la concierge avait dû bien marcher, car le trou de cave, sous l'escalier, était tout humide des rinçures de verre répandues. Clarisse releva sa tunique d'Iris qui traînait sur les marches grasses. Mais elle s'arrêta prudemment, elle se contenta d'allonger la tête, au tournant de l'escalier, pour jeter un coup d'œil dans la loge. Et elle avait eu du flair. Est-ce que cet idiot de la Faloise n'était pas encore là, sur la même chaise, entre la table et le poêle ? Il avait fait mine de filer devant Simonne, puis il était revenu. D'ailleurs, la loge était toujours pleine de messieurs, gantés, corrects, l'air soumis et patient. Tous attendaient, en se regardant avec gravité. Il n'y avait plus sur la table que les assiettes sales, madame Bron venait de distribuer les derniers bouquets ; seule une rose tombée se fanait, près de la chatte noire, qui s'était couchée en rond, tandis que les petits chats exécutaient des courses folles, des galops féroces, entre les jambes des messieurs. Clarisse eut un instant l'envie de flanquer la Faloise dehors. Ce crétin-là n'aimait pas les bêtes ; ça le complétait. Il rentrait les coudes, à cause de la chatte, pour ne pas la toucher.

« Il va te pincer, méfie-toi ! » dit Pluton, un farceur, qui remontait en s'essuyant les lèvres d'un revers de main.

Alors, Clarisse lâcha l'idée de faire une scène à la Faloise. Elle avait vu madame Bron remettre la lettre au jeune homme de Simonne. Celui-ci était allé la lire sous le bec de gaz du vestibule. « Pas possible ce soir, mon chéri, je suis prise. » Et, paisiblement, habitué à la phrase sans doute, il avait disparu. Au moins en voilà un qui savait se conduire ! Ce n'était pas comme les autres, ceux qui s'entêtaient là, sur les chaises dépaillées de madame Bron, dans cette grande lanterne vitrée, où l'on cuisait et qui ne sentait guère bon. Fallait-il que ça tînt les hommes ! Clarisse remonta, dégoûtée ; elle traversa la scène, elle grimpa lestement les trois étages de l'escalier des loges pour rendre réponse à Simonne.

Sur le théâtre, le prince, s'écartant, parlait à Nana. Il ne l'avait pas quittée, il la couvait de ses yeux demi-clos. Nana, sans le regarder, souriante, disait oui d'un signe de tête. Mais, brusquement, le comte Muffat obéit à une poussée de tout son être; il lâcha Borde-nave qui lui donnait des détails sur la manœuvre des treuils et des tambours, et s'approcha pour rompre cet entretien. Nana leva les yeux, lui sourit comme elle souriait à Son Altesse. Cependant, elle avait toujours une oreille tendue, guettant la réplique.

« Le troisième acte est le plus court, je crois », disait le prince, gêné par la présence du comte.

Elle ne répondit pas, la face changée, tout d'un coup à son affaire. D'un rapide mouvement des épaules, elle avait fait glisser sa fourrure, que madame Jules, debout derrière elle, reçut dans ses bras. Et, nue, après avoir porté les deux mains à sa chevelure, comme pour l'assujettir, elle entra en scène.

« Chut! chut! » souffla Bordenave.

Le comte et le prince étaient restés surpris. Au milieu du grand silence, un soupir profond, une lointaine rumeur de foule, montait. Chaque soir, le même effet se produisait à l'entrée de Vénus, dans sa nudité de déesse. Alors, Muffat voulut voir; il appliqua l'œil à un trou. Au-delà de l'arc de cercle éblouissant de la rampe, la salle paraissait sombre, comme emplie d'une fumée rousse; et, sur ce fond neutre, où les rangées de visages mettaient une pâleur brouillée, Nana se détachait en blanc, grandie, bouchant les loges, du balcon au cintre. Il l'apercevait de dos, les reins tendus, les bras ouverts; tandis que, par terre, au ras de ses pieds, la tête du souffleur, une tête de vieil homme, était posée comme coupée, avec un air pauvre et honnête. A certaines phrases de son morceau d'entrée, des ondulations sem-blaient partir de son cou, descendre à sa taille, expirer au bord traînant de sa tunique. Quand elle eut poussé la dernière note au milieu d'une tempête de bravos, elle salua, les gazes volantes, sa chevelure touchant ses reins, dans le raccourci de l'échine. Et, en la voyant ainsi, pliée et les hanches élargies, venir à reculons vers le trou par lequel il la regardait, le comte se releva, très

pâle. La scène avait disparu, il n'apercevait plus que l'envers du décor, le bariolage des vieilles affiches, collées dans tous les sens. Sur le praticable, parmi les traînées de gaz, l'Olympe entier avait rejoint madame Drouard, qui sommeillait. Ils attendaient la fin de l'acte, Bosc et Fontan assis à terre, le menton sur les genoux, Prullière s'étirant et bâillant avant d'entrer en scène, tous éteints, les yeux rouges, pressés d'aller se coucher.

A ce moment, Fauchery qui rôdait du côté jardin, depuis que Bordenave lui avait interdit le côté cour, s'accrocha au comte pour se donner une contenance, en offrant de lui montrer les loges. Muffat, qu'une mollesse croissante laissait sans volonté, finit par suivre le journaliste, après avoir cherché des yeux le marquis de Chouard, qui n'était plus là. Il éprouvait à la fois un soulagement et une inquiétude, en quittant ces coulisses d'où il entendait Nana chanter.

Déjà Fauchery le précédait dans l'escalier, que des tambours de bois fermaient au premier étage et au second. C'était un de ces escaliers de maison louche, comme le comte Muffat en avait vu dans ses tournées de membre du bureau de bienfaisance, nu et délabré, badigeonné de jaune, avec des marches usées par la dégringolade des pieds, et une rampe de fer que le frottement des mains avait polie. A chaque palier, au ras du sol, une fenêtre basse mettait un enfoncement carré de soupirail. Dans des lanternes scellées aux murs, des flammes de gaz brûlaient, éclairant crûment cette misère, dégageant une chaleur qui montait et s'amassait sous la spirale étroite des étages.

En arrivant au pied de l'escalier, le comte avait senti de nouveau un souffle ardent lui tomber sur la nuque, cette odeur de femme descendue des loges, dans un flot de lumière et de bruit; et, maintenant, à chaque marche qu'il montait, le musc des poudres, les aigreurs de vinaigre de toilette le chauffaient, l'étourdissaient davantage. Au premier, deux corridors s'enfonçaient, tournaient brusquement, avec des portes d'hôtel meublé suspect, peintes en jaune, portant de gros numéros blancs; par terre, les carreaux descellés faisaient des

bosses, dans le tassement de la vieille maison. Le comte se hasarda, jeta un coup d'œil par une porte entrouverte, vit une pièce très sale, une échoppe de perruquier de faubourg, meublée de deux chaises, d'une glace et d'une planchette à tiroir, noircie par la crasse des peignes. Un gaillard en sueur, les épaules fumantes, y changeait de linge ; tandis que, dans une chambre pareille, à côté, une femme près de partir mettait ses gants, les cheveux défrisés et mouillés, comme si elle venait de prendre un bain. Mais Fauchery appelait le comte, et celui-ci arrivait au second, lorsqu'un « nom de Dieu ! » furieux sortit du corridor de droite ; Mathilde, un petit torchon d'ingénue, venait de casser sa cuvette, dont l'eau savonneuse coulait jusqu'au palier. Une loge se referma violemment. Deux femmes en corset traversèrent d'un saut ; une autre, le bord de sa chemise aux dents, parut et se sauva. Puis, il y eut des rires, une querelle, une chanson commencée et tout d'un coup interrompue. Le long du couloir, par les fentes, on apercevait des coins de nudité, des blancheurs de peau, des pâleurs de linge ; deux filles, très gaies, se montraient leurs signes ; une, toute jeune, presque une enfant, avait relevé ses jupons au-dessus des genoux, pour recoudre son pantalon ; pendant que les habilleuses, en voyant les deux hommes, tiraient légèrement des rideaux, par décence. C'était la bousculade de la fin, le grand nettoyage du blanc et du rouge, la toilette de ville reprise au milieu d'un nuage de poudre de riz, un redoublement d'odeur fauve soufflée par les portes battantes. Au troisième étage, Muffat s'abandonna à la griserie qui l'envahissait. La loge des figurantes était là ; vingt femmes entassées, une débandade de savons et de bouteilles d'eau de lavande, la salle commune d'une maison de barrière. En passant, il entendit, derrière une porte close, un lavage féroce, une tempête dans une cuvette. Et il montait au dernier étage, lorsqu'il eut la curiosité de hasarder encore un regard, par un judas resté ouvert : la pièce était vide, il n'y avait, sous le flamboiement du gaz, qu'un pot de chambre oublié, au milieu d'un désordre de jupes traînant par terre. Cette pièce fut la dernière vision qu'il

emporta. En haut, au quatrième, il étouffait. Toutes les odeurs, toutes les flammes venaient frapper là : le plafond jaune semblait cuit, une lanterne brûlait dans un brouillard roussâtre. Un instant, il se tint à la rampe de fer, qu'il trouva tiède d'une tiédeur vivante, et il ferma les yeux, et il but dans une aspiration tout le sexe de la femme, qu'il ignorait encore et qui lui battait le visage.

« Arrivez donc, cria Fauchery, disparu depuis un moment ; on vous demande. »

C'était, au fond du corridor, la loge de Clarisse et de Simonne, une pièce en longueur, sous les toits, mal faite, avec des pans coupés et des fuites de mur. Le jour venait d'en haut, par deux ouvertures profondes. Mais, à cette heure de la nuit, des flammes de gaz éclairaient la loge, tapissée d'un papier à sept sous le rouleau, des fleurs roses courant sur un treillage vert. Côte à côte, deux planches servaient de toilette, deux planches garnies d'une toile cirée, noire d'eau répandue, et sous lesquelles traînaient des brocs de zinc bossués, des seaux pleins de rinçures, des cruches de grosse poterie jaune. Il y avait là un étalage d'articles de bazar, tordus, salis par l'usage, des cuvettes ébréchées, des peignes de corne édentés, tout ce que la hâte et le sans-gêne de deux femmes se déshabillant, se débarbouillant en commun, laissent autour d'elles de désordre, dans un lieu où elles ne font que passer et dont la saleté ne les touche plus.

« Arrivez donc, répéta Fauchery, avec cette camaraderie des hommes chez les filles, c'est Clarisse qui veut vous embrasser. »

Muffat finit par entrer. Mais il resta surpris, en trouvant le marquis de Chouard installé entre les deux toilettes, sur une chaise. Le marquis s'était retiré là. Il écartait les pieds, parce qu'un seau fuyait et laissait couler une mare blanchâtre. On le sentait à l'aise, connaissant les bons endroits, ragaillardi dans cet étouffement de baignoire, dans cette tranquille impudeur de la femme, que ce coin de malpropreté rendait naturelle et comme élargie.

« Est-ce que tu vas avec le vieux ? demanda Simonne à l'oreille de Clarisse.

— Plus souvent ! » répondit celle-ci tout haut.

L'habilleuse, une jeune fille très laide et très familière, en train d'aider Simonne à mettre son manteau, se tordit de rire. Toutes trois se poussaient, balbutiant des mots qui redoublaient leur gaieté.

« Voyons, Clarisse, embrasse le monsieur, répéta Fauchery. Tu sais qu'il a le sac. »

Et, se tournant vers le comte :

« Vous allez voir, elle est très gentille, elle va vous embrasser. »

Mais Clarisse était dégoûtée des hommes. Elle parla violemment des salauds qui attendaient en bas, chez la concierge. D'ailleurs, elle était pressée de redescendre, on allait lui faire manquer sa dernière scène. Puis, comme Fauchery barrait la porte, elle posa deux baisers sur les favoris de Muffat, en disant :

« Ce n'est pas pour vous, au moins ! c'est pour Fauchery qui m'embête ! »

Et elle s'échappa. Le comte demeurait gêné devant son beau-père. Un flot de sang lui était monté à la face. Il n'avait pas éprouvé, dans la loge de Nana, au milieu de ce luxe de tentures et de glaces, l'âcre excitation de la misère honteuse de ce galetas, plein de l'abandon des deux femmes. Cependant, le marquis venait de partir derrière Simonne très pressée, lui parlant dans le cou, pendant qu'elle refusait de la tête. Fauchery les suivait en riant. Alors, le comte se vit seul avec l'habilleuse, qui rinçait les cuvettes. Et il s'en alla, il descendit à son tour l'escalier, les jambes molles, levant de nouveau devant lui des femmes en jupons, faisant battre les portes sur son passage. Mais, au milieu de cette débandade de filles lâchées à travers les quatre étages, il n'aperçut distinctement qu'un chat, le gros chat rouge, qui, dans cette fournaise empoisonnée de musc, filait le long des marches en se frottant le dos contre les barreaux de la rampe, la queue en l'air.

« Ah bien ! dit une voix enrouée de femme, j'ai cru qu'ils nous garderaient, ce soir !... En voilà des raseurs, avec leurs rappels ! »

C'était la fin, le rideau venait de tomber. Il y avait un véritable galop dans l'escalier, dont la cage s'emplissait

d'exclamations, d'une hâte brutale à se rhabiller et à partir. Comme le comte Muffat descendait la dernière marche, il aperçut Nana et le prince qui suivaient lentement le couloir. La jeune femme s'arrêta ; puis, souriante, baissant la voix :

« C'est cela, à tout à l'heure. »

Le prince retourna sur la scène, où Bordenave l'attendait. Alors, seul avec Nana, cédant à une poussée de colère et de désir, Muffat courut derrière elle ; et, au moment où elle rentrait dans sa loge, il lui planta un rude baiser sur la nuque, sur les petits poils blonds qui frisaient très bas entre ses épaules. C'était comme le baiser reçu en haut, qu'il rendait là. Nana, furieuse, levait déjà la main. Quand elle reconnut le comte, elle eut un sourire.

« Oh ! vous m'avez fait peur », dit-elle simplement.

Et son sourire était adorable, confus et soumis, comme si elle eût désespéré de ce baiser et qu'elle fût heureuse de l'avoir reçu. Mais elle ne pouvait pas, ni le soir, ni le lendemain. Il fallait attendre. Si même elle avait pu, elle se serait fait désirer. Son regard disait ces choses. Enfin, elle reprit :

« Vous savez, je suis propriétaire... Oui, j'achète une maison de campagne, près d'Orléans, dans un pays où vous allez quelquefois. Bébé m'a dit ça, le petit Georges Hugon, vous le connaissez ?... Venez donc me voir, là-bas. »

Le comte, effrayé de sa brutalité d'homme timide, honteux de ce qu'il avait fait, la salua cérémonieusement, en lui promettant de se rendre à son invitation. Puis, il s'éloigna, marchant dans un rêve.

Il rejoignait le prince, lorsque, en passant devant le foyer, il entendit Satin crier :

« En voilà un vieux sale ! Fichez-moi la paix ! »

C'était le marquis de Chouard, qui se rabattait sur Satin. Celle-ci en avait décidément assez de tout ce monde chic. Nana venait bien de la présenter à Bordenave. Mais ça l'avait trop assommée, de rester la bouche cousue, par crainte de laisser échapper des bêtises ; et elle voulait se rattraper, d'autant plus qu'elle était tombée, dans les coulisses, sur un ancien à elle, le

figurant chargé du rôle de Pluton, un pâtissier qui lui avait déjà donné toute une semaine d'amour et de gifles. Elle l'attendait, irritée de ce que le marquis lui parlait comme à une de ces dames du théâtre. Aussi finit-elle par être très digne, jetant cette phrase :

« Mon mari va venir, vous allez voir! »

Cependant, les artistes en paletot, le visage las, partaient un à un. Des groupes d'hommes et de femmes descendaient le petit escalier tournant, mettaient dans l'ombre des profils de chapeaux défoncés, de châles fripés, une laideur blême de cabotins qui ont enlevé leur rouge. Sur la scène, où l'on éteignait les portants et les herses, le prince écoutait une anecdote de Bordenave. Il voulait attendre Nana. Quand celle-ci parut enfin, la scène était noire, le pompier de service, achevant sa ronde, promenait une lanterne. Bordenave, pour éviter à Son Altesse le détour du passage des Panoramas, venait de faire ouvrir le couloir qui va de la loge de la concierge au vestibule du théâtre. Et c'était, le long de cette allée, un sauve-qui-peut de petites femmes heureuses d'échapper aux hommes en train de poser dans le passage. Elles se bousculaient, serrant les coudes, jetant des regards en arrière, respirant seulement dehors; tandis que Fontan, Bosc et Prullière se retiraient lentement, en blaguant la tête des hommes sérieux, qui arpentaient la galerie des Variétés, à l'heure où les petites femmes filaient par le boulevard, avec des amants de cœur. Mais Clarisse surtout fut maligne. Elle se méfiait de la Faloise. En effet, il était encore là, dans la loge, en compagnie des messieurs qui s'entêtaient sur les chaises de madame Bron. Tous tendaient le nez. Alors, elle passa, raide, derrière une amie. Ces messieurs clignaient des paupières, ahuris par cette dégringolade de jupes tourbillonnant au pied de l'étroit escalier, désespérés d'attendre depuis si longtemps, pour les voir ainsi s'envoler toutes, sans en reconnaître une seule. La portée des chats noirs dormait sur la toile cirée, contre le ventre de la mère, béate et les pattes élargies; pendant que le gros chat rouge, assis à l'autre bout de la table, la queue allongée, regardait de ses yeux jaunes les femmes se sauver.

« Si Son Altesse veut bien passer par ici », dit Bordenave, au bas de l'escalier, en indiquant le couloir.

Quelques figurantes s'y poussaient encore. Le prince suivait Nana. Muffat et le marquis venaient derrière. C'était un long boyau, pris entre le théâtre et la maison voisine, une sorte de ruelle étranglée qu'on avait couverte d'une toiture en pente, où s'ouvraient des châssis vitrés. Une humidité suintait des murailles. Les pas sonnaient sur le sol dallé, comme dans un souterrain. Il y avait là un encombrement de grenier, un établi sur lequel le concierge donnait un coup de rabot aux décors, un empilement de barrières de bois, qu'on posait le soir à la porte, pour maintenir la queue. Nana dut relever sa robe en passant devant une borne-fontaine, dont le robinet mal fermé inondait les dalles. Dans le vestibule, on se salua. Et, quand Bordenave fut seul, il résuma son jugement sur le prince par un haussement d'épaules, plein d'une dédaigneuse philosophie.

« Il est un peu mufle tout de même », dit-il sans s'expliquer davantage à Fauchery, que Rose Mignon emmenait avec son mari, pour les réconcilier chez elle.

Muffat se trouva seul sur le trottoir. Son Altesse venait tranquillement de faire monter Nana dans sa voiture. Le marquis avait filé derrière Satin et son figurant, excité, se contentant de suivre ces deux vices, avec le vague espoir de quelque complaisance. Alors, Muffat, la tête en feu, voulut rentrer à pied. Tout combat avait cessé en lui. Un flot de vie nouvelle noyait ses idées et ses croyances de quarante années. Pendant qu'il longeait les boulevards, le roulement des dernières voitures l'assourdissait du nom de Nana, les becs de gaz faisaient danser devant ses yeux des nudités, les bras souples, les épaules blanches de Nana ; et il sentait qu'elle le possédait, il aurait tout renié, tout vendu, pour l'avoir une heure, le soir-même. C'était sa jeunesse qui s'éveillait enfin, une puberté goulue d'adolescent, brûlant tout à coup dans sa froideur de catholique et dans sa dignité d'homme mûr.

VI

Le comte Muffat, accompagné de sa femme et de sa
fille, était arrivé de la veille aux Fondettes, où madame
Hugon, qui s'y trouvait seule avec son fils Georges, les
avait invités à venir passer huit jours. La maison, bâtie
vers la fin du dix-septième siècle, s'élevait au milieu
d'un immense enclos carré, sans un ornement ; mais le
jardin avait des ombrages magnifiques, une suite de
bassins aux eaux courantes, alimentés par des sources.
C'était, le long de la route d'Orléans à Paris, comme un
flot de verdure, un bouquet d'arbres, rompant la mono-
tonie de ce pays plat, où des cultures se déroulaient à
l'infini.

A onze heures, lorsque le second coup de cloche pour
le déjeuner eut réuni tout le monde, madame Hugon,
avec son bon sourire maternel, posa deux gros baisers
sur les joues de Sabine, en disant :

« Tu sais, à la campagne, c'est mon habitude... Ça me
rajeunit de vingt ans, de te voir ici... As-tu bien dormi
dans ton ancienne chambre ? »

Puis, sans attendre la réponse, se tournant vers
Estelle :

« Et cette petite n'a fait qu'un somme, elle aussi ?...
Embrasse-moi, mon enfant... »

On s'était assis dans la vaste salle à manger, dont les
fenêtres donnaient sur le parc. Mais on occupait un
bout seulement de la grande table, où l'on se serrait
pour être plus ensemble. Sabine, très gaie, rappelait ses
souvenirs de jeunesse, qui venaient d'être éveillés : des

mois passés aux Fondettes, de longues promenades, une chute dans un bassin par un soir d'été, un vieux roman de chevalerie découvert sur une armoire et lu en hiver, devant un feu de sarments. Et Georges, qui n'avait pas revu la comtesse depuis quelques mois, la trouvait drôle, avec quelque chose de changé dans la figure ; tandis que cette perche d'Estelle, au contraire, semblait plus effacée encore, muette et gauche.

Comme on mangeait des œufs à la coque et des côtelettes, très simplement, madame Hugon se lamenta en femme de ménage, racontant que les bouchers devenaient impossibles ; elle prenait tout à Orléans, on ne lui apportait jamais les morceaux qu'elle demandait. D'ailleurs, si ses hôtes mangeaient mal, c'était leur faute : ils venaient trop tard dans la saison.

« Ça n'a pas de bon sens, dit-elle. Je vous attends depuis le mois de juin, et nous sommes à la mi-septembre... Aussi, vous voyez, ce n'est pas joli. »

D'un geste, elle montrait les arbres de la pelouse qui commençaient à jaunir. Le temps était couvert, une vapeur bleuâtre noyait les lointains, dans une douceur et une paix mélancoliques.

« Oh ! j'attends du monde, continua-t-elle, ce sera plus gai... D'abord, deux messieurs que Georges a invités, monsieur Fauchery et monsieur Daguenet ; vous les connaissez, n'est-ce pas ?... Puis, monsieur de Vandeuvres qui me promet depuis cinq ans ; cette année, il se décidera peut-être.

— Ah bien ! dit la comtesse en riant, si nous n'avons que monsieur de Vandeuvres ! Il est trop occupé.

— Et Philippe ? demanda Muffat.

— Philippe a demandé un congé, répondit la vieille dame, mais vous ne serez sans doute plus aux Fondettes, quand il arrivera. »

On servait le café. La conversation était tombée sur Paris, et le nom de Steiner fut prononcé. Ce nom arracha un léger cri à madame Hugon.

« A propos, dit-elle, monsieur Steiner, c'est bien ce gros monsieur que j'ai rencontré un soir chez vous, un banquier, n'est-ce pas ?... En voilà un vilain homme ! Est-ce qu'il n'a pas acheté une propriété pour une

actrice, à une lieue d'ici, là-bas, derrière la Choue, du côté de Gumières ! Tout le pays est scandalisé... Saviez-vous cela, mon ami ?

— Pas du tout, répondit Muffat. Ah ! Steiner a acheté une campagne dans les environs ! »

Georges, en entendant sa mère aborder ce sujet, avait baissé le nez dans sa tasse ; mais il le releva et regarda le comte, étonné de sa réponse. Pourquoi mentait-il si carrément ? De son côté, le comte, ayant remarqué le mouvement du jeune homme, lui jeta un coup d'œil de défiance. Madame Hugon continuait à donner des détails : la campagne s'appelait la Mignotte ; il fallait remonter la Choue jusqu'à Gumières pour traverser sur un pont, ce qui allongeait le chemin de deux bons kilo-mètres ; autrement, on se mouillait les pieds et on ris-quait un plongeon.

« Et comment se nomme l'actrice ? demanda la comtesse.

— Ah ! on me l'a dit pourtant, murmura la vieille dame. Georges, tu étais là, ce matin, quand le jardinier nous a parlé... »

Georges eut l'air de fouiller sa mémoire. Muffat attendait, en faisant tourner une petite cuiller entre ses doigts. Alors, la comtesse s'adressant à ce dernier :

« Est-ce que monsieur Steiner n'est pas avec cette chanteuse des Variétés, cette Nana ?

— Nana, c'est bien ça, une horreur ! cria madame Hugon qui se fâchait. Et on l'attend à la Mignotte. Moi je sais tout par le jardinier... N'est-ce pas, Georges ? le jardinier disait qu'on l'attendait ce soir. »

Le comte eut un léger tressaillement de surprise. Mais Georges répondait avec vivacité :

« Oh ! maman, le jardinier parlait sans savoir... Tout à l'heure, le cocher disait le contraire : on n'attend per-sonne à la Mignotte avant après-demain. »

Il tâchait de prendre un air naturel, en étudiant du coin de l'œil l'effet de ses paroles sur le comte. Celui-ci tournait de nouveau sa petite cuiller, comme rassuré. La comtesse, les yeux perdus sur les lointains bleuâtres du parc, semblait n'être plus à la conversation, suivant avec l'ombre d'un sourire une pensée secrète, éveillée

158

subitement en elle; tandis que, raide sur sa chaise, Estelle avait écouté ce qu'on disait de Nana, sans qu'un trait de son blanc visage de vierge eût bougé.

« Mon Dieu, murmura après un silence madame Hugon, retrouvant sa bonhomie, j'ai tort de me fâcher. Il faut bien que tout le monde vive... Si nous rencontrons cette dame sur la route, nous en serons quittes pour ne pas la saluer. »

Et, comme on quittait la table, elle gronda encore la comtesse Sabine de s'être tant fait désirer, cette année-là. Mais la comtesse se défendait, rejetait leurs retards sur son mari; deux fois, à la veille de partir, les malles fermées, il avait donné contre-ordre, en parlant d'affaires urgentes; puis, il s'était décidé tout d'un coup, au moment où le voyage semblait enterré. Alors, la vieille dame raconta que Georges lui avait de même annoncé son arrivée à deux reprises, sans paraître, et qu'il était tombé l'avant-veille aux Fondettes, lorsqu'elle ne comptait plus sur lui. On venait de descendre au jardin. Les deux hommes, à droite et à gauche de ces dames, les écoutaient, silencieux, faisant le gros dos.

« N'importe, dit madame Hugon, en mettant des baisers sur les cheveux blonds de son fils, Zizi est bien gentil d'être venu s'enfermer à la campagne avec sa mère... Ce bon Zizi, il ne m'oublie pas! »

L'après-midi, elle éprouva une inquiétude. Georges, qui tout de suite, au sortir de table, s'était plaint d'une lourdeur de tête, parut peu à peu envahi par une migraine atroce. Vers quatre heures, il voulut monter se coucher, c'était le seul remède; quand il aurait dormi jusqu'au lendemain, il se porterait parfaitement. Sa mère tint à le mettre au lit elle-même. Mais, comme elle sortait, il sauta donner un tour à la serrure, il prétexta qu'il s'enfermait pour qu'on ne vînt pas le déranger; et il criait : « Bonsoir! A demain, petite mère! » d'une voix de caresse, tout en promettant de ne faire qu'un somme. Il ne se recoucha pas, le teint clair, les yeux vifs, se rhabillant sans bruit, puis attendant, immobile sur une chaise. Quand on sonna le dîner, il guetta le comte Muffat qui se dirigeait vers le salon. Dix minutes plus tard, certain de n'être pas vu, il fila leste-

ment par la fenêtre, en s'aidant d'un tuyau de descente ; sa chambre, située au premier étage, donnait sur le derrière de la maison. Il s'était jeté dans un massif, il sortit du parc et galopa à travers champs, du côté de la Choue, le ventre vide, le cœur sautant d'émotion. La nuit venait, une petite pluie fine commençait à tomber.

C'était bien le soir que Nana devait arriver à la Mignotte. Depuis que Steiner lui avait, au mois de mai, acheté cette maison de campagne, elle était prise de temps à autre d'une telle envie de s'y installer, qu'elle en pleurait ; mais, chaque fois, Bordenave refusait le moindre congé, la renvoyait à septembre sous prétexte qu'il n'entendait pas la remplacer par une doublure, même pour un soir, en temps d'Exposition. Vers la fin d'août, il parla d'octobre. Nana, furieuse, déclara qu'elle serait à la Mignotte le 15 septembre. Même pour braver Bordenave, elle invitait en sa présence un tas de gens. Un après-midi, comme Muffat, à qui elle résistait savamment, la suppliait chez elle, secoué de frissons, elle promit enfin d'être gentille, mais là-bas ; et, à lui aussi, elle indiqua le 15. Puis, le 12, un besoin la prit de filer tout de suite, seule avec Zoé. Peut-être Bordenave, prévenu, allait-il trouver un moyen de la retenir. Cela l'égayait de le planter là, en lui envoyant un bulletin de son docteur. Quand l'idée d'arriver la première à la Mignotte, d'y vivre deux jours, sans que personne le sût, fut entrée dans sa cervelle, elle bouscula Zoé pour les malles, la poussa dans un fiacre, où, très attendrie, elle lui demanda pardon en l'embrassant. Ce fut seulement au buffet de la gare qu'elle songea à prévenir Steiner par une lettre. Elle le priait d'attendre le surlendemain pour la rejoindre, s'il voulait la retrouver bien fraîche. Et, sautant à un autre projet, elle fit une seconde lettre, où elle suppliait sa tante d'amener immédiatement le petit Louis. Ça ferait tant de bien à bébé ! Et comme on s'amuserait ensemble sous les arbres ! De Paris à Orléans, en wagon, elle ne parla que de ça, les yeux humides, mêlant les fleurs, les oiseaux et son enfant, dans une soudaine crise de maternité.

La Mignotte se trouvait à plus de trois lieues. Nana perdit une heure pour louer une voiture, une immense

calèche délabrée qui roulait lentement avec un bruit de ferraille. Elle s'était tout de suite emparée du cocher, un petit vieux taciturne qu'elle accablait de questions. Est-ce qu'il avait souvent passé devant la Mignotte? Alors, c'était derrière ce coteau? Ça devait être plein d'arbres, n'est-ce pas? Et la maison, se voyait-elle de loin? Le petit vieux répondait par des grognements. Dans la calèche, Nana dansait d'impatience; tandis que Zoé, fâchée d'avoir quitté Paris si vite, se tenait raide et maussade. Le cheval s'étant arrêté court, la jeune femme crut qu'on arrivait. Elle passa la tête par la portière, elle demanda :

« Hein! nous y sommes? »

Pour toute réponse, le cocher avait fouetté le cheval, qui monta péniblement une côte. Nana contemplait avec ravissement la plaine immense sous le ciel gris, où de gros nuages s'amoncelaient.

« Oh! regarde donc, Zoé, en voilà de l'herbe! Est-ce que c'est du blé, tout ça?... Mon Dieu! que c'est joli!

— On voit bien que madame n'est pas de la campagne, finit par dire la bonne d'un air pincé. Moi, je l'ai trop connue, la campagne, quand j'étais chez mon dentiste, qui avait une maison à Bougival... Avec ça, il fait froid, ce soir. C'est humide, par ici. »

On passait sous des arbres. Nana flairait l'odeur des feuilles comme un jeune chien. Brusquement, à un détour de la route, elle aperçut le coin d'une habitation, dans les branches. C'était peut-être là; et elle entama une conversation avec le cocher, qui disait toujours non, d'un branlement de tête. Puis, comme on descendait l'autre pente du coteau, il se contenta d'allonger le fouet, en murmurant :

« Tenez, là-bas. »

Elle se leva, passa le corps entier par la portière.

« Où donc? où donc? » criait-elle, pâle, ne voyant rien encore.

Enfin, elle distingua un bout de mur. Alors, ce furent de petits cris, de petits sauts, tout un emportement de femme débordée par une émotion vive.

« Zoé, je vois, je vois!... Mets-toi de l'autre côté... Oh! il y a, sur le toit, une terrasse avec des briques. C'est

une serre, là-bas! Mais c'est très vaste... Oh! que je suis contente! Regarde donc, Zoé, regarde donc! »

La voiture s'était arrêtée devant la grille. Une petite porte s'ouvrit, et le jardinier, un grand sec, parut, sa casquette à la main. Nana voulut retrouver sa dignité, car le cocher déjà semblait rire en dedans, avec ses lèvres cousues. Elle se retint pour ne pas courir, écouta le jardinier, très bavard celui-là, qui priait madame d'excuser le désordre, attendu qu'il avait seulement reçu la lettre de madame le matin; mais, malgré ses efforts, elle était enlevée de terre, elle marchait si vite que Zoé ne pouvait la suivre. Au bout de l'allée, elle s'arrêta un instant, pour embrasser la maison d'un coup d'œil. C'était un grand pavillon de style italien, flanqué d'une autre construction plus petite, qu'un riche Anglais avait fait bâtir, après deux ans de séjour à Naples, et dont il s'était dégoûté tout de suite.

« Je vais faire visiter à madame », dit le jardinier.

Mais elle l'avait devancé, elle lui criait de ne pas se déranger, qu'elle visiterait elle-même, qu'elle aimait mieux ça. Et, sans ôter son chapeau, elle se lança dans les pièces, appelant Zoé, lui jetant des réflexions d'un bout à l'autre des couloirs, emplissant de ses cris et de ses rires le vide de cette maison inhabitée depuis de longs mois. D'abord, le vestibule : un peu humide, mais ça ne faisait rien, on n'y couchait pas. Très chic, le salon, avec ses fenêtres ouvertes sur une pelouse; seulement, le meuble rouge était affreux, elle changerait ça. Quant à la salle à manger, hein! la belle salle à manger! et quelles noces on donnerait à Paris, si l'on avait une salle à manger de cette taille! Comme elle montait au premier étage, elle se souvint qu'elle n'avait pas vu la cuisine; elle redescendit en s'exclamant, Zoé dut s'émerveiller sur la beauté de l'évier et sur la grandeur de l'âtre, où l'on aurait fait rôtir un mouton. Lorsqu'elle fut remontée, sa chambre surtout l'enthousiasma, une chambre qu'un tapissier d'Orléans avait tendue de cretonne Louis XVI, rose tendre. Ah bien! on devait joliment dormir là-dedans! un vrai nid de pensionnaire! Ensuite quatre ou cinq chambres d'amis, puis des greniers magnifiques; c'était très commode pour les

malles. Zoé, rechignant, jetant un coup d'œil froid dans chaque pièce, s'attardait derrière madame. Elle la regarda disparaître en haut de l'échelle raide des greniers. Merci! elle n'avait pas envie de se casser les jambes. Mais une voix lui arriva, lointaine, comme soufflée dans un tuyau de cheminée.

« Zoé! Zoé! où es-tu? monte donc!... Oh! tu n'as pas idée... C'est féerique! »

Zoé monta en grognant. Elle trouva madame sur le toit, s'appuyant à la rampe de brique, regardant le vallon qui s'élargissait au loin. L'horizon était immense; mais des vapeurs grises le noyaient, un vent terrible chassait de fines gouttes de pluie. Nana devait tenir son chapeau à deux mains pour qu'il ne fût pas enlevé, tandis que ses jupes flottaient avec des claquements de drapeau.

« Ah! non, par exemple! dit Zoé en retirant tout de suite son nez. Madame va être emportée... Quel chien de temps! »

Madame n'entendait pas. La tête penchée, elle regardait la propriété, au-dessous d'elle. Il y avait sept ou huit arpents, enclos de murs. Alors, la vue du potager la prit tout entière. Elle se précipita, bouscula la femme de chambre dans l'escalier, en bégayant :

« C'est plein de choux!... Oh! des choux gros comme ça!... Et des salades, de l'oseille, des oignons, et de tout! Viens vite. »

La pluie tombait plus fort. Elle ouvrit son ombrelle de soie blanche, courut dans les allées.

« Madame va prendre du mal! » criait Zoé, restée tranquillement sous la marquise du perron.

Mais Madame voulait voir. A chaque nouvelle découverte, c'étaient des exclamations.

« Zoé, des épinards! Viens donc!... Oh! des artichauts! Ils sont drôles. Ça fleurit donc, les artichauts?... Tiens! qu'est-ce que c'est que ça? Je ne connais pas ça... Viens donc, Zoé, tu sais peut-être. »

La femme de chambre ne bougeait pas. Il fallait vraiment que madame fût enragée. Maintenant, l'eau tombait à torrents, la petite ombrelle de soie blanche était déjà toute noire; et elle ne couvrait pas madame, dont

la jupe ruisselait. Cela ne la dérangeait guère. Elle visitait sous l'averse le potager et le fruitier, s'arrêtant à chaque arbre, se penchant sur chaque planche de légumes. Puis, elle courut jeter un coup d'œil au fond du puits, souleva un châssis pour regarder ce qu'il y avait dessous, s'absorba dans la contemplation d'une énorme citrouille. Son besoin était de suivre toutes les allées, de prendre une possession immédiate de ces choses, dont elle avait rêvé autrefois, quand elle traînait ses savates d'ouvrière sur le pavé de Paris. La pluie redoublait, elle ne la sentait pas, désolée seulement de ce que le jour tombait. Elle ne voyait plus clair, elle touchait avec les doigts, pour se rendre compte. Tout à coup, dans le crépuscule, elle distingua des fraises. Alors, son enfance éclata.

« Des fraises ! des fraises ! Il y en a, je les sens !... Zoé, une assiette ! Viens cueillir des fraises. »

Et Nana, qui s'était accroupie dans la boue, lâcha son ombrelle, recevant l'ondée. Elle cueillait des fraises, les mains trempées, parmi les feuilles. Cependant, Zoé n'apportait pas d'assiette. Comme la jeune femme se relevait, elle fut prise de peur. Il lui avait semblé voir glisser une ombre.

« Une bête ! » cria-t-elle.

Mais la stupeur la planta au milieu de l'allée. C'était un homme, et elle l'avait reconnu.

« Comment ! c'est Bébé !... Qu'est-ce que tu fais là, Bébé ?

— Tiens ! pardi ! répondit Georges, je suis venu. »

Elle restait étourdie.

« Tu savais donc mon arrivée par le jardinier ?... Oh ! cet enfant ! Et il est trempé !

— Ah ! je vais te dire. La pluie m'a pris en chemin. Et puis, je n'ai pas voulu remonter jusqu'à Gumières, et en traversant la Choue, je suis tombé dans un sacré trou d'eau. »

Du coup, Nana oublia les fraises. Elle était toute tremblante et apitoyée. Ce pauvre Zizi dans un trou d'eau ! Elle l'entraînait vers la maison, elle parlait de faire un grand feu.

« Tu sais, murmura-t-il en l'arrêtant dans l'ombre, je

me cachais, parce que j'avais peur d'être grondé comme à Paris, quand je vais te voir sans être attendu. »

Elle se mit à rire, sans répondre, et lui posa un baiser sur le front. Jusqu'à ce jour, elle l'avait traité en gamin, ne prenant pas ses déclarations au sérieux, s'amusant de lui comme d'un petit homme sans conséquence. Ce fut une affaire pour l'installer. Elle voulut absolument qu'on allumât le feu dans sa chambre; on serait mieux là. La vue de Georges n'avait pas surpris Zoé, habituée à toutes les rencontres. Mais le jardinier, qui montait le bois, resta interloqué en apercevant ce monsieur ruisselant d'eau, auquel il était certain de ne pas avoir ouvert la porte. On le renvoya, on n'avait plus besoin de lui. Une lampe éclairait la pièce, le feu jetait une grande flamme claire.

« Jamais il ne séchera, il va s'enrhumer », dit Nana, en voyant Georges pris d'un frisson.

Et pas un pantalon d'homme! Elle était sur le point de rappeler le jardinier, lorsqu'elle eut une idée. Zoé, qui défaisait les malles dans le cabinet de toilette, apportait à madame du linge pour se changer, une chemise, des jupons, un peignoir.

« Mais c'est parfait! cria la jeune femme, Zizi peut mettre tout ça. Hein? tu n'es pas dégoûté de moi... Quand tes vêtements seront secs, tu les reprendras et tu t'en iras vite, pour ne pas être grondé par ta maman... Dépêche-toi, je vais me changer aussi dans le cabinet. »

Lorsque, dix minutes plus tard, elle reparut en robe de chambre, elle joignit les mains de ravissement.

« Oh! le mignon, qu'il est gentil en petite femme! »

Il avait simplement passé une grande chemise de nuit à entre-deux, un pantalon brodé et le peignoir, un long peignoir de batiste, garni de dentelles. Là-dedans, il semblait une fille, avec ses deux bras nus de jeune blond, avec ses cheveux fauves encore mouillés, qui roulaient dans son cou.

« C'est qu'il est aussi mince que moi! dit Nana en le prenant par la taille. Zoé, viens donc voir comme ça lui va... Hein! c'est fait pour lui; à part le corsage qui est trop large... Il n'en a pas autant que moi, ce pauvre Zizi.

— Ah ! bien sûr, ça me manque un peu », murmura Georges, souriant.

Tous trois s'égayèrent. Nana s'était mise à boutonner le peignoir du haut en bas, pour qu'il fût décent. Elle le tournait comme une poupée, donnait des tapes, faisait bouffer la jupe par-derrière. Et elle le questionnait, lui demandant s'il était bien, s'il avait chaud. Par exemple, oui ! il était bien. Rien ne tenait plus chaud qu'une chemise de femme ; s'il avait pu, il en aurait toujours porté. Il se roulait là-dedans, heureux de la finesse du linge, de ce vêtement lâche qui sentait bon, et où il croyait retrouver un peu de la vie tiède de Nana.

Cependant, Zoé venait de descendre les habits trempés à la cuisine, afin de les faire sécher le plus vite possible devant un feu de sarments. Alors, Georges, allongé dans un fauteuil, osa faire un aveu.

« Dis donc, tu ne manges pas, ce soir ?... Moi, je meurs de faim. Je n'ai pas dîné. »

Nana se fâcha. En voilà une grosse bête, de filer de chez sa maman, le ventre vide, pour aller se flanquer dans un trou d'eau ! Mais elle avait aussi l'estomac en bas des talons. Bien sûr qu'il fallait manger ! Seulement, on mangerait ce qu'on pourrait. Et on improvisa, sur un guéridon roulé devant le feu, le dîner le plus drôle. Zoé courut chez le jardinier, qui avait fait une soupe aux choux, en cas que madame ne dînât pas à Orléans, avant de venir ; madame avait oublié de lui marquer, sur sa lettre, ce qu'il devait préparer. Heureusement, la cave était bien garnie. On eut donc une soupe aux choux, avec un morceau de lard. Puis, en fouillant dans un sac, Nana trouva un tas de choses, des provisions qu'elle avait fourrées là par précaution : un petit pâté de foie gras, un sac de bonbons, des oranges. Tous deux mangèrent comme des ogres, avec un appétit de vingt ans, en camarades qui ne se gênaient pas. Nana appelait Georges : « Ma chère » ; ça lui semblait plus familier et plus tendre. Au dessert, pour ne pas déranger Zoé, ils vidèrent avec la même cuiller, chacun à son tour, un pot de confitures trouvé en haut d'une armoire.

« Ah ! ma chère, dit Nana en repoussant le guéridon, il y a dix ans que je n'ai dîné si bien ! »

Pourtant, il se faisait tard, elle voulait renvoyer le petit, par crainte de lui attirer de mauvaises raisons. Lui, répétait qu'il avait le temps. D'ailleurs les vêtements séchaient mal. Zoé déclarait qu'il faudrait au moins une heure encore; et comme elle dormait debout, fatiguée du voyage, ils l'envoyèrent se coucher. Alors, ils restèrent seuls, dans la maison muette.

Ce fut une soirée très douce. Le feu se mourait en braise, on étouffait un peu dans la grande chambre bleue, où Zoé avait fait le lit avant de monter. Nana, prise par la grosse chaleur, se leva pour ouvrir un instant la fenêtre. Mais elle poussa un léger cri.

« Mon Dieu! que c'est beau!... Regarde, ma chère. »

Georges était venu; et, comme si la barre d'appui lui eût paru trop courte, il prit Nana par la taille, il appuya la tête à son épaule. Le temps avait brusquement changé, un ciel pur se creusait, tandis qu'une lune ronde éclairait la campagne d'une nappe d'or. C'était une paix souveraine, un élargissement du vallon s'ouvrant sur l'immensité de la plaine, où les arbres faisaient des îlots d'ombre, dans le lac immobile des clartés. Et Nana s'attendrissait, se sentait devenir toute petite. Pour sûr, elle avait rêvé de nuits pareilles, à une époque de sa vie qu'elle ne se rappelait plus. Tout ce qui lui arrivait depuis sa descente de wagon, cette campagne si grande, ces herbes qui sentaient fort, cette maison, ce potager, tout la bouleversait, au point qu'elle croyait avoir quitté Paris depuis vingt ans. Son existence d'hier était loin. Elle éprouvait des choses qu'elle ne savait pas. Georges, cependant, lui mettait sur le cou de petits baisers câlins, ce qui augmentait son trouble. D'une main hésitante, elle le repoussait comme un enfant dont la tendresse fatigue, et elle répétait qu'il fallait partir. Lui, ne disait pas non; tout à l'heure, il partirait tout à l'heure.

Mais un oiseau chanta, puis se tut. C'était un rouge-gorge, dans un sureau, sous la fenêtre.

« Attends, murmura Georges, la lampe lui fait peur, je vais l'éteindre. »

Et, quand il vint la reprendre à la taille, il ajouta:

« Nous la rallumerons dans un instant. »

Alors, en écoutant le rouge-gorge, tandis que le petit se serrait contre elle, Nana se souvint. Oui, c'était dans des romances qu'elle avait vu tout ça. Autrefois, elle eût donné son cœur, pour avoir la lune ainsi, et des rouges-gorges, et un petit homme plein d'amour. Mon Dieu! elle aurait pleuré, tant ça lui paraissait bon et gentil! Bien sûr qu'elle était née pour vivre sage. Elle repoussait Georges qui s'enhardissait.

« Non, laisse-moi, je ne veux pas... Ce serait très vilain, à ton âge... Écoute, je resterai ta maman. »

Des pudeurs lui venaient. Elle était toute rouge. Personne ne pouvait la voir, pourtant; la chambre s'emplissait de nuit derrière eux, tandis que la campagne déroulait le silence et l'immobilité de sa solitude. Jamais elle n'avait eu une pareille honte. Peu à peu, elle se sentait sans force, malgré sa gêne et ses révoltes. Ce déguisement, cette chemise de femme et ce peignoir, la faisaient rire encore. C'était comme une amie qui la taquinait.

« Oh! c'est mal, c'est mal », balbutia-t-elle, après un dernier effort.

Et elle tomba en vierge dans les bras de cet enfant, en face de la belle nuit. La maison dormait.

Le lendemain, aux Fondettes, quand la cloche sonna le déjeuner, la table de la salle à manger n'était plus trop grande. Une première voiture avait amené ensemble Fauchery et Daguenet; et, derrière eux, débarqué du train suivant, venait d'arriver le comte de Vandeuvres. Georges descendit le dernier, un peu pâle, les yeux battus. Il répondait que ça allait beaucoup mieux, mais qu'il était encore étourdi par la violence de la crise. Madame Hugon qui le regardait dans les yeux avec un sourire inquiet, ramenait ses cheveux mal peignés ce matin-là, pendant qu'il se reculait, comme gêné de cette caresse. A table, elle plaisanta affectueusement Vandeuvres, qu'elle disait attendre depuis cinq ans.

« Enfin, vous voilà... Comment avez-vous fait? »

Vandeuvres le prit sur un ton plaisant. Il racontait qu'il avait perdu un argent fou, la veille, au Cercle. Alors, il était parti, avec l'idée de faire une fin en province.

« Ma foi, oui, si vous me trouvez une héritière dans la contrée... Il doit y avoir ici des femmes délicieuses. »

La vieille dame remerciait également Daguenet et Fauchery d'avoir bien voulu accepter l'invitation de son fils, lorsqu'elle éprouva une joyeuse surprise, en voyant entrer le marquis de Chouard, qu'une troisième voiture amenait.

« Ah! ça, s'écria-t-elle, c'est donc un rendez-vous, ce matin? Vous vous êtes donné le mot... Que se passe-t-il? Voilà des années que je n'ai pu vous réunir, et vous tombez tous à la fois... Oh! je ne me plains pas. »

On ajouta un couvert. Fauchery se trouvait près de la comtesse Sabine, qui le surprenait par sa gaieté vive, elle qu'il avait vue si languissante, dans le salon sévère de la rue Miromesnil. Daguenet, assis à la gauche d'Estelle, paraissait au contraire inquiet du voisinage de cette grande fille muette, dont les coudes pointus lui étaient désagréables. Muffat et Chouard avait échangé un regard sournois. Cependant, Vandeuvres poussait la plaisanterie de son prochain mariage.

« A propos de dame, finit par lui dire madame Hugon, j'ai une nouvelle voisine que vous devez connaître. »

Et elle nomma Nana. Vandeuvres affecta le plus vif étonnement.

« Comment! La propriété de Nana est près d'ici? »

Fauchery et Daguenet, également, se récrièrent. Le marquis de Chouard mangeait un blanc de volaille, sans paraître comprendre. Pas un des hommes n'avait eu un sourire.

« Sans doute, reprit la vieille dame, et même cette personne est arrivée hier soir à la Mignotte, comme je le disais. J'ai appris ça ce matin par le jardinier. »

Du coup, ces messieurs ne purent cacher une très réelle surprise. Tous levèrent la tête. Eh quoi! Nana était arrivée! Mais ils ne l'attendaient que le lendemain, ils croyaient la devancer! Seul, Georges resta les cils baissés, regardant son verre, d'un air las. Depuis le commencement du déjeuner, il semblait dormir, les yeux ouverts, vaguement souriant.

« Est-ce que tu souffres toujours, mon Zizi? » lui demanda sa mère, dont le regard ne le quittait pas.

Il tressaillit, répondit en rougissant que ça allait tout à fait bien ; et il gardait sa mine noyée et gourmande encore de fille qui a trop dansé.

« Qu'as-tu donc là, au cou ? reprit madame Hugon, effrayée. C'est tout rouge. »

Il se troubla et balbutia. Il ne savait pas, il n'avait rien au cou. Puis, remontant son col de chemise :

« Ah ! oui, c'est une bête qui m'a piqué. »

Le marquis de Chouard avait jeté un coup d'œil oblique sur la petite rougeur. Muffat, lui aussi, regarda Georges. On achevait de déjeuner, en réglant des projets d'excursion. Fauchery était de plus en plus remué par les rires de la comtesse Sabine. Comme il lui passait une assiette de fruits, leurs mains se touchèrent ; et elle le regarda une seconde d'un regard si noir, qu'il pensa de nouveau à cette confidence reçue un soir d'ivresse. Puis, elle n'était plus la même, quelque chose s'accusait davantage en elle, sa robe de foulard gris, molle à ses épaules, mettait un abandon dans son élégance fine et nerveuse.

Au sortir de table, Daguenet resta en arrière avec Fauchery pour plaisanter crûment sur Estelle, « un joli balai à coller dans les bras d'un homme ». Pourtant, il devint sérieux, lorsque le journaliste lui eut dit le chiffre de la dot : quatre cent mille francs.

« Et la mère ? demanda Fauchery. Hein ! très chic !

— Oh ! celle-là, tant qu'elle voudrait !... Mais pas moyen, mon bon !

— Bah ! est-ce qu'on sait !... Il faudrait voir. »

On ne devait pas sortir ce jour-là, la pluie tombait encore par averses. Georges s'était hâté de disparaître, enfermé à double tour dans sa chambre. Ces messieurs évitèrent de s'expliquer entre eux, tout en n'étant pas dupes des raisons qui les réunissaient. Vandeuvres, très maltraité par le jeu, avait eu réellement l'idée de se mettre au vert ; et il comptait sur le voisinage d'une amie pour l'empêcher de trop s'ennuyer. Fauchery, profitant des vacances que lui donnait Rose, alors très occupée, se proposait de traiter d'une seconde chronique avec Nana, dans le cas où la campagne les attendrirait tous les deux. Daguenet, qui la boudait depuis

Steiner, songeait à renouer, à ramasser quelques douceurs, si l'occasion se présentait. Quant au marquis de Chouard, il guettait son heure. Mais, parmi ces hommes suivant à la trace Vénus, mal débarbouillée de son rouge, Muffat était le plus ardent, le plus tourmenté par des sensations nouvelles de désir, de peur et de colère, qui se battaient dans son être bouleversé. Lui, avait une promesse formelle, Nana l'attendait. Pourquoi donc était-elle partie deux jours plus tôt ? Il résolut de se rendre à la Mignotte, le soir même, après le dîner.

Le soir, comme le comte sortait du parc, Georges s'enfuit derrière lui. Il le laissa suivre la route de Gumières, traversa la Choue, tomba chez Nana, essoufflé, enragé, avec des larmes plein les yeux. Ah ! il avait bien compris, ce vieux qui était en route venait pour un rendez-vous. Nana, stupéfaite de cette scène de jalousie, toute remuée de voir comment tournaient les choses, le prit dans ses bras, le consola du mieux qu'elle put. Mais non, il se trompait, elle n'attendait personne ; si le monsieur venait, ce n'était pas sa faute. Ce Zizi, quelle grosse bête, de se causer tant de bile pour rien ! Sur la tête de son enfant, elle n'aimait que son Georges. Et elle le baisait, et elle essuyait ses larmes.

« Écoute, tu vas voir que tout est pour toi, reprit-elle, quand il fut plus calme. Steiner est arrivé, il est là-haut. Celui-là, mon chéri, tu sais que je ne puis le mettre à la porte.

— Oui, je sais, je ne parle pas de celui-là, murmura le petit.

— Eh bien ! je l'ai collé dans la chambre du fond, en lui racontant que je suis malade. Il défait sa malle... Puisque personne ne t'a aperçu, monte vite te cacher dans ma chambre, et attends-moi. »

Georges lui sauta au cou. C'était donc vrai, elle l'aimait un peu ! Alors, comme hier, ils éteindraient la lampe, ils resteraient dans le noir jusqu'au jour ? Puis, à un coup de sonnette, il fila légèrement. En haut, dans la chambre, il enleva tout de suite ses souliers pour ne pas faire de bruit ; puis, il se cacha par terre, derrière un rideau, attendant d'un air sage.

Nana reçut le comte Muffat, encore secouée, prise d'une certaine gêne. Elle lui avait promis, elle aurait même voulu tenir sa parole, parce que cet homme lui semblait sérieux. Mais, en vérité, qui se serait douté des histoires de la veille ? Ce voyage, cette maison qu'elle ne connaissait pas, ce petit qui arrivait tout mouillé, et comme ça lui avait paru bon, et comme ce serait gentil de continuer ! Tant pis pour le monsieur ! Depuis trois mois, elle le faisait poser, jouant à la femme comme il faut, afin de l'allumer davantage. Eh bien ! il poserait encore, il s'en irait, si ça ne lui plaisait pas. Elle aurait plutôt tout lâché, que de tromper Georges.

Le comte s'était assis de l'air cérémonieux d'un voisin de campagne en visite. Ses mains seules avaient un tremblement. Dans cette nature sanguine, restée vierge, le désir fouetté par la savante tactique de Nana, déterminait à la longue de terribles ravages. Cet homme si grave, ce chambellan qui traversait d'un pas digne les salons des Tuileries, mordait la nuit son traversin et sanglotait, exaspéré, évoquant toujours la même image sensuelle. Mais, cette fois, il était résolu d'en finir. Le long de la route, dans la grande paix du crépuscule, il avait rêvé des brutalités. Et, tout de suite, après les premières paroles, il voulut saisir Nana, à deux mains.

« Non, non, prenez garde ! », dit-elle simplement sans se fâcher, avec un sourire.

Il la rattrapa, les dents serrées ; puis, comme elle se débattait, il fut grossier, il lui rappela crûment qu'il venait coucher. Elle, toujours souriante, embarrassée pourtant, lui tenait les mains. Elle le tutoya, afin d'adoucir son refus.

« Voyons, chéri, tiens-toi tranquille... Vrai, je ne peux pas... Steiner est là-haut. »

Mais il était fou ; jamais elle n'avait vu un homme dans un état pareil. La peur la prenait ; elle lui mit les doigts sur la bouche, pour étouffer les cris qu'il laissait échapper ; et, baissant la voix, elle le suppliait de se taire, de la lâcher. Steiner descendait. C'était stupide, à la fin ! Quand Steiner entra, il entendit Nana, mollement allongée au fond de son fauteuil, qui disait :

« Moi, j'adore la campagne... »

Elle tourna la tête, s'interrompant.

« Chéri, c'est monsieur le comte Muffat qui a vu de la lumière, en se promenant, et qui est entré nous souhaiter la bienvenue. »

Les deux hommes se serrèrent la main. Muffat demeura un instant sans parler, la face dans l'ombre. Steiner paraissait maussade. On causa de Paris ; les affaires ne marchaient pas, il y avait eu à la Bourse des abominations. Au bout d'un quart d'heure, Muffat prit congé. Et, comme la jeune femme l'accompagnait, il demanda, sans l'obtenir, un rendez-vous pour la nuit suivante. Steiner, presque aussitôt, monta se coucher, en grognant contre les éternels bobos des filles. Enfin, les deux vieux étaient emballés ! Lorsqu'elle put le rejoindre, Nana trouva Georges toujours bien sage, derrière son rideau. La chambre était noire. Il l'avait fait tomber par terre, assise près de lui, et ils jouaient ensemble à se rouler, s'arrêtant, étouffant leurs rires sous des baisers, lorsqu'ils donnaient contre un meuble un coup de leurs pieds nus. Au loin, sur la route de Gumières, le comte Muffat s'en allait lentement, son chapeau à la main, baignant sa tête brûlante dans la fraîcheur et le silence de la nuit.

Alors, les jours suivants, la vie fut adorable. Nana, entre les bras du petit, retrouvait ses quinze ans. C'était, sous la caresse de cette enfance, une fleur d'amour refleurissant chez elle, dans l'habitude et le dégoût de l'homme. Il lui venait des rougeurs subites, un émoi qui la laissait frissonnante, un besoin de rire et de pleurer, toute une virginité inquiète, traversée de désirs, dont elle restait honteuse. Jamais elle n'avait éprouvé cela. La campagne la trempait de tendresse. Étant petite, longtemps elle avait souhaité vivre dans un pré, avec une chèvre, parce qu'un jour, sur le talus des fortifications, elle avait vu une chèvre qui bêlait, attachée à un pieu. Maintenant, cette propriété, toute cette terre à elle, la gonflait d'une émotion débordante, tant ses ambitions se trouvaient dépassées. Elle était ramenée aux sensations neuves d'une gamine ; et le soir, lorsque, étourdie par sa journée vécue au grand

air, grise de l'odeur des feuilles, elle montait rejoindre son Zizi, caché derrière le rideau, ça lui semblait une escapade de pensionnaire en vacances, un amour avec un petit cousin qu'elle devait épouser, tremblante au moindre bruit, redoutant que ses parents ne l'entendissent, goûtant les tâtonnements délicieux et les voluptueuses épouvantes d'une première faute.

Nana eut, à ce moment, des fantaisies de fille sentimentale. Elle regardait la lune pendant des heures. Une nuit, elle voulut descendre au jardin avec Georges, quand toute la maison fut endormie ; et ils se promenèrent sous les arbres, les bras à la taille, et ils allèrent se coucher dans l'herbe, où la rosée les trempa. Une autre fois, dans la chambre, après un silence, elle sanglota au cou du petit, en balbutiant qu'elle avait peur de mourir. Elle chantait souvent à demi-voix une romance de madame Lerat, pleine de fleurs et d'oiseaux, s'attendrissant aux larmes, s'interrompant pour prendre Georges dans une étreinte de passion, en exigeant de lui des serments d'amour éternel. Enfin, elle était bête, comme elle le reconnaissait elle-même, lorsque tous les deux redevenus camarades, fumaient des cigarettes au bord du lit, les jambes nues, tapant le bois des talons.

Mais ce qui acheva de fondre le cœur de la jeune femme, ce fut l'arrivée de Louiset. Sa crise de maternité eut la violence d'un coup de folie. Elle emportait son fils au soleil pour le regarder gigoter ; elle se roulait avec lui sur l'herbe, après l'avoir habillé comme un jeune prince. Tout de suite elle voulut qu'il dormît près d'elle, dans la chambre voisine, où madame Lerat, très impressionnée par la campagne, ronflait, dès qu'elle était sur le dos. Et Louiset ne faisait pas le moindre tort à Zizi, au contraire. Elle disait qu'elle avait deux enfants, elle les confondait dans le même caprice de tendresse. La nuit, à plus de dix reprises, elle lâchait Zizi pour voir si Louiset avait une bonne respiration ; mais, quand elle revenait, elle reprenait son Zizi avec un restant de ses caresses maternelles, elle faisait la maman ; tandis que lui, vicieux, aimant bien être petit aux bras de cette grande fille, se laissait bercer comme

un bébé qu'on endort. C'était si bon, que, charmée de cette existence, elle lui proposa de ne plus jamais quitter la campagne. Ils renverraient tout le monde, ils vivraient seuls, lui, elle et l'enfant. Et ils firent mille projets, jusqu'à l'aube, sans entendre madame Lerat, qui ronflait à poings fermés, lasse d'avoir cueilli des fleurs champêtres.

Cette belle vie dura plus d'une semaine. Le comte Muffat venait tous les soirs, et s'en retournait, la face gonflée, les mains brûlantes. Un soir, il ne fut même pas reçu ; Steiner ayant dû faire un voyage à Paris, on lui dit que madame était souffrante. Nana se révoltait davantage chaque jour, à l'idée de tromper Georges. Un petit si innocent, et qui croyait en elle ! Elle se serait regardée comme la dernière des dernières. Puis, ça l'aurait dégoûtée. Zoé, qui assistait, muette et dédaigneuse, à cette aventure, pensait que madame devenait bête.

Le sixième jour, tout d'un coup, une bande de visiteurs tomba dans cette idylle. Nana avait invité un tas de monde, croyant qu'on ne viendrait pas. Aussi, un après-midi, demeura-t-elle stupéfaite et très contrariée, en voyant un omnibus complet s'arrêter devant la grille de la Mignotte.

« C'est nous ! » cria Mignon qui, le premier, descendit de la voiture, d'où il tira ses fils, Henri et Charles.

Labordette parut ensuite, donnant la main à un défilé interminable de dames : Lucy Stewart, Caroline Héquet, Tatan Néné, Maria Blond. Nana espérait que c'était fini, lorsque la Faloise sauta du marchepied, pour recevoir dans ses bras tremblants Gaga et sa fille Amélie. Ça faisait onze personnes. L'installation fut laborieuse. Il y avait, à la Mignotte, cinq chambres d'amis, dont une était déjà occupée par madame Lerat et Louiset. On donna la plus grande au ménage Gaga et la Faloise, en décidant qu'Amélie coucherait sur un lit de sangle, à côté, dans le cabinet de toilette. Mignon et ses deux fils eurent la troisième chambre ; Labordette, la quatrième. Restait une pièce qu'on transforma en dortoir, avec quatre lits pour Lucy, Caroline, Tatan et Maria. Quant à Steiner, il dormirait sur le divan du

salon. Au bout d'une heure, lorsque tout son monde fut casé, Nana, d'abord furieuse, était enchantée de jouer à la châtelaine. Ces dames la complimentaient sur la Mignotte, une propriété renversante, ma chère ! Puis, elles lui apportaient une bouffée de l'air de Paris, les potins de cette dernière semaine, parlant toutes à la fois, avec des rires, des exclamations, des tapes. A propos, et Bordenave ! Qu'avait-il dit de sa fugue ? Mais pas grand-chose. Après avoir gueulé qu'il la ferait ramener par les gendarmes, il l'avait simplement doublée, le soir ; même que la doublure, la petite Violaine, obtenait, dans la *Blonde Vénus,* un très joli succès. Cette nouvelle rendit Nana sérieuse.

Il n'était que quatre heures. On parla de faire un tour.

« Vous ne savez pas, dit Nana, je partais ramasser des pommes de terre, quand vous êtes arrivés. »

Alors, tous voulurent aller ramasser des pommes de terre, sans même changer de vêtements. Ce fut une partie. Le jardinier et deux aides se trouvaient déjà dans le champ, au fond de la propriété. Ces dames se mirent à genoux, fouillant la terre avec leurs bagues, poussant des cris, lorsqu'elles découvraient une pomme de terre très grosse. Ça leur semblait si amusant ! Mais Tatan Néné triomphait ; elle en avait tellement ramassé dans sa jeunesse, qu'elle s'oubliait et donnait des conseils aux autres, en les traitant de bêtes. Les messieurs travaillaient plus mollement. Mignon, l'air brave homme, profitait de son séjour à la campagne pour compléter l'éducation de ses fils : il leur parlait de Parmentier.

Le soir, le dîner fut d'une gaieté folle. On dévorait. Nana, très lancée, s'empoigna avec son maître d'hôtel, un garçon qui avait servi à l'évêché d'Orléans. Au café, les dames fumèrent. Un bruit de noce à tout casser sortait par les fenêtres, se mourait au loin dans la sérénité du soir ; tandis que les paysans, attardés entre les haies, tournant la tête, regardaient la maison flambante.

« Ah ! c'est embêtant que vous repartiez après-demain, dit Nana. Enfin, nous allons toujours organiser quelque chose. »

Et l'on décida qu'on irait le lendemain, un dimanche,

visiter les ruines de l'ancienne abbaye de Chamont, qui se trouvaient à sept kilomètres. Cinq voitures viendraient d'Orléans prendre la société après le déjeuner, et la ramèneraient dîner à la Mignotte, vers sept heures. Ce serait charmant.

Ce soir-là, comme d'habitude, le comte Muffat monta le coteau pour sonner à la grille. Mais le flamboiement des fenêtres, les grands rires, l'étonnèrent. Il comprit, en reconnaissant la voix de Mignon, et s'éloigna, enragé par ce nouvel obstacle, poussé à bout, résolu à quelque violence. Georges, qui passait par une petite porte dont il avait une clef, monta tranquillement dans la chambre de Nana, en filant le long des murs. Seulement, il dut l'attendre jusqu'à minuit passé. Elle parut enfin, très grise, plus maternelle encore que les autres nuits ; quand elle buvait, ça la rendait si amoureuse, qu'elle en devenait collante. Ainsi, elle voulait absolument qu'il l'accompagnât à l'abbaye de Chamont. Lui résistait, ayant peur d'être vu ; si on l'apercevait en voiture avec elle, ça ferait un scandale abominable. Mais elle fondit en larmes, prise d'un désespoir bruyant de femme sacrifiée, et il la consola, il lui promit formellement d'être de la partie.

« Alors, tu m'aimes bien, bégayait-elle. Répète que tu m'aimes bien... Dis, mon loup chéri, si je mourais, est-ce que ça te ferait beaucoup de peine ? »

Aux Fondettes, le voisinage de Nana bouleversait la maison. Chaque matin, pendant le déjeuner, la bonne madame Hugon revenait malgré elle sur cette femme, racontant ce que son jardinier lui rapportait, éprouvant cette sorte d'obsession qu'exercent les filles sur les bourgeoises les plus dignes. Elle, si tolérante, était révoltée, exaspérée, avec le vague pressentiment d'un malheur, qui l'effrayait, le soir, comme si elle eût connu la présence dans la contrée d'une bête échappée de quelque ménagerie. Aussi cherchait-elle querelle à ses invités, en les accusant tous de rôder autour de la Mignotte. On avait vu le comte de Vandeuvres rire sur une grande route avec une dame en cheveux ; mais il se défendait, il reniait Nana, car c'était en effet Lucy qui l'accompagnait, pour lui conter comment elle venait de

flanquer son troisième prince à la porte. Le marquis de Chouard sortait aussi tous les jours ; seulement, il parlait d'une ordonnance de son docteur. Pour Daguenet et Fauchery, madame Hugon se montrait injuste. Le premier surtout ne quittait pas les Fondettes, renonçant au projet de renouer, montrant auprès d'Estelle un respectueux empressement. Fauchery restait de même avec les dames Muffat. Une seule fois, il avait rencontré dans un sentier Mignon, les bras pleins de fleurs, faisant un cours de botanique à ses fils. Les deux hommes s'étaient serré la main, en se donnant des nouvelles de Rose ; elle se portait parfaitement ; ils avaient chacun reçu le matin une lettre, où elle les priait de profiter quelque temps encore du bon air. De tous ses hôtes, la vieille dame n'épargnait donc que le comte Muffat et Georges ; le comte, qui prétendait avoir de graves affaires à Orléans, ne pouvait courir la gueuse ; et quant à Georges, le pauvre enfant finissait par l'inquiéter, car il était pris chaque soir de migraines épouvantables, qui le forçaient de se coucher au jour.

Cependant, Fauchery s'était fait le cavalier ordinaire de la comtesse Sabine, tandis que le comte s'absentait tous les après-midi. Lorsqu'on allait au bout du parc, il portait son pliant et son ombrelle. D'ailleurs, il l'amusait par son esprit baroque de petit journaliste, il la poussait à une de ces intimités soudaines, que la campagne autorise. Elle avait paru se livrer tout de suite, éveillée à une nouvelle jeunesse, en compagnie de ce garçon dont la moquerie bruyante ne semblait pouvoir la compromettre. Et, parfois, lorsqu'ils se trouvaient seuls une seconde derrière un buisson, leurs yeux se cherchaient ; ils s'arrêtaient au milieu d'un rire, brusquement sérieux, avec un regard noir, comme s'ils s'étaient pénétrés et compris.

Le vendredi, au déjeuner, il avait fallu mettre un nouveau couvert. M. Théophile Venot, que madame Hugon se souvint d'avoir invité l'hiver dernier, chez les Muffat, venait d'arriver. Il arrondissait le dos, il affectait une bonhomie d'homme insignifiant, sans paraître s'apercevoir de la déférence inquiète qu'on lui témoignait. Quand il eut réussi à se faire oublier, tout en croquant

de petits morceaux de sucre au dessert, il examina Daguenet qui passait des fraises à Estelle, il écouta Fauchery dont une anecdote égayait beaucoup la comtesse. Dès qu'on le regardait, il souriait de son air tranquille. Au sortir de table, il prit le bras du comte, il l'emmena dans le parc. On savait qu'il gardait sur celui-ci une grande influence, depuis la mort de sa mère. Des histoires singulières couraient au sujet de la domination exercée dans la maison par l'ancien avoué. Fauchery, que son arrivée gênait sans doute, expliquait à Georges et à Daguenet les sources de sa fortune, un gros procès dont les Jésuites l'avaient chargé, autrefois; et, selon lui, ce bonhomme, un terrible monsieur avec sa mine douce et grasse, trempait maintenant dans tous les tripotages de la prêtraille. Les deux jeunes gens s'étaient mis à plaisanter, car ils trouvaient un air idiot au petit vieillard. L'idée d'un Venot inconnu, d'un Venot gigantesque, instrumentant pour le clergé, leur semblait une imagination comique. Mais ils se turent lorsque le comte Muffat reparut, toujours au bras du bonhomme, très pâle, les yeux rouges comme s'il avait pleuré.

« Bien sûr, ils auront causé de l'enfer », murmura Fauchery goguenard.

La comtesse Sabine, qui avait entendu, tourna lentement la tête, et leurs yeux se rencontrèrent, avec un de ces longs regards dont ils se sondaient prudemment, avant de se risquer.

D'habitude, après le déjeuner, on se rendait au bout du parterre, sur une terrasse qui dominait la plaine. Le dimanche, l'après-midi fut d'une douceur exquise. On avait craint de la pluie, vers dix heures; mais le ciel, sans se découvrir, s'était comme fondu en un brouillard laiteux, en une poussière lumineuse, toute blonde de soleil. Alors, madame Hugon proposa de descendre par la petite porte de la terrasse, et de faire une promenade à pied, du côté de Gumières, jusqu'à la Choue; elle aimait la marche, très alerte encore pour ses soixante ans. Tout le monde, d'ailleurs, jura qu'on n'avait pas besoin de voiture. On arriva ainsi, un peu débandé, au pont de bois jeté sur la rivière. Fauchery et

Daguenet étaient en avant, avec les dames Muffat ; le comte et le marquis venaient ensuite, aux côtés de madame Hugon ; tandis que Vandeuvres, la mine correcte et ennuyée sur cette grande route, marchait à la queue, fumant un cigare. M. Venot, ralentissant ou pressant le pas, allait d'un groupe à un autre, avec un sourire, comme pour tout entendre.

« Et ce pauvre Georges qui est à Orléans ! répétait madame Hugon. Il a voulu consulter sur ses migraines le vieux docteur Tavernier, qui ne sort plus... Oui, vous n'étiez pas levé, il est parti avant sept heures. Ça le distraira toujours. »

Mais elle s'interrompit pour dire :

« Tiens ! qu'ont-ils donc à s'arrêter sur le pont ? »

En effet, ces dames, Daguenet, Fauchery, se tenaient immobiles à la tête du pont, l'air hésitant, comme si un obstacle les eût inquiétés. Le chemin était libre pourtant.

« Avancez ! » cria le comte.

Ils ne bougèrent pas, regardant quelque chose qui venait et que les autres ne pouvaient voir encore. La route tournait, bordée d'un épais rideau de peupliers. Cependant, une rumeur sourde grandissait, des bruits de roue mêlés à des rires, à des claquements de fouet. Et, tout à coup, cinq voitures parurent à la file, pleines à rompre les essieux, égayées par un tapage de toilettes claires, bleues et roses.

« Qu'est-ce que c'est que ça ? » dit madame Hugon surprise.

Puis, elle sentit, elle devina, révoltée d'un pareil envahissement de sa route.

« Oh ! cette femme ! murmura-t-elle. Marchez, marchez donc. N'ayez pas l'air... »

Mais il n'était plus temps. Les cinq voitures, qui conduisaient Nana et sa société aux ruines de Chamont, s'engageaient sur le petit pont de bois. Fauchery, Daguenet, les dames Muffat durent reculer, pendant que madame Hugon et les autres s'arrêtaient également, échelonnés le long du chemin. Ce fut un défilé superbe. Les rires avaient cessé dans les voitures ; des figures se tournaient, curieusement. On se dévisagea,

au milieu d'un silence que coupait seul le trot cadencé des chevaux. Dans la première voiture, Maria Blond et Tatan Néné, renversées comme des duchesses, les jupes bouffant par-dessus les roues, avaient des regards dédaigneux pour ces femmes honnêtes qui allaient à pied. Ensuite Gaga emplissait toute une banquette, noyant près d'elle la Faloise, dont on ne voyait que le nez inquiet. Puis, venaient Caroline Héquet avec Labordette, Lucy Stewart avec Mignon et ses fils, et tout au bout, occupant une victoria en compagnie de Steiner, Nana, qui avait devant elle, sur un strapontin, ce pauvre mignon de Zizi, fourrant ses genoux dans les siens.

« C'est la dernière, n'est-ce pas ? » demanda tranquillement la comtesse à Fauchery, en affectant de ne point reconnaître Nana.

La roue de la victoria l'effleura presque, sans qu'elle fît un pas en arrière. Les deux femmes avaient échangé un regard profond, un de ces examens d'une seconde, complets et définitifs. Quant aux hommes, ils furent tout à fait bien. Fauchery et Daguenet, très froids, ne reconnurent personne. Le marquis, anxieux, craignant une farce de la part de ces dames, avait cassé un brin d'herbe qu'il roulait entre ses doigts. Seul, Vandeuvres, resté un peu à l'écart, salua des paupières Lucy, qui lui souriait au passage.

« Prenez garde ! » avait murmuré M. Venot, debout derrière le comte Muffat.

Celui-ci, bouleversé, suivait des yeux cette vision de Nana, courant devant lui. Sa femme, lentement, s'était tournée et l'examinait. Alors, il regarda la terre, comme pour échapper au galop des chevaux qui lui emportaient la chair et le cœur. Il aurait crié de souffrance, il venait de comprendre, en apercevant Georges perdu dans les jupes de Nana. Un enfant ! Cela le brisait qu'elle lui eût préféré un enfant ! Steiner lui était égal, mais cet enfant !

Cependant, madame Hugon n'avait pas reconnu Georges d'abord. Lui, en traversant le pont, aurait sauté dans la rivière, si les genoux de Nana ne l'avaient retenu. Alors, glacé, blanc comme un linge, il se tint

181

très raide. Il ne regardait personne. Peut-être qu'on ne le verrait pas.

« Ah! mon Dieu! dit tout à coup la vieille dame, c'est Georges qui est avec elle! »

Les voitures avaient passé au milieu de ce malaise de gens qui se connaissaient et qui ne se saluaient pas. Cette rencontre délicate, si rapide, semblait s'être éternisée. Et, maintenant, les roues emportaient plus gaiement dans la campagne blonde ces charretées de filles fouettées de grand air; des bouts de toilettes vives flottaient, des rires recommençaient, avec des plaisanteries et des regards jetés en arrière, sur ces gens comme il faut, restés au bord de la route, l'air vexé. Nana, en se retournant, put voir les promeneurs hésiter, puis revenir sur leurs pas, sans traverser le pont. Madame Hugon s'appuyait au bras du comte Muffat, muette, et si triste, que personne n'osait la consoler.

« Dites donc, cria Nana à Lucy qui se penchait dans la voiture voisine, avez-vous vu Fauchery, ma chère? A-t-il fait une sale tête! Il me paiera ça... Et Paul, un garçon pour lequel j'ai été si bonne! Pas seulement un signe... Vrai, ils sont polis! »

Et elle fit une scène affreuse à Steiner, qui trouvait très correcte l'attitude de ces messieurs. Alors, elles méritaient pas même un coup de chapeau? Le premier goujat venu pouvait les insulter? Merci, il était propre, lui aussi; c'était complet. On devait toujours saluer une femme.

« Qui est-ce, la grande? demanda Lucy à toute volée, dans le bruit des roues.

— C'est la comtesse Muffat, répondit Steiner.

— Tiens! je m'en doutais, dit Nana. Eh bien! mon cher, elle a beau être comtesse, c'est une pas-grand-chose... Oui, oui, une pas-grand-chose... Vous savez, j'ai l'œil, moi. Maintenant, je la connais comme si je l'avais faite, votre comtesse... Voulez-vous parier qu'elle couche avec cette vipère de Fauchery?... Je vous dis qu'elle y couche! On sent bien ça, entre femmes. »

Steiner haussa les épaules. Depuis la veille, sa mauvaise humeur grandissait; il avait reçu des lettres qui l'obligeaient à partir le lendemain matin; puis, ce

n'était pas drôle, de venir à la campagne pour dormir sur le divan du salon.

« Et ce pauvre Bébé! reprit Nana subitement attendrie, en s'apercevant de la pâleur de Georges, qui était resté raide, la respiration coupée.

— Croyez-vous que maman m'ait reconnu? bégaya-t-il enfin.

— Oh! ça, pour sûr. Elle a crié... Aussi, c'est ma faute. Il ne voulait pas en être. Je l'ai forcé... Écoute, Zizi, veux-tu que j'écrive à ta maman? Elle a l'air bien respectable. Je lui dirai que je ne t'avais jamais vu, que c'est Steiner qui t'a amené aujourd'hui pour la première fois.

— Non, non, n'écris pas, dit Georges très inquiet. J'arrangerai ça moi-même... Et puis, si on m'ennuie, je ne rentre plus. »

Mais il demeura absorbé, cherchant des mensonges pour le soir. Les cinq voitures roulaient en plaine, sur une interminable route droite, bordée de beaux arbres. L'air, d'un gris argenté, baignait la campagne. Ces dames continuaient à se crier des phrases, d'une voiture à l'autre, derrière le dos des cochers, qui riaient de ce drôle de monde; par moments, une d'elles se mettait debout, pour voir, puis s'entêtait, appuyée aux épaules d'un voisin, tant qu'une secousse ne la rejetait pas sur la banquette. Caroline Héquet, cependant, était en grande conversation avec Labordette; tous deux tombaient d'accord que Nana vendrait sa campagne avant trois mois, et Caroline chargeait Labordette de lui racheter ça en sous-main, pour quatre sous. Devant eux, la Faloise, très amoureux, ne pouvant atteindre la nuque apoplectique de Gaga, lui baisait un coin de l'échine, sur sa robe, dont l'étoffe tendue craquait; tandis que, raide au bord du strapontin, Amélie leur disait de finir, agacée d'être là, les bras ballants, à regarder embrasser sa mère. Dans l'autre voiture, Mignon, pour étonner Lucy, exigeait de ses fils une fable de La Fontaine; Henri surtout était prodigieux, il vous lâchait ça d'un trait, sans se reprendre. Mais Maria Blond, en tête, finissait par s'embêter, lasse de faire poser cette bûche de Tatan Néné, à qui elle racontait que les cré-

mières de Paris fabriquaient des œufs avec de la colle et du safran. C'était trop loin, on n'arriverait donc pas ? Et la question, transmise de voiture en voiture, vint jusqu'à Nana, qui, après avoir interrogé son cocher, se leva pour crier :

« Encore un petit quart d'heure... Vous voyez là-bas cette église, derrière les arbres... »

Puis, elle reprit :

« Vous ne savez pas, il paraît que la propriétaire du château de Chamont est une ancienne du temps de Napoléon... Oh ! une noceuse, m'a dit Joseph qui le tient des domestiques de l'évêché, une noceuse comme il n'y en a plus. Maintenant, elle est dans les curés.

— Elle s'appelle ? demanda Lucy.

— Madame d'Anglars.

— Irma d'Anglars, je l'ai connue ! » cria Gaga.

Ce fut, le long des voitures, une suite d'exclamations, emportées dans le trot plus vif des chevaux. Des têtes s'allongeaient pour voir Gaga ; Maria Blond et Tatan Néné se tournèrent, à genoux sur la banquette, les poings dans la capote renversée ; et des questions se croisaient, avec des mots méchants, que tempérait une sourde admiration. Gaga l'avait connue, ça les frappait toutes de respect pour ce passé lointain.

« Par exemple, j'étais jeune, reprit Gaga. N'importe, je me souviens, je la voyais passer... On la disait dégoûtante chez elle. Mais, dans sa voiture, elle vous avait un chic ! Et des histoires épatantes, des saletés et des roublardises à crever... Ça ne m'étonne pas, si elle a un château. Elle vous nettoyait un homme, rien qu'à souffler dessus... Ah ! Irma d'Anglars vit encore ! Eh bien, mes petites chattes, elle doit aller dans les quatre-vingt-dix ans. »

Du coup, ces dames devinrent sérieuses. Quatre-vingt-dix ans ! Il n'y en avait pas une d'elles, comme le cria Lucy, fichue de vivre jusque-là. Toutes des patraques. D'ailleurs, Nana déclara qu'elle ne voulait pas faire de vieux os ; c'était plus drôle. On arrivait, la conversation fut coupée par les claquements de fouet des cochers, qui lançaient leurs bêtes. Pourtant, au milieu du bruit, Lucy continua, sautant à un autre

184

sujet, pressant Nana de partir avec la bande, le lende-main. L'Exposition allait fermer, ces dames devaient rentrer à Paris, où la saison dépassait leurs espérances. Mais Nana s'entêtait. Elle abominait Paris, elle n'y ficherait pas les pieds de sitôt.

« N'est-ce pas chéri, nous resterons ? », dit-elle en ser-rant les genoux de Georges, sans s'inquiéter de Steiner.

Les voitures s'étaient brusquement arrêtées. Sur-prise, la société descendit dans un endroit désert, au bas d'un coteau. Il fallut qu'un des cochers leur mon-trât du bout de son fouet les ruines de l'ancienne abbaye de Chamont, perdues dans les arbres. Ce fut une grosse déception. Les dames trouvèrent ça idiot : quelques tas de décombres, couverts de ronces, avec une moitié de tour écroulée. Vrai, ça ne valait pas la peine de faire deux lieues. Le cocher leur indiqua alors le château, dont le parc commençait près de l'abbaye, en leur conseillant de prendre un petit chemin et de suivre les murs ; ils feraient le tour, pendant que les voi-tures iraient les attendre sur la place du village. C'était une promenade charmante. La société accepta.

« Fichtre ! Irma se met bien ! » dit Gaga en s'arrêtant devant une grille, dans l'angle du parc, sur la route.

Tous, silencieusement, regardèrent le fourré énorme qui bouchait la grille. Puis, dans le petit chemin, ils sui-virent la muraille du parc, levant les yeux pour admirer les arbres, dont les branches hautes débordaient en une voûte épaisse de verdure. Au bout de trois minutes, ils se trouvèrent devant une nouvelle grille ; celle-là laissait voir une large pelouse où deux chênes séculaires fai-saient des nappes d'ombre ; et, trois minutes plus loin, une autre grille encore déroula devant eux une avenue immense, un couloir de ténèbres, au fond duquel le soleil mettait la tache vive d'une étoile. Un étonnement, d'abord silencieux, leur tirait peu à peu des exclama-tions. Ils avaient bien essayé de blaguer, avec une pointe d'envie ; mais, décidément, ça les empoignait. Quelle force, cette Irma ! C'est ça qui donnait une crâne idée de la femme ! Les arbres continuaient, et sans cesse revenaient des manteaux de lierre coulant sur le mur, des toits de pavillon qui dépassaient, des rideaux

de peupliers qui succédaient à des masses profondes d'ormes et de trembles. Ça ne finirait donc pas? Ces dames auraient voulu voir l'habitation, lasses de toujours tourner, sans apercevoir autre chose, à chaque échappée, que des enfoncements de feuillage. Elles prenaient les barreaux des deux mains, appuyant le visage contre le fer. Une sensation de respect les envahissait, tenues de la sorte à distance, rêvant du château invisible dans cette immensité. Bientôt, ne marchant jamais, elles éprouvèrent une fatigue. Et la muraille ne cessait point; à tous les coudes du chemin désert, la même ligne de pierres grises s'allongeait. Quelques-unes, désespérant d'arriver au bout, parlaient de revenir en arrière. Mais, plus la course les brisait, et plus elles devenaient respectueuses, emplies davantage à chaque pas de la tranquille et royale majesté de ce domaine.

« C'est bête, à la fin! » dit Caroline Héquet, les dents serrées.

Nana la fit taire d'un haussement d'épaules. Elle, depuis un moment, ne parlait plus, un peu pâle, très sérieuse. Brusquement, au dernier détour, comme on débouchait sur la place du village, la muraille cessa, le château parut, au fond d'une cour d'honneur. Tous s'arrêtèrent, saisis par la grandeur hautaine des larges perrons, des vingt fenêtres de façade, du développement des trois ailes dont les briques s'encadraient dans des cordons de pierre. Henri IV avait habité ce château historique, où l'on conservait sa chambre, avec le grand lit tendu de velours de Gênes. Nana, suffoquée, eut un petit soupir d'enfant.

« Cré nom! » murmura-t-elle très bas, pour elle-même.

Mais il y eut une forte émotion. Gaga, tout à coup, dit que c'était elle, Irma en personne, qui se tenait là-bas, devant l'église. Elle la reconnaissait bien; toujours droite, la mâtine, malgré son âge, et toujours ses yeux, quand elle prenait son air. On sortait des vêpres. Madame, un instant, resta sous le porche. Elle était en soie feuille-morte, très simple et très grande, avec la face vénérable d'une vieille marquise, échappée aux

horreurs de la Révolution. Dans sa main droite, un gros paroissien luisait au soleil. Et, lentement, elle traversa la place, suivie d'un laquais en livrée, qui marchait à quinze pas. L'église se vidait, tous les gens de Chamont la saluaient profondément ; un vieillard lui baisa la main, une femme voulut se mettre à genoux. C'était une reine puissante, comblée d'ans et d'honneurs. Elle monta le perron, elle disparut.

« Voilà où l'on arrive, quand on a de l'ordre », dit Mignon d'un air convaincu, en regardant ses fils comme pour leur donner une leçon.

Alors, chacun dit son mot. Labordette la trouvait prodigieusement conservée. Maria Blond lâcha une ordure, tandis que Lucy se fâchait, déclarant qu'il fallait honorer la vieillesse. Toutes, en somme, convinrent qu'elle était inouïe. On remonta en voiture. De Chamont à la Mignotte Nana demeura silencieuse. Elle s'était retournée deux fois pour jeter un regard sur le château. Bercée par le bruit des roues, elle ne sentait plus Steiner à son côté, elle ne voyait plus Georges devant elle. Une vision se levait du crépuscule, madame passait toujours, avec sa majesté de reine puissante, comblée d'ans et d'honneurs.

Le soir, Georges rentra aux Fondettes pour le dîner. Nana, de plus en plus distraite et singulière, l'avait envoyé demander pardon à sa maman ; ça se devait, disait-elle avec sévérité, prise d'un brusque respect de la famille. Même elle lui fit jurer de ne pas revenir coucher cette nuit-là ; elle était fatiguée, et lui ne remplirait que son devoir, en montrant de l'obéissance. Georges, très ennuyé de cette morale, parut devant sa mère, le cœur gros, la tête basse. Heureusement, son frère Philippe était arrivé, un grand diable de militaire très gai ; cela coupa court à la scène qu'il redoutait. Madame Hugon se contenta de le regarder avec des yeux pleins de larmes, tandis que Philippe, mis au courant, le menaçait d'aller le chercher par les oreilles, s'il retournait chez cette femme. Georges, soulagé, calculait sournoisement qu'il s'échapperait le lendemain, vers deux heures, pour régler ses rendez-vous avec Nana.

Cependant, au dîner, les hôtes des Fondettes

parurent gênés. Vandeuvres avait annoncé son départ ; il voulait ramener Lucy à Paris, trouvant drôle d'enlever cette fille qu'il voyait depuis dix ans, sans un désir. Le marquis de Chouard, le nez dans son assiette, songeait à la demoiselle de Gaga ; il se souvenait d'avoir fait sauter Lili sur ses genoux ; comme les enfants grandissaient ! Elle devenait très grasse, cette petite. Mais le comte Muffat surtout resta silencieux, absorbé, la face rouge. Il avait jeté sur Georges un long regard. Au sortir de table, il monta s'enfermer, en parlant d'un peu de fièvre. Derrière lui, M. Venot s'était précipité ; et il y eut, en haut, une scène, le comte tombé sur le lit, étouffant dans son oreiller des sanglots nerveux, tandis que M. Venot, d'une voix douce, l'appelait son frère et lui conseillait d'implorer la miséricorde divine. Il ne l'entendait pas, il râlait. Tout d'un coup, il sauta du lit, il bégaya :

« J'y vais... Je ne peux plus...

— C'est bien, dit le vieillard, je vous accompagne. »

Comme ils sortaient, deux ombres s'enfonçaient dans les ténèbres d'une allée. Tous les soirs, Fauchery et la comtesse Sabine laissaient maintenant Daguenet aider Estelle à préparer le thé. Sur la grande route, le comte marchait si vite, que son compagnon devait courir pour le suivre. Essoufflé, ce dernier ne cessait de prodiguer les meilleurs arguments contre les tentations de la chair. L'autre n'ouvrait pas la bouche, emporté dans la nuit. Arrivé devant la Mignotte, il dit simplement :

« Je ne peux plus... Allez-vous-en.

— Alors, que la volonté de Dieu soit faite, murmura M. Venot. Il prend tous les chemins pour assurer son triomphe... Votre péché sera une de ses armes. »

A la Mignotte, on se querella pendant le repas. Nana avait trouvé une lettre de Bordenave, où il lui conseillait de prendre du repos, en ayant l'air de se ficher d'elle ; la petite Violaine était rappelée deux fois tous les soirs. Et, comme Mignon la pressait encore de partir le lendemain avec eux, Nana, exaspérée, déclara qu'elle entendait ne pas recevoir de conseils. D'ailleurs, elle s'était montrée, à table, d'un collet monté ridicule. Madame Lerat, ayant lâché un mot raide, elle cria que,

nom de Dieu ! elle n'autorisait personne, pas même sa tante, à dire des saletés en sa présence. Puis, elle rasa tout le monde par ses bons sentiments, un accès d'honnêteté bête, avec des idées d'éducation religieuse pour Louiset et tout un plan de bonne conduite pour elle. Comme on riait, elle eut des mots profonds, des hochements de bourgeoise convaincue, disait que l'ordre seul menait à la fortune, et qu'elle ne voulait pas mourir sur la paille. Ces dames, agacées, se récriaient : pas possible, on avait changé Nana ! Mais elle, immobile, retombait dans sa rêverie, les yeux perdus, voyant se lever la vision d'une Nana très riche et très saluée.

On montait se coucher, quand Muffat se présenta. Ce fut Labordette qui l'aperçut dans le jardin. Il comprit, il lui rendit le service d'écarter Steiner et de le conduire par la main, le long du corridor obscur, jusqu'à la chambre de Nana. Labordette, pour ces sortes d'affaires, était d'une distinction parfaite, très adroit, et comme ravi de faire le bonheur des autres. Nana ne se montra pas surprise, ennuyée seulement de la rage de Muffat après elle. Il fallait être sérieuse dans la vie, n'est-ce pas ? C'était trop bête d'aimer, ça ne menait à rien. Puis, elle avait des scrupules, à cause du jeune âge de Zizi ; vrai, elle s'était conduite d'une façon pas honnête. Ma foi ! elle rentrait dans le bon chemin, elle prenait un vieux.

« Zoé, dit-elle à la femme de chambre enchantée de quitter la campagne, fais les malles demain en te levant, nous retournons à Paris. »

Et elle coucha avec Muffat, mais sans plaisir.

VII

Trois mois plus tard, un soir de décembre, le comte Muffat se promenait dans le passage des Panoramas. La soirée était très douce, une averse venait d'emplir le passage d'un flot de monde. Il y avait là une cohue, un défilé pénible et lent, resserré entre les boutiques. C'était, sous les vitres blanchies de reflets, un violent éclairage, une coulée de clartés, des globes blancs, des lanternes rouges, des transparents bleus, des rampes de gaz, des montres et des éventails géants en traits de flamme, brûlant en l'air; et le bariolage des étalages, l'or des bijoutiers, les cristaux des confiseurs, les soies claires des modistes, flambaient, derrière la pureté des glaces, dans le coup de lumière crue des réflecteurs; tandis que, parmi la débandade peinturlurée des enseignes, un énorme gant de pourpre, au loin, semblait une main saignante, coupée et attachée par une manchette jaune.

Doucement, le comte Muffat était remonté jusqu'au boulevard. Il jeta un regard sur la chaussée, puis revint à petits pas, rasant les boutiques. Un air humide et chauffé mettait une vapeur lumineuse dans l'étroit couloir. Le long des dalles, mouillées par l'égouttement des parapluies, les pas sonnaient, continuellement, sans un bruit de voix. Des promeneurs, en le coudoyant à chaque tour, l'examinaient, la face muette, blêmie par le gaz. Alors, pour échapper à ces curiosités, le comte se planta devant une papeterie, où il contempla avec une attention profonde un étalage de presse-papiers,

des boules de verre dans lesquelles flottaient des paysages et des fleurs.

Il ne voyait rien, il songeait à Nana. Pourquoi venait-elle de mentir une fois encore? Le matin, elle lui avait écrit de ne pas se déranger le soir, en prétextant que Louiset était malade, et qu'elle passerait la nuit chez sa tante, à le veiller. Mais lui, soupçonneux, s'étant présenté chez elle, avait appris par la concierge que madame, justement, partait pour son théâtre. Cela l'étonnait, car elle ne jouait pas dans la pièce nouvelle. Pourquoi donc ce mensonge, et que pouvait-elle faire aux Variétés, ce soir-là?

Bousculé par un passant, le comte, sans en avoir conscience, quitta les presse-papiers et se trouva devant une vitrine de bimbeloterie, regardant de son air absorbé un étalage de carnets et de porte-cigares, qui tous, sur un coin, avaient la même hirondelle bleue. Certainement, Nana était changée. Dans les premiers temps, après son retour de la campagne, elle le rendait fou, quand elle le baisait autour de la figure, sur ses favoris, avec des câlineries de chatte, en lui jurant qu'il était le chien aimé, le seul petit homme qu'elle adorât. Il n'avait plus peur de Georges, retenu par sa mère aux Fondettes. Restait le gros Steiner, qu'il pensait remplacer, mais sur lequel il n'osait provoquer une explication. Il le savait de nouveau dans un gâchis d'argent extraordinaire, près d'être exécuté à la Bourse, se cramponnant aux actionnaires des Salines des Landes, tâchant de leur faire suer un dernier versement. Quand il le rencontrait chez Nana, celle-ci lui expliquait, d'un ton raisonnable, qu'elle ne voulait pas le flanquer à la porte comme un chien, après ce qu'il avait dépensé pour elle. D'ailleurs, depuis trois mois, il vivait au milieu d'un tel étourdissement sensuel, qu'en dehors du besoin de la posséder, il n'éprouvait rien de bien net. C'était, dans l'éveil tardif de sa chair, une gloutonnerie d'enfant qui ne laissait pas de place à la vanité ni à la jalousie. Une seule sensation précise pouvait le frapper : Nana devenait moins gentille, elle ne le baisait plus sur la barbe. Cela l'inquiétait, il se demandait ce qu'elle avait à lui reprocher, en homme qui ignore les

femmes. Cependant, il croyait contenter tous ses désirs. Et il revenait toujours à la lettre du matin, à cette complication de mensonge, dans le but si simple de passer la soirée à son théâtre. Sous une nouvelle poussée de la foule, il avait traversé le passage, il se creusait la tête devant un vestibule de restaurant, les yeux fixés sur des alouettes plumées et sur un grand saumon allongé dans une vitrine.

Enfin, il parut s'arracher à ce spectacle. Il se secoua, leva les yeux, s'aperçut qu'il était près de neuf heures. Nana allait sortir, il exigerait la vérité. Et il marcha, en se rappelant les soirées passées déjà en cet endroit, quand il la prenait à la porte du théâtre. Toutes les boutiques lui étaient connues, il en retrouvait les odeurs, dans l'air chargé de gaz, des senteurs rudes de cuir de Russie, des parfums de vanille montant du sous-sol d'un chocolatier, des haleines de musc soufflées par les portes ouvertes des parfumeurs. Aussi n'osait-il plus s'arrêter devant les visages pâles des dames de comptoir, qui le regardaient placidement, en figure de connaissance. Un instant, il sembla étudier la file des petites fenêtres rondes, au-dessus des magasins, comme s'il les voyait pour la première fois, dans l'encombrement des enseignes. Puis, de nouveau, il monta jusqu'au boulevard, se tint là une minute. La pluie ne tombait plus qu'en une poussière fine, dont le froid, sur les mains, le calma. Maintenant, il songeait à sa femme qui se trouvait près de Mâcon, dans un château où son amie, madame de Chezelles, était très souffrante depuis l'automne; les voitures, sur la chaussée, roulaient au milieu d'un fleuve de boue, la campagne devait être abominable par ce vilain temps. Mais, tout à coup pris d'inquiétude, il rentra dans la chaleur étouffée du passage, il marcha à grandes enjambées parmi les promeneurs : la pensée lui était venue que, si Nana se méfiait, elle filerait par la galerie Montmartre.

Dès lors, le comte fit le guet à la porte même du théâtre. Il n'aimait pas attendre dans ce bout de couloir, où il craignait d'être reconnu. C'était, à l'angle de la galerie des Variétés et de la galerie Saint-Marc, un coin louche, avec des boutiques obscures, une cor-

donnerie sans clientèle, des magasins de meubles poussiéreux, un cabinet de lecture enfumé, somnolent, dont les lampes encapuchonnées dormaient, le soir, dans une lueur verte; et il n'y avait jamais là que des messieurs bien mis et patients, rôdant parmi ce qui encombre une entrée des artistes, des soûleries de machinistes et des guenilles de figurantes. Devant le théâtre, un seul bec de gaz, dans un globe dépoli, éclairait la porte. Muffat eut un moment l'idée de questionner madame Bron; puis, la crainte lui vint que Nana, prévenue, ne se sauvât par le boulevard. Il reprit sa marche, résolu à attendre qu'on le mît dehors pour fermer les grilles, comme cela était arrivé deux fois; la pensée de rentrer coucher seul lui serrait le cœur d'angoisse. Chaque fois que des filles en cheveux, des hommes au linge sale, sortaient et le dévisageaient, il revenait se planter devant le cabinet de lecture, où, entre deux affiches collées sur une vitre il retrouvait le même spectacle, un petit vieux, raidi et seul à l'immense table, dans la tache verte d'une lampe, lisant un journal vert avec des mains vertes. Mais, quelques minutes avant dix heures, un autre monsieur, un grand bel homme, blond, ganté juste, se promena lui aussi devant le théâtre. Alors, tous deux, à chaque tour, se jetèrent un coup d'œil oblique, d'un air méfiant. Le comte poussait jusqu'à l'angle des deux galeries, orné d'un haut panneau de glace; et là, en s'apercevant, la mine grave, l'allure correcte, il éprouvait une honte mêlée de peur.

Dix heures sonnèrent. Muffat, brusquement, pensa qu'il lui était bien facile de s'assurer si Nana se trouvait dans sa loge. Il monta les trois marches, traversa le petit vestibule badigeonné de jaune, puis se glissa dans la cour par une porte qui fermait simplement au loquet. A cette heure, la cour, étroite, humide comme un fond de puits, avec ses cabinets d'aisances empestés, sa fontaine, le fourneau de cuisine et les plantes dont la concierge l'encombrait, était noyée d'une vapeur noire; mais les deux murs qui se dressaient, troués de fenêtres, flamboyaient : en bas le magasin des accessoires et le poste des pompiers, à gauche l'administra-

tion, à droite et en haut les loges des artistes. C'était, le long de ce puits, comme des gueules de four ouvertes sur les ténèbres. Le comte avait tout de suite vu les vitres de la loge éclairées, au premier étage; et, soulagé, heureux, il s'oubliait, les yeux en l'air, dans la boue grasse et la fade puanteur de ce derrière de vieille maison parisienne. De grosses gouttes tombaient d'une gouttière crevée. Un rayon de gaz, glissé de la fenêtre de madame Bron, jaunissait un bout de pavé moussu, un bas de muraille mangé par les eaux d'un évier, tout un coin d'ordures embarrassé de vieux seaux et de terrines fendues, où verdissait dans une marmite un maigre fusain. Il y eut un grincement d'espagnolette, le comte se sauva.

Certainement, Nana allait descendre. Il retourna devant le cabinet de lecture; dans l'ombre endormie, tachée d'une lueur de veilleuse, le petit vieux n'avait pas bougé, le profil cassé sur son journal. Puis, il marcha encore. Maintenant, il poussait sa promenade plus loin, il traversait la grande galerie, suivait la galerie des Variétés jusqu'à la galerie Feydeau, déserte et froide, enfoncée dans une obscurité lugubre; et il revenait, il passait devant le théâtre, tournait le coin de la galerie Saint-Marc, se risquait jusqu'à la galerie Montmartre, où une machine sciant du sucre, chez un épicier, l'intéressait. Mais, au troisième tour, la peur que Nana ne s'échappât derrière son dos lui fit perdre tout respect humain. Il se planta avec le monsieur blond devant le théâtre même, échangeant tous deux un regard d'humilité fraternelle, allumé d'un restant de défiance sur une rivalité possible. Des machinistes, qui sortaient fumer une pipe pendant un entracte, les bousculèrent, sans que l'un ni l'autre osât se plaindre. Trois grandes filles mal peignées, en robes sales, parurent sur le seuil, croquant des pommes, crachant les trognons; et ils baissèrent la tête, ils restèrent sur l'effronterie de leurs yeux et la crudité de leurs paroles, éclaboussés, salis par ces coquines, qui trouvèrent drôle de se jeter sur eux, en se poussant.

Justement, Nana descendait les trois marches. Elle devint toute blanche, lorsqu'elle aperçut Muffat.

« Ah ! c'est vous », balbutia-t-elle.

Les figurantes, qui ricanaient, eurent peur en la reconnaissant ; et elles demeuraient plantées en ligne, d'un air raide et sérieux de servantes surprises par madame en train de faire mal. Le grand monsieur blond s'était écarté, à la fois rassuré et triste.

« Eh bien, donnez-moi le bras », reprit Nana avec impatience.

Ils s'en allèrent doucement. Le comte, qui avait préparé des questions, ne trouvait rien à dire. Ce fut elle qui d'une voix rapide, conta une histoire : elle était encore chez sa tante à huit heures ; puis, voyant Louiset beaucoup mieux, elle avait eu l'idée de descendre un instant au théâtre.

« Quelque affaire importante ? demanda-t-il.

— Oui, une pièce nouvelle, répondit-elle après avoir hésité. On voulait avoir mon avis. »

Il comprit qu'elle mentait. Mais la sensation tiède de son bras, fortement appuyé sur le sien, le laissait sans force. Il n'avait plus ni colère ni rancune de sa longue attente, son unique souci était de la garder là, maintenant qu'il la tenait. Le lendemain, il tâcherait de savoir ce qu'elle était venue faire dans sa loge. Nana, toujours hésitante, visiblement en proie au travail intérieur d'une personne qui tâche de se remettre et de prendre un parti, s'arrêta en tournant le coin de la galerie des Variétés, devant l'étalage d'un éventailliste.

« Tiens ! murmura-t-elle, c'est joli, cette garniture de nacre avec ces plumes. »

Puis, d'un ton indifférent :

« Alors, tu m'accompagnes chez moi ?

— Mais sans doute, dit-il étonné, puisque ton enfant va mieux. »

Elle regretta son histoire. Peut-être Louiset avait-il une nouvelle crise ; et elle parla de retourner aux Batignolles. Mais, comme il offrait d'y aller aussi, elle n'insista pas. Un instant, elle eut la rage blanche d'une femme qui se sent prise et qui doit se montrer douce. Enfin, elle se résigna, elle résolut de gagner du temps ; pourvu qu'elle se débarrassât du comte vers minuit, tout s'arrangerait à son désir.

« C'est vrai, tu es garçon, ce soir, murmura-t-elle. Ta femme ne revient que demain matin, n'est-ce pas ?

— Oui », répondit Muffat un peu gêné de l'entendre parler familièrement de la comtesse.

Mais elle appuya, demandant l'heure du train, voulant savoir s'il irait à la gare l'attendre. Elle avait encore ralenti le pas, comme très intéressée par les boutiques.

« Vois donc ! dit-elle, arrêtée de nouveau devant un bijoutier, quel drôle de bracelet ! »

Elle adorait le passage des Panoramas. C'était une passion qui lui restait de sa jeunesse pour le clinquant de l'article de Paris, les bijoux faux, le zinc doré, le carton jouant le cuir. Quand elle passait, elle ne pouvait s'arracher des étalages, comme à l'époque où elle traînait ses savates de gamine, s'oubliant devant les sucreries d'un chocolatier, écoutant jouer de l'orgue dans une boutique voisine, prise surtout par le goût criard des bibelots à bon marché, des nécessaires dans des coquilles de noix, des hottes de chiffonnier pour les cure-dents, des colonnes Vendôme et des obélisques portant des thermomètres. Mais, ce soir-là, elle était trop secouée, elle regardait sans voir. Ça l'ennuyait à la fin, de n'être pas libre ; et, dans sa révolte sourde, montait le furieux besoin de faire une bêtise. La belle avance d'avoir des hommes biens ! Elle venait de manger le prince et Steiner à des caprices d'enfant, sans qu'elle sût où l'argent passait. Son appartement du boulevard Haussmann n'était même pas entièrement meublé ; seul, le salon, tout en satin rouge, détonnait, trop orné et trop plein. A cette heure, pourtant, les créanciers la tourmentaient plus qu'autrefois, lorsqu'elle n'avait pas le sou ; chose qui lui causait une continuelle surprise, car elle se citait comme un modèle d'économie. Depuis un mois, ce voleur de Steiner trouvait mille francs à grand-peine, les jours où elle menaçait de le flanquer dehors, s'il ne les apportait pas. Quant à Muffat, il était idiot, il ignorait ce qu'on donnait, et elle ne pouvait lui en vouloir de son avarice. Ah ! comme elle aurait lâché tout ce monde, si elle ne s'était répété vingt fois par jour des maximes de bonne conduite ! Il fallait être raisonnable, Zoé le disait

chaque matin, elle-même avait toujours présent un souvenir religieux, la vision royale de Chamont, sans cesse évoquée et grandie. Et c'était pourquoi, malgré un tremblement de colère contenue, elle se faisait soumise au bras du comte, en allant d'une vitrine à l'autre, au milieu des passants plus rares. Dehors, le pavé séchait, un vent frais qui enfilait la galerie balayait l'air chaud sous le vitrage, effarait les lanternes de couleur, les rampes de gaz, l'éventail géant, brûlant comme une pièce d'artifice. A la porte du restaurant, un garçon éteignait les globes; tandis que, dans les boutiques vides et flambantes, les dames de comptoir, immobiles, semblaient s'être endormies, les yeux ouverts.

« Oh! cet amour! » reprit Nana, au dernier étalage, revenant de quelques pas pour s'attendrir sur une levrette en biscuit, une patte levée devant un nid caché dans des roses.

Ils quittèrent enfin le passage, et elle ne voulut pas de voiture. Il faisait très bon, disait-elle; d'ailleurs, rien ne les pressait, ce serait charmant de rentrer à pied. Puis, arrivée devant le Café Anglais, elle eut une envie, elle parla de manger des huîtres, racontant qu'elle n'avait rien pris depuis le matin, à cause de la maladie de Louiset. Muffat n'osa la contrarier. Il ne s'affichait pas encore avec elle, il demanda un cabinet, filant vite le long des corridors. Elle le suivait en femme qui connaissait la maison, et ils allaient entrer dans un cabinet dont un garçon tenait la porte ouverte, lorsque, d'un salon voisin, où s'élevait une tempête de rires et de cris, un homme sortit brusquement. C'était Daguenet.

« Tiens! Nana! » cria-t-il.

Vivement, le comte avait disparu dans le cabinet, dont la porte resta entrebâillée. Mais, comme son dos rond fuyait, Daguenet cligna les yeux, en ajoutant d'un ton de blague :

« Fichtre! tu vas bien, tu les prends aux Tuileries maintenant! »

Nana sourit, un doigt sur les lèvres, pour le prier de se taire. Elle le voyait très lancé, heureuse pourtant de le rencontrer là, lui gardant un coin de tendresse, malgré sa saleté de ne pas la reconnaître, lorsqu'il se trouvait avec des femmes comme il faut.

« Que deviens-tu ? demanda-t-elle amicalement.

— Je me range. Vrai, je songe à me marier. »

Elle haussa les épaules d'un air de pitié. Mais lui, en plaisantant, continuait, disait que ce n'était pas une vie de gagner à la Bourse juste de quoi donner des bouquets aux dames, pour rester au moins un garçon propre. Ses trois cent mille francs lui avaient duré dix-huit mois. Il voulait être pratique, il épouserait une grosse dot et finirait préfet, comme son père. Nana souriait toujours, incrédule. Elle indiqua le salon d'un mouvement de tête.

« Avec qui es-tu là ?

— Oh ! toute une bande, dit-il, oubliant ses projets sous une bouffée d'ivresse. Imagine-toi que Léa raconte son voyage en Égypte. C'est d'un drôle ! Il y a une histoire de bain... »

Et il raconta l'histoire. Nana s'attardait, complaisamment. Ils avaient fini par s'adosser, l'un devant l'autre, dans le corridor. Des becs de gaz brûlaient sous le plafond bas, une vague odeur de cuisine dormait entre les plis des tentures. Par moments, pour s'entendre, lorsque le vacarme du salon redoublait, ils devaient approcher leurs visages. Toutes les vingt secondes, un garçon, chargé de plats, trouvant le corridor barré, les dérangeait. Mais, eux, sans s'interrompre, s'effaçaient contre les murs, tranquilles, causant comme chez eux, au milieu du tapage des soupeurs et de la bousculade du service.

« Vois donc », murmura le jeune homme en montrant d'un signe la porte du cabinet, où Muffat avait disparu.

Tous deux regardèrent. La porte avait de petits frémissements, un souffle semblait l'agiter. Enfin, avec une lenteur extrême, elle se ferma, sans le moindre bruit. Ils échangèrent un rire silencieux. Le comte devait avoir une bonne tête, seul, là-dedans.

« A propos, demanda-t-elle, as-tu lu l'article de Fauchery sur moi ?

— Oui, *La Mouche d'or*, répondit Daguenet, je ne t'en parlais pas, craignant de te faire de la peine.

— De la peine, pourquoi ? Il est très long, son article. »

Elle était flattée qu'on s'occupât de sa personne dans *Le Figaro*. Sans les explications de son coiffeur, Francis, qui lui avait apporté le journal, elle n'aurait pas compris qu'il s'agissait d'elle. Daguenet l'examinait en dessous, en ricanant de son air blagueur. Enfin, puisqu'elle était contente, tout le monde devait l'être.

« Excusez ! » s'écria un garçon, qui les sépara, tenant à deux mains une bombe glacée.

Nana avait fait un pas vers le petit salon, où Muffat attendait.

« Eh bien, adieu, reprit Daguenet, va retrouver ton cocu. »

De nouveau, elle s'arrêta.

« Pourquoi l'appelles-tu cocu ?

— Parce que c'est un cocu, parbleu ! »

Elle revint s'adosser au mur, profondément intéressée.

« Ah ! dit-elle simplement.

— Comment, tu ne savais pas ça ! Sa femme couche avec Fauchery, ma chère... Ça doit avoir commencé à la campagne... Tout à l'heure, Fauchery m'a quitté, comme je venais ici, et je me doute d'un rendez-vous chez lui pour ce soir. Ils ont inventé un voyage, je crois. »

Nana demeurait muette, sous le coup de l'émotion.

« Je m'en doutais ! dit-elle enfin en tapant sur ses cuisses. J'avais deviné, rien qu'à la voir, l'autre fois, sur la route... Si c'est possible, une femme honnête tromper son mari, et avec cette roulure de Fauchery ! Il va lui en apprendre de propres.

— Oh ! murmura Daguenet méchamment, ce n'est pas son coup d'essai. Elle en sait peut-être autant que lui. »

Alors, elle eut une exclamation indignée.

« Vrai !... Quel joli monde ! c'est trop sale !

— Excusez ! » cria un garçon chargé de bouteilles, en les séparant.

Daguenet la ramena, la retint un instant par la main. Il avait pris sa voix de cristal, une voix aux notes d'harmonica qui faisait tout son succès auprès de ces dames.

« Adieu, chérie... Tu sais, je t'aime toujours. »

Elle se dégagea ; et, souriante, la parole couverte par un tonnerre de cris et de bravos, dont la porte du salon tremblait :

« Bête, c'est fini... Mais ça ne fait rien. Monte donc un de ces jours. Nous causerons. »

Puis, redevenant très grave, du ton d'une bourgeoise révoltée :

« Ah ! il est cocu... Eh bien, mon cher, c'est embêtant. Moi, ça m'a toujours dégoûtée, un cocu. »

Quand elle entra enfin dans le cabinet, elle aperçut Muffat, assis sur un étroit divan, qui se résignait, la face blanche, les mains nerveuses. Il ne lui fit aucun reproche. Elle, toute remuée, était partagée entre la pitié et le mépris. Ce pauvre homme, qu'une vilaine femme trompait si indignement ! Elle avait envie de se jeter à son cou, pour le consoler. Mais, tout de même, c'était juste, il était idiot avec les femmes ; ça lui apprendrait. Cependant, la pitié l'emporta. Elle ne le lâcha pas, après avoir mangé ses huîtres, comme elle se l'était promis. Ils restèrent à peine un quart d'heure au Café Anglais, et rentrèrent ensemble boulevard Haussmann. Il était onze heures ; avant minuit, elle aurait bien trouvé un moyen doux de le congédier.

Par prudence, dans l'antichambre, elle donna un ordre à Zoé.

« Tu le guetteras, tu lui recommanderas de ne pas faire de bruit, si l'autre est encore avec moi.

— Mais où le mettrai-je, madame ?

— Garde-le à la cuisine. C'est plus sûr. »

Muffat, dans la chambre, ôtait déjà sa redingote. Un grand feu brûlait. C'était toujours la même chambre, avec ses meubles de palissandre, ses tentures et ses sièges de damas broché, à grandes fleurs bleues sur fond gris. Deux fois, Nana avait rêvé de la refaire, la première tout en velours noir, la seconde en satin blanc, avec des nœuds roses ; mais, dès que Steiner consentait, elle exigeait l'argent que ça coûterait, pour le manger. Elle avait eu seulement le caprice d'une peau de tigre devant la cheminée, et d'une veilleuse de cristal, pendue au plafond.

« Moi, je n'ai pas sommeil, je ne me couche pas », dit-elle, lorsqu'ils se furent enfermés.

Le comte lui obéissait avec une soumission d'homme qui ne craint plus d'être vu. Son unique souci était de ne pas la fâcher.

« Comme tu voudras », murmura-t-il.

Pourtant, il retira encore ses bottines, avant de s'asseoir devant le feu. Un des plaisirs de Nana était de se déshabiller en face de son armoire à glace, où elle se voyait en pied. Elle faisait tomber jusqu'à sa chemise ; puis, toute nue, elle s'oubliait, elle se regardait longuement. C'était une passion de son corps, un ravissement du satin de sa peau et de la ligne souple de sa taille, qui la tenait sérieuse, attentive, absorbée dans un amour d'elle-même. Souvent, le coiffeur la trouvait ainsi, sans qu'elle tournât la tête. Alors, Muffat se fâchait, et elle restait surprise. Que lui prenait-il ? Ce n'était pas pour les autres, c'était pour elle.

Ce soir-là, voulant se mieux voir, elle alluma les six bougies des appliques. Mais, comme elle laissait glisser sa chemise, elle s'arrêta, préoccupée depuis un moment, ayant une question au bord des lèvres.

« Tu n'as pas lu l'article du *Figaro* ?... Le journal est sur la table. »

Le rire de Daguenet lui revenait à la mémoire, elle était travaillée d'un doute. Si ce Fauchery l'avait débinée, elle se vengerait.

« On prétend qu'il s'agit de moi, là-dedans, reprit-elle en affectant un air d'indifférence. Hein, chéri, quelle est ton idée ? »

Et, lâchant la chemise, attendant que Muffat eût fini sa lecture, elle resta nue. Muffat lisait lentement. La chronique de Fauchery, intitulée *la Mouche d'or*, était l'histoire d'une jeune fille, née de quatre ou cinq générations d'ivrognes, le sang gâté par une longue hérédité de misère et de boisson, qui se transformait chez elle en un détraquement nerveux de son sexe de femme. Elle avait poussé dans un faubourg, sur le pavé parisien ; et, grande, belle, de chair superbe ainsi qu'une plante de plein fumier, elle vengeait les gueux et les abandonnés dont elle était le produit. Avec elle, la pourriture qu'on laissait fermenter dans le peuple, remontait et pourrissait l'aristocratie. Elle devenait une

force de la nature, un ferment de destruction, sans le vouloir elle-même, corrompant et désorganisant Paris entre ses cuisses de neige, la faisant tourner comme des femmes, chaque mois, font tourner le lait. Et c'était à la fin de l'article que se trouvait la comparaison de la mouche, une mouche couleur de soleil, envolée d'ordure, une mouche qui prenait la mort sur les charognes tolérées le long des chemins, et qui, bourdonnante, dansante, jetant un éclat de pierreries, empoisonnaient les hommes rien qu'à se poser sur eux, dans les palais où elle entrait par les fenêtres.

Muffat leva la tête, les yeux fixes, regardant le feu.

« Eh bien ? » demanda Nana.

Mais il ne répondit pas. Il parut vouloir relire la chronique. Une sensation de froid coulait de son crâne sur ses épaules. Cette chronique était écrite à la diable, avec des cabrioles de phrases, une outrance de mots imprévus et de rapprochements baroques. Cependant, il restait frappé par sa lecture, qui, brusquement, venait de réveiller en lui tout ce qu'il n'aimait point à remuer depuis quelques mois.

Alors il leva les yeux. Nana s'était absorbée dans son ravissement d'elle-même. Elle pliait le cou, regardant avec attention dans la glace un petit signe brun qu'elle avait au-dessus de la hanche droite ; et elle le touchait du bout du doigt, elle le faisait saillir en se renversant davantage, le trouvant sans doute drôle et joli, à cette place. Puis, elle étudia d'autres parties de son corps, amusée, reprise de ses curiosités vicieuses d'enfant. Ça la surprenait toujours de se voir ; elle avait l'air étonné et séduit d'une jeune fille qui découvre sa puberté. Lentement, elle ouvrit les bras pour développer son torse de Vénus grasse, elle ploya la taille, s'examinant de dos et de face, s'arrêtant au profil de sa gorge, aux rondeurs fuyantes de ses cuisses. Et elle finit par se plaire au singulier jeu de se balancer, à droite, à gauche, les genoux écartés, la taille roulant sur les reins, avec le frémissement continu d'une almée dansant la danse du ventre.

Muffat la contemplait. Elle lui faisait peur. Le journal était tombé de ses mains. Dans cette minute de vision nette, il se méprisait. C'était cela : en trois mois,

elle avait corrompu sa vie, il se sentait déjà gâté jusqu'aux moelles par des ordures qu'il n'aurait pas soupçonnées. Tout allait pourrir en lui, à cette heure. Il eut un instant conscience des accidents du mal, il vit la désorganisation apportée par ce ferment, lui empoisonné, sa famille détruite, un coin de société qui craquait et s'effondrait. Et, ne pouvant détourner les yeux, il la regardait fixement, il tâchait de s'emplir du dégoût de sa nudité.

Nana ne bougea plus. Un bras derrière la nuque, une main prise dans l'autre, elle renversait la tête, les coudes écartés. Il voyait en raccourci ses yeux demiclos, sa bouche entrouverte, son visage noyé d'un rire amoureux ; et, par-derrière, son chignon de cheveux jaunes dénoué lui couvrait le dos d'un poil de lionne. Ployée et le flanc tendu, elle montrait les reins solides, la gorge dure d'une guerrière, aux muscles forts sous le grain satiné de la peau. Une ligne fine, à peine ondée par l'épaule et la hanche, filait d'un de ses coudes à son pied. Muffat suivait ce profil si tendre, ces fuites de chair blonde se noyant dans des lueurs dorées, ces rondeurs où la flamme des bougies mettait des reflets de soie. Il songeait à son ancienne horreur de la femme, au monstre de l'Écriture, lubrique, sentant le fauve. Nana était toute velue, un duvet de rousse faisait de son corps un velours ; tandis que, dans sa croupe et ses cuisses de cavale, dans les renflements charnus creusés de plis profonds, qui donnaient au sexe le voile troublant de leur ombre, il y avait de la bête. C'était la bête d'or, inconsciente comme une force, et dont l'odeur seule gâtait le monde. Muffat regardait toujours, obsédé, possédé, au point qu'ayant fermé les paupières pour ne plus voir, l'animal reparut au fond des ténèbres, grandi, terrible, exagérant sa posture. Maintenant, il serait là, devant ses yeux, dans sa chair, à jamais.

Mais Nana se pelotonnait sur elle-même. Un frisson de tendresse semblait avoir passé dans ses membres. Les yeux mouillés, elle se faisait petite, comme pour se mieux sentir. Puis, elle dénoua les mains, les abaissa le long d'elle par un glissement, jusqu'aux seins, qu'elle

écrasa d'une étreinte nerveuse. Et rengorgée, se fondant dans une caresse de tout son corps, elle se frotta les joues à droite, à gauche, contre ses épaules, avec câlinerie. Sa bouche goulue soufflait sur elle le désir. Elle allongea les lèvres, elle se baisa longuement près de l'aisselle, en riant à l'autre Nana, qui, elle aussi, se baisait dans la glace.

Alors, Muffat eut un soupir las et prolongé. Ce plaisir solitaire l'exaspérait. Brusquement, tout fut emporté en lui, comme par un grand vent. Il prit Nana à bras-le-corps, dans un élan de brutalité, et la jeta sur le tapis.

« Laisse-moi, cria-t-elle, tu me fais mal ! »

Il avait conscience de sa défaite, il la savait stupide, ordurière et menteuse, et il la voulait, même empoisonnée.

« Oh ! c'est bête ! » dit-elle, furieuse, quand il la laissa se relever.

Pourtant, elle se calma. Maintenant, il s'en irait. Après avoir passé une chemise de nuit garnie de dentelle, elle vint s'asseoir par terre, devant le feu. C'était sa place favorite. Comme elle le questionnait de nouveau sur la chronique de Fauchery, Muffat répondit vaguement, désireux d'éviter une scène. D'ailleurs, elle déclara qu'elle avait Fauchery quelque part. Puis, elle tomba dans un long silence, réfléchissant au moyen de renvoyer le comte. Elle aurait voulu une manière aimable, car elle restait bonne fille, et ça l'ennuyait de faire de la peine aux gens ; d'autant plus que celui-là était cocu, idée qui avait fini par l'attendrir.

« Alors, dit-elle enfin, c'est demain matin que tu attends ta femme ? »

Muffat s'était allongé dans le fauteuil, l'air assoupi, les membres las. Il dit oui, d'un signe. Nana le regardait, sérieuse, avec un sourd travail de tête. Assise sur une cuisse, dans le chiffonnage léger de ses dentelles, elle tenait l'un de ses pieds nus entre ses deux mains ; et, machinalement, elle le tournait, le retournait.

« Il y a longtemps que tu es marié ? demanda-t-elle.

— Dix-neuf ans, répondit le comte.

— Ah !... Et ta femme, est-elle aimable ? Faites-vous bon ménage ensemble ? »

Il se tut. Puis, d'un air gêné :

« Tu sais que je t'ai priée de ne jamais parler de ces choses.

— Tiens ! pourquoi donc ? cria-t-elle, se vexant déjà. Je ne la mangerai pas, ta femme, bien sûr, pour parler d'elle... Mon cher, toutes les femmes se valent... »

Mais elle s'arrêta, de peur d'en trop dire. Seulement, elle prit un air supérieur, parce qu'elle se croyait très bonne. Ce pauvre homme, il fallait le ménager. D'ailleurs, une idée gaie lui était venue, elle souriait en l'examinant. Elle reprit :

« Dis donc, je ne t'ai pas conté l'histoire que Fauchery fait courir sur toi... En voilà une vipère ! Je ne lui en veux pas, puisque son article est possible ; mais c'est une vraie vipère, tout de même. »

Et, riant plus fort, lâchant son pied, elle se traîna et vint appuyer sa gorge contre les genoux du comte.

« Imagine-toi, il jure que tu l'avais encore, lorsque tu as épousé ta femme... Hein ? Tu l'avais encore ?... Hein ? Est-ce vrai ? »

Elle le pressait du regard ; elle avait remonté les mains jusqu'à ses épaules, et le secouait pour lui arracher cette confession.

« Sans doute », répondit-il enfin d'un ton grave.

Alors, elle s'abattit de nouveau à ses pieds, dans une crise de fou rire, bégayant, lui donnant des tapes.

« Non, c'est impayable ! Il n'y a que toi... tu es un phénomène... Mais, mon pauvre chien, tu as dû être d'un bête ! Quand un homme ne sait pas, c'est toujours si drôle ! Par exemple, j'aurais voulu vous voir !... Et ça s'est bien passé ? Raconte un peu, oh ! je t'en prie, raconte. »

Elle l'accabla de questions, demandant tout, exigeant les détails. Et elle riait si bien, avec de brusques éclats qui la faisaient se tordre, la chemise glissée et retroussée, la peau dorée par le grand feu, que le comte, peu à peu, lui conta sa nuit de noces. Il n'éprouvait plus aucun malaise. Cela finissait par l'amuser lui-même, d'expliquer, selon l'expression convenable, « comment il l'avait perdu ». Il choisissait seulement les mots, par un reste de honte. La jeune femme, lancée, l'interrogea

sur la comtesse. Elle était merveilleusement faite, mais un vrai glaçon, à ce qu'il prétendait.

« Oh ! va, murmura-t-il lâchement, tu n'as pas à être jalouse. »

Nana avait cessé de rire. Elle reprit sa place, le dos au feu, ramenant de ses deux mains jointes ses genoux sous le menton. Et, sérieuse, elle déclara :

« Mon cher, ça ne vaut rien d'avoir l'air godiche devant sa femme, le premier soir.

— Pourquoi ? demanda le comte surpris.

— Parce que... », répondit-elle lentement, d'un air doctoral.

Elle professait, elle hochait la tête. Cependant, elle daigna s'expliquer plus clairement.

« Vois-tu, moi, je sais comment ça se passe... Eh bien, mon petit, les femmes n'aiment pas qu'on soit bête. Elles ne disent rien, parce qu'il y a la pudeur, tu comprends... Mais sois sûr qu'elles en pensent joliment long. Et tôt ou tard, quand on n'a pas su, elles vont s'arranger ailleurs... Voilà, mon loup. »

Il semblait ne pas comprendre. Alors, elle précisa. Elle se faisait maternelle, elle lui donnait cette leçon, en camarade, par bonté de cœur. Depuis qu'elle le savait cocu, ce secret la gênait, elle avait une envie folle de causer de ça avec lui.

« Mon Dieu ! je parle de choses qui ne me regardent pas... Ce que j'en dis, c'est parce que tout le monde devrait être heureux... Nous causons, n'est-ce pas ? Voyons, tu vas répondre bien franchement. »

Mais elle s'interrompit pour changer de position. Elle se brûlait.

« Hein ? Il fait joliment chaud. J'ai le dos cuit... Attends, je vais me cuire un peu le ventre... C'est ça qui est bon pour les douleurs ! »

Et, quand elle se fut tournée, la gorge au feu, les pieds repliés sous les cuisses :

« Voyons, tu ne couches plus avec ta femme ?

— Non, je te le jure, dit Muffat, craignant une scène.

— Et tu crois que c'est un vrai morceau de bois ? »

Il répondit affirmativement, en baissant le menton.

« Et c'est pour ça que tu m'aimes ?... Réponds donc ! je ne me fâcherai pas. »

Il répéta le même signe.

« Très bien ! conclut-elle. Je m'en doutais. Ah ! ce pauvre chien !... Tu connais ma tante Lerat ? Quand elle viendra, fais-toi conter l'histoire du fruitier qui est en face de chez elle... Imagine-toi que ce fruitier... Cré nom ! que ce feu est chaud. Il faut que je me tourne. Je vais me cuire le côté gauche maintenant. »

En présentant la hanche à la flamme, une drôlerie lui vint, et elle se blagua elle-même, en bonne bête, heureuse de se voir si grasse et si rose, dans le reflet du brasier.

« Hein ? J'ai l'air d'une oie... Oh ! c'est ça, une oie à la broche... Je tourne, je tourne. Vrai, je cuis dans mon jus. »

Elle était reprise d'un bon rire, lorsqu'il y eut un bruit de voix et de portes battantes. Muffat, étonné, l'interrogea du regard. Elle redevint sérieuse, l'air inquiet. C'était pour sûr le chat de Zoé, un sacré animal qui cassait tout. Minuit et demi. Où avait-elle l'idée de travailler au bonheur de son cocu ? A présent que l'autre était là, il fallait l'expédier, et vite.

« Que disais-tu ? » demanda le comte avec complaisance, ravi de la voir si gentille.

Mais, dans son désir de le renvoyer, sautant à une autre humeur, elle fut brutale, ne ménageant plus les mots.

« Ah ! oui, le fruitier et sa femme... Eh bien ! mon cher, ils ne se sont jamais touchés, pas ça !... Elle était très portée là-dessus, tu comprends. Lui, godiche, n'a pas su... Si bien que la croyant en bois, il est allé ailleurs, avec des roulures qui l'ont régalé de toutes sortes d'horreurs, tandis qu'elle, de son côté, s'en payait d'aussi raides avec des garçons plus malins que son cornichon de mari... Et ça tourne toujours comme ça, faute de s'entendre. Je le sais bien, moi ! »

Muffat, pâlissant, comprenant enfin les allusions, voulut la faire taire. Mais elle était lancée.

« Non, fiche-moi la paix !... Si vous n'étiez pas des mufles, vous seriez aussi gentils chez vos femmes que chez nous ; et si vos femmes n'étaient pas des dindes, elles se donneraient, pour vous garder, la peine que

nous prenons pour vous avoir... Tout ça, c'est des manières... Voilà, mon petit, mets-ça dans ta poche.

— Ne parlez donc pas des honnêtes femmes, dit-il durement. Vous ne les connaissez pas. »

Du coup, Nana se releva sur les genoux.

« Je ne les connais pas !... Mais elles ne sont seulement pas propres, tes femmes honnêtes ! Non, elles ne sont pas propres ! Je te défie d'en trouver une qui ose se montrer comme je suis là... Vrai, tu me fais rire, avec tes femmes honnêtes ! Ne me pousse pas à bout, ne me force pas à te dire des choses que je regretterais ensuite. »

Le comte, pour toute réponse, mâcha sourdement une injure. A son tour, Nana devint blanche. Elle le regarda quelques secondes sans parler. Puis, de sa voix nette :

« Que ferais-tu, si ta femme te trompait ? »

Il eut un geste menaçant.

« Eh bien ! Et moi, si je te trompais ?

— Oh ! toi... », murmura-t-il avec un haussement d'épaules.

Certes, Nana n'était pas méchante. Depuis les premiers mots, elle résistait à l'envie de lui envoyer son cocuage par la figure. Elle aurait aimé le confesser là-dessus, tranquillement. Mais, à la fin, il l'exaspérait ; ça devait finir.

« Alors, mon petit, reprit-elle, je ne sais pas ce que tu fiches chez moi... Tu m'assommes depuis deux heures... Va donc retrouver ta femme, qui fait ça avec Fauchery. Oui, tout juste, rue Taitbout, au coin de la rue de Provence... Je te donne l'adresse, tu vois. »

Puis, triomphante, voyant Muffat se mettre debout avec le vacillement d'un bœuf assommé :

« Si les femmes honnêtes s'en mêlent et nous prennent nos amants !... Vrai, elles vont bien, les femmes honnêtes ! »

Mais elle ne put continuer. D'un mouvement terrible, il l'avait jetée par terre, de toute sa longueur ; et, levant le talon, il voulait lui écraser la tête pour la faire taire. Un instant, elle eut une peur affreuse. Aveuglé, comme fou, il s'était mis à battre la chambre. Alors, le silence

étranglé qu'il gardait, la lutte dont il était secoué, la touchèrent jusqu'aux larmes. Elle éprouvait un regret mortel. Et, se pelotonnant devant le feu pour se cuire le côté droit, elle entreprit de le consoler.

« Je te jure, chéri, je croyais que tu le savais. Sans cela, je n'aurais pas parlé, bien sûr... Puis, ce n'est pas vrai, peut-être. Moi, je n'affirme rien. On m'a dit ça, le monde en cause ; mais qu'est-ce que ça prouve ?... Ah ! va, tu as bien tort de te faire de la bile. Si j'étais homme, c'est moi qui me ficherais des femmes ! Les femmes, vois-tu, en haut comme en bas, ça se vaut : toutes noceuses et compagnie. »

Elle tapait sur les femmes, par abnégation, voulant lui rendre le coup moins cruel. Mais il ne l'écoutait pas, ne l'entendait pas. Tout en piétinant, il avait remis ses bottines et sa redingote. Un moment encore, il battit la pièce. Puis, dans un dernier élan, comme s'il trouvait enfin la porte, il se sauva. Nana fut très vexée.

« Eh bien ! bon voyage ! continua-t-elle tout haut, quoique seule. Il est encore poli, celui-là, quand on lui parle !... Et moi qui m'escrimais ! Je suis revenue la première, j'ai assez fait d'excuses, je crois !... Aussi, il était là, à m'agacer ! »

Pourtant, elle restait mécontente, se grattant les jambes à deux mains. Mais elle en prit son parti...

« Ah ! zut ! Ce n'est pas ma faute, s'il est cocu ! »

Et, cuite de tous les côtés, chaude comme une caille, elle alla se fourrer dans son lit, en sonnant Zoé, pour qu'elle fît entrer l'autre, qui attendait à la cuisine.

Dehors, Muffat marcha violemment. Une nouvelle averse venait de tomber. Il glissait sur le pavé gras. Comme il regardait en l'air, d'un mouvement machinal, il vit des haillons de nuages, couleur de suie, qui couraient devant la lune. A cette heure, sur le boulevard Haussmann, les passants se faisaient rares. Il longea les chantiers de l'Opéra, cherchant le noir, bégayant des mots sans suite. Cette fille mentait. Elle avait inventé ça par bêtise et cruauté. Il aurait dû lui écraser la tête, lorsqu'il la tenait sous son talon. A la fin, c'était trop de honte, jamais il ne la reverrait, jamais il ne la toucherait ; ou il faudrait qu'il fût bien lâche. Et il respirait

fortement, d'un air de délivrance. Ah! ce monstre nu, stupide, cuisant comme une oie, bavant sur tout ce qu'il respectait depuis quarante années! La lune s'était découverte, une nappe blanche baigna la rue déserte. Il eut peur et il éclata en sanglots, tout d'un coup désespéré, affolé, comme tombé dans un vide immense.

« Mon Dieu! balbutia-t-il, c'est fini, il n'y a plus rien. »

Le long des boulevards, des gens attardés hâtaient le pas. Il tâcha de se calmer. L'histoire de cette fille recommençait toujours dans sa tête en feu, il aurait voulu raisonner les faits. C'était le matin que la comtesse devait revenir du château de madame de Chezelles. Rien, en effet, ne l'aurait empêchée de rentrer à Paris, la veille au soir, et de passer la nuit chez cet homme. Il se rappelait maintenant certains détails de leur séjour aux Fondettes. Un soir, il avait surpris Sabine sous les arbres, si émue, qu'elle ne pouvait répondre. L'homme était là. Pourquoi ne serait-elle pas chez lui, maintenant? A mesure qu'il y pensait, l'histoire devenait possible. Il finit par la trouver naturelle et nécessaire. Tandis qu'il se mettait en manches de chemise chez une catin, sa femme se déshabillait dans la chambre d'un amant; rien de plus simple ni de plus logique. Et, en raisonnant ainsi, il s'efforçait de rester froid. C'était une sensation de chute dans la folie de la chair s'élargissant, gagnant et emportant le monde autour de lui. Des images chaudes le poursuivaient. Nana nue, brusquement, évoqua Sabine nue. A cette vision, qui les rapprochait dans une parenté d'impudeur, sous un même souffle de désir, il trébucha. Sur la chaussée, un fiacre avait failli l'écraser. Des femmes, sorties d'un café, le coudoyaient avec des rires. Alors, gagné à nouveau par les larmes, malgré son effort, ne voulant pas sangloter devant les gens, il se jeta dans une rue noire et vide, la rue Rossini, où, le long des maisons silencieuses, il pleura comme un enfant.

« C'est fini, disait-il d'une voix sourde. Il n'y a plus rien, il n'y a plus rien. »

Il pleurait si violemment, qu'il s'adossa contre une porte, le visage dans ses mains mouillées. Un bruit de

pas le chassa. Il éprouvait une honte, une peur, qui le faisait fuir devant le monde, avec la marche inquiète d'un rôdeur de nuit. Quand des passants le croisaient sur le trottoir, il tâchait de prendre une allure dégagée, en s'imaginant qu'on lisait son histoire dans le balancement de ses épaules. Il avait suivi la rue de la Grange-Batelière jusqu'à la rue du Faubourg-Montmartre. L'éclat des lumières le surprit, il revint sur ses pas. Pendant près d'une heure, il courut ainsi le quartier, choisissant les trous les plus sombres. Il avait sans doute un but où ses pieds allaient d'eux-mêmes, patiemment, par un chemin sans cesse compliqué de détours. Enfin, au coude d'une rue, il leva les yeux. Il était arrivé. C'était le coin de la rue Taitbout et de la rue de Provence. Il avait mis une heure pour venir là, dans le grondement douloureux de son cerveau, lorsqu'en cinq minutes il aurait pu s'y rendre. Un matin, le mois dernier, il se souvenait d'être monté chez Fauchery le remercier d'une chronique sur un bal des Tuileries, où le journaliste l'avait nommé. L'appartement se trouvait à l'entresol, de petites fenêtres carrées, à demi cachées derrière l'enseigne colossale d'une boutique. Vers la gauche, la dernière fenêtre était coupée par une bande de vive clarté, un rayon de lampe qui passait entre les rideaux entrouverts. Et il resta les yeux fixés sur ce rai lumineux, absorbé, attendant quelque chose.

La lune avait disparu, dans un ciel d'encre, d'où tombait une bruine glacée. Deux heures sonnèrent à la Trinité. La rue de Provence et la rue Taitbout s'enfonçaient avec les taches vives des becs de gaz, qui se noyaient au loin dans une vapeur jaune. Muffat ne bougeait pas. C'était la chambre ; il se la rappelait, tendue d'andrinople rouge, avec un lit Louis XIII, au fond. La lampe devait être à droite, sur la cheminée. Sans doute, ils étaient couchés, car pas une ombre ne passait, le rai de clarté luisait, immobile comme un reflet de veilleuse. Et lui, les yeux toujours levés, faisait un plan : il sonnait, il montait malgré les appels du concierge, enfonçait les portes à coups d'épaule, tombait sur eux, dans le lit, sans leur donner le temps de dénouer leurs bras. Un instant, l'idée qu'il n'avait pas d'arme l'arrêta ;

puis, il décida qu'il les étranglerait. Il reprenait son plan, il le perfectionnait, attendant toujours quelque chose, un indice, pour être certain. Si une ombre de femme s'était montrée à ce moment, il aurait sonné. Mais la pensée qu'il se trompait peut-être le glaçait. Que dirait-il? Des doutes lui revenaient, sa femme ne pouvait être chez cet homme, c'était monstrueux et impossible. Cependant, il demeurait, envahi peu à peu par un engourdissement, glissant à une mollesse, dans cette longue attente que la fixité de son regard hallucinait.

Une averse tomba. Deux sergents de ville approchaient, et il dut quitter le coin de la porte où il s'était réfugié. Lorsqu'ils se furent perdus dans la rue de Provence, il revint, mouillé, frissonnant. Le rai lumineux barrait toujours la fenêtre. Cette fois, il allait partir, quand une ombre passa. Ce fut si rapide, qu'il crut s'être trompé. Mais, coup sur coup, d'autres taches coururent, toute une agitation eut lieu dans la chambre. Lui, cloué de nouveau sur le trottoir, éprouvait une sensation intolérable de brûlure à l'estomac, attendant pour comprendre, maintenant. Des profils de bras et de jambes fuyaient; une main énorme voyageait avec une silhouette de pot à eau. Il ne distinguait rien nettement; pourtant, il lui semblait reconnaître un chignon de femme. Et il discuta : on aurait dit la coiffure de Sabine, seulement la nuque paraissait trop forte. A cette heure, il ne savait plus, il ne pouvait plus. Son estomac le faisait tellement souffrir, dans une angoisse d'incertitude affreuse, qu'il se serrait contre la porte, pour se calmer, avec le grelottement d'un pauvre. Puis, comme, malgré tout, il ne détournait pas les yeux de cette fenêtre, sa colère se fondit dans une imagination de moraliste : il se voyait député, il parlait à une assemblée, tonnait contre la débauche, annonçait des catastrophes; et il refaisait l'article de Faucherie sur la mouche empoisonnée, et il se mettait en scène, en déclarant qu'il n'y avait plus de société possible avec ces mœurs de Bas-Empire. Cela lui fit du bien. Mais les ombres avaient disparu. Sans doute ils s'étaient recouchés. Lui, regardait toujours, attendait encore.

Trois heures sonnèrent, puis quatre heures. Il ne pouvait partir. Quand des averses tombaient, il s'enfonçait dans le coin de la porte, les jambes éclaboussées. Personne ne passait plus. Par moments, ses yeux se fermaient, comme brûlés par le rai de lumière, sur lequel ils s'entêtaient, fixement, avec une obstination imbécile. A deux nouvelles reprises, les ombres coururent, répétant les mêmes gestes, promenant le même profil d'un pot à eau gigantesque ; et deux fois le calme se rétablit, la lampe jeta sa lueur discrète de veilleuse. Ces ombres augmentaient son doute. D'ailleurs, une idée soudaine venait de l'apaiser, en reculant l'heure d'agir : il n'avait qu'à attendre la femme à sa sortie. Il reconnaîtrait bien Sabine. Rien de plus simple, pas de scandale, et une certitude. Il suffisait de rester là. De tous les sentiments confus qui l'avaient agité, il ne ressentait maintenant qu'un sourd besoin de savoir. Mais l'ennui l'endormait sous cette porte ; pour se distraire, il tâcha de calculer le temps qu'il lui faudrait attendre. Sabine devait se trouver à la gare vers neuf heures. Cela lui donnait près de quatre heures et demie. Il était plein de patience, il n'aurait plus remué, trouvant un charme à rêver que son attente dans la nuit serait éternelle.

Tout d'un coup, le rai de lumière s'effaça. Ce fait très simple fut pour lui une catastrophe inattendue, quelque chose de désagréable et de troublant. Évidemment, ils venaient d'éteindre la lampe, ils allaient dormir. A cette heure, c'était raisonnable. Mais il s'en irrita, parce que cette fenêtre noire, à présent, ne l'intéressait plus. Il la regarda un quart d'heure encore, puis elle le fatigua, il quitta la porte et fit quelques pas sur le trottoir. Jusqu'à cinq heures, il se promena, allant et venant, levant les yeux de temps à autre. La fenêtre restait morte ; par moments, il se demandait s'il n'avait pas rêvé que des ombres dansaient là, sur ces vitres. Une fatigue immense l'accablait, une hébétude dans laquelle il oubliait ce qu'il attendait à ce coin de rue, butant contre les pavés, se réveillant en sursaut avec le frisson glacé d'un homme qui ne sait plus où il est. Rien ne valait la peine qu'on se donnât du souci. Puisque ces gens dormaient, il fallait les laisser dormir. A

quoi bon se mêler de leurs affaires ? Il faisait très noir, personne ne saurait jamais ces choses. Et alors tout en lui, jusqu'à sa curiosité, s'en alla, emporté dans une envie d'en finir, de chercher quelque part un soulagement. Le froid augmentait, la rue lui devenait insupportable ; deux fois il s'éloigna, se rapprocha en traînant les pieds, pour s'éloigner davantage. C'était fini, il n'y avait plus rien, il descendit jusqu'au boulevard et ne revint pas.

Ce fut une course morne dans les rues. Il marchait lentement, toujours du même pas, suivant les murs. Ses talons sonnaient, il ne voyait que son ombre tourner, en grandissant et en se rapetissant, à chaque bec de gaz. Cela le berçait, l'occupait mécaniquement. Plus tard, jamais il ne sut où il avait passé ; il lui semblait s'être traîné pendant des heures, en rond, dans un cirque. Un souvenir unique lui resta, très net. Sans pouvoir expliquer comment, il se trouvait le visage collé à la grille du passage des Panoramas, tenant les barreaux des deux mains. Il ne les secouait pas, il tâchait simplement de voir dans le passage, pris d'une émotion dont tout son cœur était gonflé. Mais il ne distinguait rien, un flot de ténèbres coulait le long de la galerie déserte, le vent qui s'engouffrait par la rue Saint-Marc lui soufflait au visage une humidité de cave. Et il s'entêtait. Puis, sortant d'un rêve, il demeura étonné, il se demanda ce qu'il cherchait à cette heure, serré contre cette grille, avec une telle passion, que les barreaux lui étaient entrés dans la figure. Alors, il avait repris sa marche, désespéré, le cœur empli d'une dernière tristesse, comme trahi et seul désormais dans toute cette ombre.

Le jour enfin se leva, ce petit jour sale des nuits d'hiver, si mélancolique sur le pavé boueux de Paris. Muffat était revenu dans les larges rues en construction qui longeaient les chantiers du nouvel Opéra. Trempé par les averses, défoncé par les chariots, le sol plâtreux était changé en un lac de fange. Et, sans regarder où il posait ses pieds, il marchait toujours, glissant, se rattrapant. Le réveil de Paris, les équipes de balayeurs et les premières bandes d'ouvriers, lui apportaient un

nouveau trouble, à mesure que le jour grandissait. On le regardait avec surprise, le chapeau noyé d'eau, crotté, effaré. Longtemps, il se réfugia contre les palissades, parmi les échafaudages. Dans son être vide, une seule idée restait, celle qu'il était bien misérable.

Alors, il pensa à Dieu. Cette idée brusque d'un secours divin, d'une consolation surhumaine, le surprit, comme une chose inattendue et singulière; elle éveillait en lui l'image de M. Venot, il voyait sa petite figure grasse, ses dents gâtées. Certainement, M. Venot, qu'il désolait depuis des mois, en évitant de le voir, serait bien heureux, s'il allait frapper à sa porte, pour pleurer entre ses bras. Autrefois, Dieu lui gardait toutes ses miséricordes. Au moindre chagrin, au moindre obstacle barrant sa vie, il entrait dans une église, s'agenouillait, humiliait son néant devant la souveraine puissance; et il en sortait fortifié par la prière, prêt aux abandons des biens de ce monde, avec l'unique désir de l'éternité de son salut. Mais, aujourd'hui, il ne pratiquait plus que par secousses, aux heures où la terreur de l'enfer le reprenait; toutes sortes de mollesses l'avaient envahi, Nana troublait ses devoirs. Et l'idée de Dieu l'étonnait. Pourquoi n'avait-il pas songé à Dieu tout de suite, dans cette effroyable crise, où craquait et s'effondrait sa faible humanité?

Cependant, de sa marche pénible, il chercha une église. Il ne se souvenait plus, l'heure matinale lui changeait les rues. Puis, comme il tournait un coin de la rue de la Chaussée-d'Antin, il aperçut au bout la Trinité, une tour vague, fondue dans le brouillard. Les statues blanches, dominant le jardin dépouillé, semblaient mettre des Vénus frileuses parmi les feuilles jaunies d'un parc. Sous le porche, il souffla un instant, fatigué par la montée du large perron. Puis, il entra. L'église était très froide, avec son calorifère éteint de la veille, ses hautes voûtes emplies d'une buée fine qui avait filtré par les vitraux. Une ombre noyait les bas-côtés, pas une âme n'était là, on entendait seulement, au fond de cette nuit louche, un bruit de savates, quelque bedeau traînant les pieds dans la maussaderie du réveil. Lui, pourtant, après s'être cogné à une débandade de

chaises, perdu, le cœur gros de larmes, était tombé à genoux contre la grille d'une petite chapelle, près d'un bénitier. Il avait joint les mains, il cherchait des prières, tout son être aspirait à se donner dans un élan. Mais ses lèvres seules bégayaient des paroles, toujours son esprit fuyait, retournait dehors, se remettait en marche le long des rues, sans repos, comme sous le fouet d'une nécessité implacable. Et il répétait : « O mon Dieu, venez à mon secours! O mon Dieu, n'abandonnez pas votre créature qui s'abandonne à votre justice! O mon Dieu, je vous adore, me laisserez-vous périr sous les coups de vos ennemis? » Rien ne répondait, l'ombre et le froid lui tombaient sur les épaules, le bruit des savates, au loin, continuait et l'empêchait de prier. Il n'entendait toujours que ce bruit irritant, dans l'église déserte, où le coup de balai du matin n'était pas même donné, avant le petit échauffement des premières messes. Alors, s'aidant d'une chaise, il se releva, avec un craquement des genoux. Dieu n'y était pas encore. Pourquoi aurait-il pleuré entre les bras de M. Venot? Cet homme ne pouvait rien.

Et, machinalement, il retourna chez Nana. Dehors, ayant glissé, il sentit des larmes lui venir aux yeux, sans colère contre le sort, simplement faible et malade. A la fin, il était trop las, il avait reçu trop de pluie, il souffrait trop du froid. L'idée de rentrer dans son hôtel sombre de la rue Miromesnil le glaçait. Chez Nana, la porte n'était pas ouverte, il dut attendre que le concierge parût. En montant, il souriait, pénétré déjà par la chaleur molle de cette niche, où il allait pouvoir s'étirer et dormir.

Lorsque Zoé lui ouvrit, elle eut un geste de stupéfaction et d'inquiétude. Madame, prise d'une abominable migraine, n'avait pas fermé l'œil. Enfin, elle pouvait toujours voir si madame ne s'était pas endormie. Et elle se glissa dans la chambre, pendant qu'il tombait sur un fauteuil du salon. Mais, presque aussitôt, Nana parut. Elle sautait du lit, elle avait eu à peine le temps de passer un jupon, pieds nus, les cheveux épars, la chemise fripée et déchirée, dans le désordre d'une nuit d'amour.

« Comment! c'est encore toi! » cria-t-elle, toute rouge.

Elle accourait, sous le fouet de la colère, pour le flanquer elle-même à la porte. Mais en le voyant si minable, si fini, elle éprouva un dernier apitoiement.

« Eh bien ! tu es propre, mon pauvre chien ! reprit-elle avec plus de douceur. Qu'y a-t-il donc... Hein ? Tu les as guettés, tu t'es fait de la bile ? »

Il ne répondait pas, il avait l'air d'une bête abattue. Cependant, elle comprit qu'il manquait toujours de preuves ; et, pour le remettre :

« Tu vois, je me trompais. Ta femme est honnête, parole d'honneur !... Maintenant, mon petit, il faut rentrer chez toi et te coucher. Tu en as besoin. »

Il ne bougea pas.

« Allons, va-t'en. Je ne peux te garder ici... Tu n'as peut-être pas la prétention de rester, à cette heure ?

— Si, couchons-nous », balbutia-t-il.

Elle réprima un geste de violence. La patience lui échappait. Est-ce qu'il devenait idiot ?

« Voyons, va-t'en, dit-elle une seconde fois.

— Non. »

Alors, elle éclata, exaspérée, révoltée.

« Mais c'est dégoûtant !... Comprends donc, j'ai de toi plein le dos, va retrouver ta femme qui te fait cocu... Oui, elle te fait cocu ; c'est moi qui te le dis, maintenant... Là ! as-tu ton paquet ? Finiras-tu par me lâcher ? »

Les yeux de Muffat s'emplirent de larmes. Il joignit les mains.

« Couchons-nous. »

Du coup, Nana perdit la tête, étranglée elle-même par des sanglots nerveux. On abusait d'elle, à la fin ! Est-ce que ces histoires la regardaient ? Certes, elle avait mis tous les ménagements possibles pour l'instruire, par gentillesse. Et l'on voulait lui faire payer les pots cassés ! Non, par exemple ! Elle avait bon cœur, mais pas tant que ça.

« Sacré nom ! J'en ai assez ! jurait-elle en tapant du poing sur les meubles. Ah bien ! moi qui me tenais à quatre, moi qui voulais être fidèle... Mais, mon cher, demain, je serais riche, si je disais un mot. »

Il leva la tête, surpris. Jamais il n'avait songé à cette

question d'argent. Si elle témoignait un désir, tout de suite il le réaliserait. Sa fortune entière était à elle.

« Non, c'est trop tard, répliqua-t-elle rageusement. J'aime les hommes qui donnent sans qu'on demande... Non, vois-tu, un million pour une seule fois, je refuserais. C'est fini, j'ai autre chose là... Va-t'en ou je ne réponds plus de rien. Je ferais un malheur. »

Elle s'avançait vers lui, menaçante. Et, dans cette exaspération d'une bonne fille poussée à bout, convaincue de son droit et de sa supériorité sur les honnêtes gens qui l'assommaient, brusquement la porte s'ouvrit et Steiner se présenta. Ce fut le comble. Elle eut une exclamation terrible.

« Allons ! voilà l'autre ! »

Steiner, ahuri par l'éclat de sa voix, s'était arrêté. La présence imprévue de Muffat le contrariait, car il avait peur d'une explication, devant laquelle il reculait depuis trois mois. Les yeux clignotants, il se dandinait d'un air gêné, en évitant de regarder le comte. Et il souffrait, avec la face rouge et décomposée d'un homme qui a couru Paris pour apporter une bonne nouvelle, et qui se sent tomber dans une catastrophe.

« Que veux-tu, toi ? demanda rudement Nana, le tutoyant, se moquant du comte.

— Moi... moi..., bégaya-t-il. J'ai à vous remettre ce que vous savez.

— Quoi ? »

Il hésitait. L'avant-veille, elle lui avait signifié que, s'il ne lui trouvait pas mille francs, pour payer un billet, elle ne le recevrait plus. Depuis deux jours, il battait le pavé. Enfin, il venait de compléter la somme, le matin même.

« Les mille francs », finit-il par dire en tirant de sa poche une enveloppe.

Nana avait oublié.

« Les mille francs ! cria-t-elle. Est-ce que je demande l'aumône ?... Tiens ! voilà le cas que j'en fais, de tes mille francs ! »

Et, prenant l'enveloppe, elle la lui jeta par la figure. En juif prudent, il la ramassa, péniblement. Il regardait la jeune femme, hébété. Muffat échangea avec lui un

regard de désespoir, pendant qu'elle se mettait les poings sur les hanches pour crier plus fort.

« Ah, ça ! Avez-vous bientôt fini de m'insulter !... Toi, mon cher, je suis contente que tu sois venu aussi, parce que, vois-tu, le balayage va être complet... Allons, houp ! dehors. »

Puis, comme ils ne se pressaient guère, paralysés :

« Hein ? vous dites que je fais une sottise ? Possible ! Mais vous m'avez trop embêtée !... Et zut ! J'en ai assez d'être chic ! Si j'en crève, c'est mon plaisir. »

Ils voulurent la calmer, ils la suppliaient.

« Une, deux, vous refusez de partir ?... Eh bien ! voyez ça. J'ai du monde. »

D'un geste brusque, elle ouvrit toute grande la porte de la chambre. Alors, les deux hommes, au milieu du lit défait, aperçurent Fontan. Il ne s'attendait pas à être montré ainsi, et il avait les jambes en l'air, la chemise volante, vautré comme un bouc au milieu des dentelles fripées avec sa peau noire. D'ailleurs, il ne se troubla pas, habitué aux surprises des planches. Après la première secousse de saisissement, il trouva un jeu de physionomie pour s'en tirer à son honneur, il fit le lapin comme il disait, avançant la bouche, frisant le nez, dans un remuement du museau entier. Sa tête de faune canaille suait le vice. C'était Fontan que, depuis huit jours, Nana allait chercher aux Variétés, prise de la toquade enragée des filles pour la laideur grimacière des comiques.

« Voilà ! » dit-elle en le montrant, avec un geste de tragédienne.

Muffat, qui avait tout accepté, se révolta sous cet affront.

« Putain ! » bégaya-t-il.

Mais Nana, déjà dans la chambre, revint, pour avoir le dernier mot.

« De quoi, putain ! Et ta femme ? »

Et, s'en allant, refermant la porte à toute volée, elle poussa bruyamment le verrou. Les deux hommes, restés seuls, se regardèrent en silence. Zoé venait d'entrer. Mais elle ne les bouscula pas, elle leur causa très raisonnablement. En personne sage, elle trouvait la bêtise

de madame un peu forte. Pourtant, elle la défendait : ça ne tiendrait pas avec ce cabotin, il fallait laisser passer cette rage-là. Les deux hommes se retirèrent. Ils n'avaient pas dit une parole. Sur le trottoir, émus par une fraternité, ils se donnèrent une poignée de main silencieuse ; et, se tournant le dos, ils s'éloignèrent, traînant la jambe, chacun de son côté.

Lorsque Muffat rentra enfin à son hôtel de la rue Miromesnil, sa femme justement arrivait. Tous deux se rencontrèrent dans le vaste escalier, dont les murs sombres laissaient tomber un frisson glacé. Ils levèrent les yeux et se virent. Le comte avait encore ses vêtements boueux, sa pâleur effarée d'homme qui revient du vice. La comtesse, comme brisée par une nuit de chemin de fer, dormait debout, mal repeignée et les paupières meurtries.

TABLE DES MATIÈRES

IMPRIMÉ EN UNION EUROPÉENNE
le 25-07-2001
N° d'impression : 8196
002/01 – Dépôt légal, juillet 2001